드라큘라 야근5

와가하라 사토시
일러스트 **아리사카 아코**

satoshi wagahara
ill. aco arisaka

"여기가……
유라와 와라쿠 씨의, 고향……"

FRONT
M

디자인 ■ 키무라 디자인 랩

드라큘라 야근!

DRACULA YAGEUN!

5

와가하라 사토시 지음
아리사카 아코 일러스트
박경용 옮김

제1장 흡혈귀는 건강진단을 받을 수 없다

DRACULA YAGEUN!

정신이 들었을 때, 이미 구속되어 있었다.

어두컴컴한 장소지만, 하얀 벽과 하얀 바닥은 확실하게 보였다.

희미하게 약품 냄새가 떠돌아서 병원이라는 것을 금방 알수 있는 독특한 공기.

"이, 이건…… 으……."

다리와 허리, 그리고 팔이 진료대 같은 것에 고정되어 마치 도마 위의 잉어처럼 움직일 수가 없었다.

"뭐, 뭐야! 이거 뭐야! 야! 누구 없……!"

토라키 유라가 몸을 꿈틀거리며 외치자…….

"눈을 뜨셨군요……."

대체 언제부터 있었는지, 마치 어둠에 녹아들었다가 다시 형태를 이룬 것처럼 히키 미하루가 갑자기 나타났다.

"미……하루?"

그러나, 어째서일까?

미하루의 얼굴에는 생기가 없었다. 눈동자와 동공이 크게 열려 있고, 토라키를 보는 것 같으면서도 어쩐지 공허했다.

"미, 미하루. 이건 어떻게 된 일이야? 난 집에 있었을 텐데. 여긴 대체 어디……."

"……몸 상태는 어떠신가요? 토라키 님."

"미하루?"

"······시작해 주세요."

"어?"

미하루는 토라키의 물음에 답하지 않고, 공허한 그대로 지시를 내렸다.

그러자, 믿을 수 없는 일이 일어났다.

미하루의 지시로 나타난 것은 놀랍게도 암십자 기사단의 기사단장, 제인 올포트였다.

그녀가 낯선 기사를 거느리고, 토라키가 구속된 진료대 옆에 섰다.

"어, 어째서 당신이, 미하루랑······."

올포트는 구속된 토라키를 감정이 없는 눈으로 가만히 내려다보더니, 미하루가 물러난 방향을 향해서 손짓을 했다.

"유라!"

"아이리스?!"

그곳에 암십자의 동료일 텐데 양손을 뒤로 돌린 채 다른 기사에게 구속된 아이리스 예레이가 마치 죄인처럼 서 있었다.

"야! 이건 뭐야! 어떻게 된 거야!"

"유라! 나는으우음······!"

아이리스가 뭔가 외치려 했지만, 그 입을 등 뒤에 있는 기사가 틀어막았다.

"괜한 말은 하지 마라, 시스터 예레이. 마지막으로 얼굴을 보여준 것만 해도 온정이라고 생각해. 데려가."

"야! 아이리스! 올포트 이 자식! 이건 대체 무슨 일이야!"

"무슨 일이고 자시고. 우리들에게 필요한 일을 하는 것뿐이야."

"필요하다고?!"

"시간은 한정적이지. 말해두지만, 너를 구속한 철의 족쇄는 그냥 강철이 아니다. 변신한 위어 울프라도 상처 하나 낼 수 없는 암십자 특제야. 철광석 단계부터 성별(聖別)을 했으니까 흡혈귀의 술법마저도 봉인한다. 안개가 되어 도망칠 생각은 마라."

"크…… 제엔자아앙!!"

어느샌가 올포트의 손이 정체 모를 길쭉한 기계를 쥐고 있었다.

"이제 발버둥 쳐봐야 어쩔 수 없다. 포기해라."

"으구욱!"

온몸의 구속이 한 단계 강해지고, 올포트가 토라키의 입가에 길쭉한 기계를 갖다 댄다.

"유라 토라키."

올포트는 토라키의 눈을 들여다보며 씨익 웃었다.

그순간 생각났다.

올포트는 『이름을 포착하여』 팬텀을 뜻대로 조종하는 술법의 소양이 있다.

그러나, 그녀의 그 술법은 토라키에게 통하지 않았을 텐데.

"무슨 생각을 하는지 맞춰볼까? 나는 네 이름을 포착하지 못했다. 그래서 이 정체 모를 기계를 입에 넣지 못한다고 생각하겠지."

"……그게 어쨌는데."

"그렇다면 유감이군."

올포트의 얼굴이 사악한 웃음으로 물들었다.

"이건 코로 집어넣는 거니까."

"으가앙!!"

다음 순간, 끝 부분이 빛나는 길쭉한 관이 토라키의 왼쪽 콧구멍을 꿰뚫었다.

"자, 수고했어. 일단 이건 간이 결과 같은 거다. 더 자세한 결과는 1주일 안에 자택으로 보내지."

"……."

"으으…… 알겠습니다."

토라키와 아이리스는 나란히 의자에 앉았고, 올포트가 두 사람 앞에서 서류를 넘기며 차근차근 검사 결과를 읽었다.

"시스터 예레이는 절제를 잘 하고 있군. 반년 전에 본국에서 검사한 수치와 큰 변화가 없어. 그러나 유라 토라키. 네 놈의 위는 꽤 엉망이다. 식생활이 흐트러진 것 아닌가? 아니면 과한 스트레스를 받고 있거나……."

"누구 탓이라고 생각하냐!!"

진지하게 고개를 끄덕이는 아이리스와 달리, 토라키는 그 자리에서 올포트를 칠 것 같은 기세로 외쳤다.

"지금까지 몇 번 말했는지 모를 지경이지만 몇 번이든 말해주마! 너희들이 내 생활을 들쑤시지만 않으면 나는 스트레스가 쌓이지도 않고 평화롭게 살 수 있어!"

"뭐 그러지 마라. 세상이 넓다지만 흡혈귀의 건강 진단을 할 수 있는 장소는 얼마 없다. 흡혈귀가 되고서 여태까지 건강 진단 따위 해본 적 없지?"

"야학에 다닐 때 받았다!!"

"그것도 몇 십 년 전일 거 아닌가?"

"그렇다고 재로 만들어 유괴해서, 설명도 없이 코로 위내시경을 쑤셔 박아도 되는 게 아니거든!! 뭔데?! 너희들은 나를 막 취급해야 한다는 규칙이라도 있는 거냐?!"

"의외로 있지."

"있다고오오?!"

뻔뻔하게 말하는 올포트에게 오히려 충격을 받았지만, 올포트의 표정은 진지했다.

"그래. 있다."

아예 진지함을 넘어서 눈썹을 찌푸리며 토라키를, 아니 아이리스까지 노려보았다.

"이봐, 유라 토라키. 그리고 시스터 예레이."

"어?"

"네?"

"내가 재커리 힐의 라이브 공연 뒤의 일을 모른다고 생각

하나?"

무슨 말을 하는 건지, 토라키는 한 순간 떠올리지 못했다.

"아으······."

그러나 옆에 앉은 아이리스가 얼굴이 새빨개져서 숙이다 보니, 금방 떠올렸다.

"······왜 알고 있는데?"

토라키도 어색하게 시선을 돌렸다.

재커리 힐.

고요에게도 필적하는 힘을 가진 오래 살아온 흡혈귀. 흡혈귀로서 토라키의 스승이며, 아이리스에게는 사실상의 계부였다.

에인션트 팬텀

재커리는 흡혈귀면서도 재즈 플레이어로서 이름을 날리고 있으며, 그가 일본을 방문하면서 일어난 그와 암십자 사이의 다툼이 일단은 해결이 됐다. 그 다음에 토라키와 아이리스, 그리고 토라키가 아르바이트를 하는 편의점 프론트 마트 이케부쿠로 동5쵸메점의 오너인 무라오카 일가를 라이브에 초대했다.

올포트가 말하는 것은 그 라이브가 끝난 다음, 회장에서 아이리스가 토라키에게 일으킨 액션이었다.

"시스터 예레이에게는 말했었지만, 나는 말이야. 유니스와 재커리 탓에 온갖 고생을 했다."

이번에는 올포트가 토라키를 잡아먹을 것 같은 표정을 지었다.

"단순하게 수도기사가 팬텀과 잘 지내고 있다는 것이 보기 안 좋다는 이야기로 끝이 아니야. 보기 안 좋다는 것은 내부에서도 불씨를 품는다는 거지. 유니스가 제멋대로 군 탓에 내가 그 불씨를 끄려고 얼마나 바쁘게 달려 다녔는지 아나? 알겠나?! 그것을 너희들이……!"

"아니 저기…… 그건, 나는 딱히…… 우와앗?!"

올포트가 가진 마성의 기술은 이름을 포착하는 것뿐이 아니다.

공중부유, 눈에 보이지도 않는 기동력, 압도적인 괴력, 정말로 인간인가 의심스러울 정도의 수많은 특이 능력을 갖추고 있으며, 그 중 두 가지가 발동되어 지금 토라키의 안면을 향해 올포트는 진심으로 발차기를 날렸다.

서로 의자에 앉아 있던 덕분에 간신히 회피할 수 있었다.

그러나 올포트는 아무리 생각해도 진심으로 때리려 했고, 만약 맞았다면 코뼈가 부러지는 정도로 끝나지는 않았을 것이다.

토라키는 화려한 소리를 내면서 쓰러진 의자를 일으키지도 못하고 엉거주춤하게 선 채로 항의했지만, 올포트는 개의치 않았다.

"일흔이 넘은 남자가 주니어 하이스쿨에 다니는 애송이 같은 항의를 하지 마라!"

오히려 그대로 토라키의 가슴에 나무 말뚝을 박을 기세였다.

"너, 너, 너, 너 말야! 지, 지금 막 건강 진단이라고 말해놓고 내 얼굴을 물리적으로 뭉갤 셈이냐!"

"뭉개져서 죽는 게 나을 수도 있지 않나?"

"어?"

올포트가 엄지를 옆으로 향했다. 토라키가 두 번째 공격을 경계하면서 그쪽을 돌아보자,

"   "

그곳에는 두 눈에 끝 모를 어둠을 품은 히키 미하루의 모습이 있었다.

"히이익?!"

토라키가 새된 비명을 질렀다.

대체 언제부터 거기 있었을까? 우주의 어둠에도 필적할 눈을 한 히키 미하루가 호흡 소리조차 죽인 채 거기 서서, 허공을 멍하니 바라보고 있었다.

그것은 토라키를 보는 것 같으면서도, 아이리스를 보는 것 같고, 그리고 아무것도 안 보는 것 같았다.

"미, 미, 미하…… 미하루?"

"   "

정교한 밀랍인형 같은 게 아닐까?

그런 생각이 스칠 만큼, 미하루의 존재감이 공허했다.

어둠의 존재 팬텀 중에서도 『지적 생명체』로서 가장 생명력이 가득한 존재인 야오비쿠니 일족의 미하루가, 마치 싸구려 일본풍 호러 미디어에서 캐릭터화된 일본인형처럼 새까만 눈을 그저 부릅뜨고 있었다.

"토라키님."

"어, 네……?"

"저는 토라키님을, 줄곧 계속해서 마음에 품고, 신뢰하고 있었습니다."

"어, 어어……."

어쩐지 평탄한, 영혼이 담기지 않은 미하루의 말에 토라키도 주춤거리며 대답하는 수밖에 없었다.

"나쁜 것은, 그 여자로군요."

"힉!!"

미하루의 고개가 호모 사피엔스의 골격으로는 불가능한 움직임과 각도로 돌아간 것 같아서, 토라키는 또 비명을 질러버렸다.

미하루는 그 공허한 눈으로, 토라키 옆에서 그저 얼굴을 붉히고 있는 아이리스를 보았다.

겁먹은 토라키와 달리 아이리스는 미하루의 그 시선을 당당하게 받아내며, 얼굴을 붉히면서도 가슴을 활짝 폈다.

"그래. 선전포고를 안 하면, 예의가 아니겠지."

"선저언포오고?"

"……하아아아아아아아아아아이렇다니까 예레이의 기사느으으으은."

토라키가 주춤거리고, 미하루의 미간이 깊은 주름을 만들고, 그리고 올포트는 진심으로 질색하는 감정을 담아 한숨을 쉬었다.

"미하루. 나는 내가 유라를 사랑하고 있다는 걸 깨달았어. 그러니까 성성당당하게, 당신과 싸우게 될 기야."

"너……."

우주의 어둠 속에서 기이한 괴물을 불러내는 것 같은 아이리스의 선전포고에 토라키는 말을 잃었다.

"   "

토라키가 아이리스를 막기도 전에, 어둠이 흘러 넘쳤다.

그리고.

"이."

"뭔데?"

"이이…… 이이…… 이이이이이이이이이이이이이이이이……!!"

어둠이 부풀었다.

"인기 많은 남자는 괴롭겠군. 자, 유라 토라키. 이제 돌아가도 된다."

"장난치냐 바보 자식아! 너너, 너 이 상황을 방치할 셈이야!"

가볍게 손을 흔들고 방을 나서려는 올포트를 붙잡으려는 토라키의 등 뒤에서, 거무죽죽한 살의와 살의가 부풀어 올랐다.

"이이이 토라키 님을 흔드는 도둑고양이가! 룸웰 소동 때 봐준 기 평생의 불찰이래이!"

"딱히 당신과 유라는 연인 관계도 아닌데 도둑고양이라는 말을 들을 이유는 없어! 유라를 흔든 게 누군데!"

"용케도 뻔뻔하게 말을 하는구마! 내랑 토라키 님 사이를 별 뒤편에서 날아온 기집애가 푹 쑤실 수 있겠다코롬 생각하면 큰 착각이래이! 지금 당장이라도 이 이케부쿠로 지하 깊숙한 곳에 파묻어가 히키의 업화로 태워줄 테이까 각오하그라!"

"당신이 제멋대로 품은 번뇌는 교토의 템플이나 쉬라인에서도 정화되질 않았구나! 유라랑 한 침대가 뭐라고 했었는데, 당신의 번뇌야말로 교토의 다이몬지에서 불태워야지!"

"내랑 토라키 님이 맺어지는 미래는 하아아안참 전부터 정해져 있던 기라!"

"나는 유라가 인간으로 돌아왔으면 좋겠어! 그 인생의 목표를 함께하는 건 나야!"

캣파이트 따위의 어중간한 것이 아니었다.

토라키의 등 뒤에서 지금 그야말로, 용호상박이 벌어지고 있었다.

"그리고 제인 올포트! 여긴 대체 어딘데! 날더러 잘 때 입는 스웨트를 입고서 집에 돌아가라는 거냐!!"

자택인 도쿄도 토시마구 조우시가야에 있는 맨션의 침상 겸 화장실에서 아침의 햇빛을 받아 재가 된 토라키는, 잠들었을 때와 마찬가지 모습으로 부활했다.

재가 되는 것은 육체뿐이다. 그런데 어째서 굳이 잠옷을 가져오고, 보통 옷은 안 가져왔는가?

"내일 솟은 해님을 볼 생각 말그라아아!"

"나는 유라가 인간이 될 때까지, 계속 밤이라도 상관없어!"

"누가 좀 살려줘!!"

토라키의 비명은 두꺼운 벽에 빨려 들어가 사라졌다.

"시스터…… 나카우라…… 괜한, 짓을…….."

"그대로 방치하면, 선샤인이 무너질 것 같았거든요."

수십 분 뒤, 엉망이 된 머리칼과 완전히 흐트러진 기모노 차림으로 가쁘게 숨을 쉬며 주저앉은 미하루의 모습이 있었다.

"그리고, 그대로 두면 토라키 유라도 피해를 받을 가능성이 있었습니다. 그가 다치는 것은 당신도 바라는 바가 아닐 텐데요?"

"……하. 평소 토라키 님을 조잡하게 취급하는 암십자가 이제 와서 무슨 소리를."

"이제 와서고 뭐고. 서로 필요하다고 생각했으니까 이번 건강 진단을 진행했다. 그런 이야기였을 텐데요."

"……하아. 정말이지……."

미하루는 커다랗게 숨을 내쉬고 일어서서 표정을 찌푸렸다.

"아야…… 정말! 아이리스 예레이, 진심으로 때렸군요……. 기모노의 오비가 없었다면 부러졌겠어요……. 아아, 얼굴도 긁혔어……. 용서 못해요."

"당신도 그만큼 보복했잖아요? 그녀의 성무에 지장이 생기면 어쩔 건가요?"

"먼저 싸움을 걸어온 건 아이리스 예레이입니다! ……그래서."

미하루는 옷깃을 가다듬으며 나카우라를 노려보았다.

"토라키 님에 대한 의심은 풀린 거겠죠?"

나카우라의 대답은 담백했다.

"지금은, 그렇죠. 팬텀은 일진월보하며 변모합니다. 지금은 괜찮아도 내일은 몰라요. 경계를 게을리 하지 않겠어요."

"……흥."

미하루는 재미없다는 기색으로 눈을 감고 의식을 단전에 집중했다. 그러자, 희미하게 미하루의 온몸이 열을 띠면서, 얼굴의 긁힌 상처가 점점 소실되었다.

야오비쿠니의 능력인 히키 가문의 생명력과 치유력 덕분이었다.

"그걸 위해서, 아이리스 예레이를 제물로 삼았다는 건가요? 유니스 예레이가, 올포트 단장과 갈라서게 된 것도 어쩔 수 없군요. 목적을 위해서라지만, 당신들 암십자는 너무나도 수단을 가리지 않아요."

"팬텀에게 그런 말을 들을 이유는 없습니다."

"팬텀에게 그 말을 들은 것을 부끄러워해야 하지 않나요?"

미하루의 대답에, 나카우라는 눈썹 하나 까딱하지 않았다.

"이것은 토라키 유라를 위한 일이기도 합니다. 계속해서 협력을 부탁하겠어요. 그럼."

나카우라가 말하고, 목례도 없이 그 자리에서 물러갔다.

홀로 남은 미하루는…….

"아아아아아아아아아앗!!"

주먹을 굳게 쥐고, 짜증을 내면서 있는 힘껏 벽을 후려쳤다.

"정말로…… 차례차례 계속해서…… 저는 그저, 토라키 님과 맺어지고 싶은 것뿐인데……!"

주먹으로 때린 벽이 움푹 패인 것을 한 번 보지도 않고, 미하루는 또 비틀거리며 그 자리에서 물러났다.

※

흡혈귀 토라키 유라의 인생에는 하나의 목표가 있었다. 『인간으로 돌아가는 것』.

그러나 최근 토라키는 너무나 긴 시간의 흡혈귀 생활에 어느샌가 휘말려서, 상황에 대해 너무나 수동적이었다.

수동적인 삶은 고스란히 토라키의 성장에 브레이크를 걸었다. 그 탓에 수많은 기회가 찾아왔지만 패배, 혹은 무승부라는 형태로 결판이 나 버렸다.

제각각의 기회로 배움이나 성장이 없었던 것은 아니지만, 옆에서 보기에 토라키의 스탠스는 노력이나 적극성이 대단히 부족하게 보인 것 같았다.

토라키가 일하는 편의점 동료이자 인간이면서 팬텀 사회에 살아가며 세계의 어둠을 아는 리앙 쉬이링은, 현재의 토라키에게 인간으로 돌아가려는 적극성이 느껴지지 않는다고 지적했다.

현재는 그럭저럭 아이리스나 미하루의 도움을 얻어, 극히 짧은 시간이지만 원수인 무로이 아이카를 토벌하기 한 걸음 앞까지 다가갔다.

그러나 반대로 말하자면 도움이 없으면 원수와의 싸움이 성립되지 않는다. 그러긴커녕 자신의 힘으로는 원수가 어디 있는지도 만족스럽게 포착하지도 못하면서 어디서 잘났다고 말을 하느냐는 지적을 받게 된다.

보통 인간과 비교도 안 되는 수명을 가진 토라키지만 『시간제한』이 있었다.

토라키의 동생인 토라키 와라쿠는 인간이며, 나이에 걸맞게 늙어갔다.

와라쿠는 10년 전에 아내를 잃었다. 그의 아들과 딸, 토라키의 조카들도 이미 초로라고 부를 수 있는 연령이었다.

경찰관료를 퇴임할 때까지 흡혈귀가 된 형의 생활을 지탱해온 동생이 수명을 다하여 죽기 전에, 그와 함께 태양의 빛을 쬘 수 있는 몸으로 돌아가야 한다.

토라키는 그렇게 생각하여, 히키 가문의 연줄에 의지해, 과거 흡혈귀의 생활 방식과 싸우는 법을 지도해준 재커리 힐의 수색을 시작했다.

그러나 재커리는 과거의 일이 원인이 되어 암십자 기사단에게 마크 당하고 있었다. 그래서 재커리가 재즈밴드를 이끌고 일본을 방문하자, 그것을 따라 암십자 기사단장 제인 올포트가 일본으로 찾아왔다.

토라키와 아이리스도 제각각의 사정으로 재커리가 토벌되

는 것을 막아야 했기에, 그를 지키기 위해 올포트와 대치했다.

최종적으로 아이리스가 숨기고 있던 과거를 올포트에게 밝혀서 재커리 토벌은 일단 중지됐다. 그 뒤에 재커리 밴드의 라이브를, 토라키는 아이리스와 무라오카 일가와 함께 즐겼다.

그렇지만 어떤 의미로 진짜 사건은 그 라이브가 끝난 다음에 일어났다.

아이리스가, 일본에 와서 토라키를 접하는 가운데 품은 토라키에 대한 마음에 확신을 가지고, 그 마음을 행동으로 옮겼다.

토라키에 대한 사랑의 고백과 기습적인 키스라는 형태로.

갑작스런 사태에 당황하는 토라키에게 아이리스는 자신의 속내를 모두 말로 표현하고, 토라키의 사고가 도망칠 여지를 남기지 않았다.

그 라이브 날부터 2주일 뒤.

지금 토라키의 등 뒤에서 일어나고 있는 용호상박은 그것이 밝혀진 결과 발발한 전쟁이라고 할 수 있었다.

계절이 겨울에서 봄으로 바뀌는, 3월 초순 무렵이었다.

※

미하루와 올포트가 있어서 대충 예상은 했었지만, 토라키가 유괴된 것은 선샤인60이었다.

익숙한 이케부쿠로의 야경 앞에서, 토라키는 안심하기보다는 지긋지긋한 심정에 푹 고개를 숙였다.

고개 숙인 시야에 허름한 회색 상하 스웨트와, 맨발에 암십자의 사무실 비품으로 추정되는 고무제 다갈색 화장실 샌들.

결단코 러버 샌들 같은 고상한 것이 아니다. 70여년을 살아온 토라키의 눈에 참으로 익숙한 디자인의, 요즘엔 어디가야 살 수 있는지도 모를 화장실 샌들.

오늘 아침 잠들었을 때 잠옷 차림 그대로, 샌들만 내던지듯 넘겨주더니 선샤인60에서 쫓겨났다.

3월이 됐다지만 겨울은 아직 도쿄에 자리 잡고 있었다. 그리고 스웨트에 맨발 샌들 차림은 성인 남자가 이른 아침 집 앞의 쓰레기 버리는 곳 말고 다른 구역에 입고 나가도 될 만한 게 아니다.

기후적인 의미에서도, 도덕적인 의미에서도.

뭐가 어떻게 되어서 억지로 납치된 결과 건강 진단 따위를 받게 되는 꼴이 됐는지 모르겠지만, 이 중대한 인권 침해의 빚은 언젠가 반드시 갚아 주리라 굳게 다짐했다.

"우웻취이!"

그러나, 그건 그렇다 치고. 얇은 옷으로 선샤인에서 집까지 돌아가면 감기에 걸린다. 그렇다고 해서 지금 히키 가문이나 암십자에게 옷을 마련해달라고 말하러 갈 만큼 겁을 모르는 것도 아니었다. 하지만 이대로는 50미터쯤 걸으면 경찰이 불시 검문을 해버릴 거다.

"괘, 괜찮아 유라? 춥지. 내 코트……는 사이즈가 안 맞으
니까, 뭔가 유라가 입을 수 있을만한 거, 금방 사올게!"

토라키의 재채기를 듣고서 아이리스가 당황하면서, 허둥지
둥 수도복 여기저기를 두드려보지만 금방 얼굴이 파래졌다.

"나도 유괴당해서 왔으니까 지갑이 없어. 슬림폰에도 결제
앱을 설치 안 했어……."

토라키는 그렇다 치고, 아이리스까지 본인의 동의 없이 연
행한 건가.

그러면 아예 암십자라는 조직에 대해 으스스함마저 느껴
진다.

"나도 어째선지 전화는 있는데, 결제할 수 있는 앱을 설치
안 했어. 지금 등록하려고 해도 카드 번호나 기한도 기억 못
하고…… 왜 전화만 들려주는 건데? 그럴 거면 옷이랑 신발
도 같이 갖고 오든가."

토라키는 중얼중얼 말하면서, 쪼그려 앉아 슬림폰을 조작
하기 시작했다.

"유라? 왜 그래?"

"좀 있으면 옷이 올 거야."

"응?"

"잠깐 빌딩 안에 들어가자. 휑한 곳에 있을 필요 없지. 어
디 구석에서 둘이 있으면, 누가 신고하는 일은 없을 거야."

세탁해서 늘어난 스웨트 맨발 샌들 남자가 겨울철에 혼자
선샤인60에서 멍하니 서 있으면 경비원이 뭐라고 해도 이상

하지 않지만, 일단 옷을 제대로 입은 아이리스랑 같이 있으면 수상함 지수가 내려갈 거다.

쇼핑 구역 입구의 자동문까지 달려가, 화사한 가게가 늘어선 통로의 구석에 가서 토라키와 아이리스는 벽에 등을 대고 하릴없이 나란히 서 있었다.

"영 입지가 좁지만…… 그러고 보니, 아이리스."

"왜?"

"그건 뭔데? 내가 눈을 뜨자마자 곧장, 처형 직전에 작별의 말을 하게 해주는 것만 해도 고맙게 생각하라 같은 연출."

"아아, 그거?"

눈뜨자마자 아이리스가 손을 뒤로 돌린 채 붙잡혀 있었던 것을 물어보자, 아이리스는 어색하게 눈길을 피했다.

그것만으로도 알았다. 지극히 시시하기 짝이 없는 이유가 있다는 것을.

"또 시시한 이유구나 생각하고 있지."

아이리스는 아이리스 나름대로, 토라키의 표정을 읽고 떫은 표정을 지었다.

"아니야?"

"아니……진 않아."

그러나, 다시 고개를 돌렸다.

"난 위내시경이 거북하거든."

고작 그걸로, 그렇게 패닉에 빠지는 걸까?

"뭐 위내시경 좋다는 녀석 얘기는 들어본 적이 없다."

"그리고, MRI도 싫어해. 그 비좁은 공간에 수십 분이나 있어야 된다고 생각하면 참을 수가 없어서……."

"아아, 폐소공포증인 사람은 마취로 재우고 나서 MRI에 넣는다는 이야기도 있지."

"그리고, 나 주사도……."

"내가 조사한 게 분명하다면 잉글랜드의 성인 연령은 18세 맞지?"

어른이 되어서도 주사가 싫고, 거북한 사람은 있다.

그렇다고 해도 주사를 맞기 전에 손을 뒤로 구속할 만큼 흐트러지는 사람은 얼마 없다.

"그치만, 싫어하니까 어쩔 수 없잖아."

"그러냐아."

고소공포증이나 폐소공포증, 선단공포증 등의 공포증은 그것이 타고난 것이든 후천적인 것이든 아직 명확한 치료법이 확립되지 않은 증상이었다.

그렇기에 연령이나 경험을 쌓는다고 극복할 수 있는 것이 아니니까, 그 증상에 대해 이러쿵저러쿵 말할 생각은 털끝만큼도 없다.

토라키 자신도 성스러운 성질이 강한 십자 모양 오브젝트를 직시하면 뭐라 말하기 어려운 불쾌함을 느낀다. 햇빛에 닿으면 재가 되어 버리는 성질 따위는 그야말로 본인의 의지나 경험으로 어쩔 수 없는 건강상의 문제였다.

그러나 그건 그렇다 치고, 그 성질은 암십자 기사단의 수도기사로서 임무에 지장이 있지 않을까 불안해지기도 한다.

"아, 착각하지 마. 나는 딱히 좁은 장소나 뾰족한 건 무섭지 않아. 단순히 MRI는 좁고 갑갑해서 싫고, 주사는 아프니까 싫은 것뿐이야."

"더 안 좋거든!"

공포증에서 기인한 것이 아닌데도 처형 직전처럼 패닉을 일으킨다면, 그건 그거대로 문제가 아닐까?

무심코 태클을 걸어버렸지만. 토라진 기색으로 토라키를 돌아본 아이리스의 표정은 생각보다 진지했다.

"어쩔 수 없잖아. 마마랑 파파 일 이야기했지? 마마가 죽은 다음에 파파한테 흡혈귀가 된 게 아닐까 라든가, 술법을 걸어둔 게 아닐까 라든가, 여러 가지 검사를 받은 게 트라우마가 됐어."

"············그렇군."

거듭해 태클을 걸려던 토라키는, 위태로운 곳에서 제2격을 삼켰다.

아이리스의 어머니 유니스 예레이는 흡혈귀가 된 그 날에 살해당했고, 게다가 그 직전까지 오랜 흡혈귀인 재커리와 함께 생활하고 있었다.

남겨진 아이리스에게 뭔가 이상이 없을까 철저하게 조사할 것을 상상하는 건 어렵지 않았다.

팬텀에 대한 암십자의 치열함은 잘 이해하고 있었다. 어머니와 두 번째 아버지를 잃은 아이리스가 받은 검사 또한, 아홉 살의 아이리스에게는 무시무시한 것이었으리라.

"오늘 검사, 어쩐지 그때랑 비슷하게 끈질겼어. 그래서 괜히……."

"알았어. 이제 됐어. 미안해."

"아니, 괜찮아. 주사가 거북한 건, 아무리 그래도 이 나이에 괜찮은 걸까 스스로도 생각하니까. ……하지만, 말이야."

"응? 아."

아이리스는 조심조심 토라키의 소매를 손으로 잡았다.

"남자가 무서운 것도, 다른, 여러 가지 무서운 것도…… 당신이랑 함께라면, 맞설 수 있을 것 같아. ……파파의 라이브에서 말한 건, 진심이야."

그 말도, 물론 진심도 의심할 생각은 전혀 없었다.

방금 전에 미하루를 상대로 토라키를 둘러싸고 한없이 진심에 가까운 싸움을 벌인 참이다.

중간에 나카우라가 끼어들지 않았다면, 정말로 유혈사태가 일어났을지도 모른다.

나카우라가 전투 행동에 나서는 것을 토라키는 처음으로 봤는데, 이성을 잃고 날뛰는 미하루와 아이리스를 동시에 제압하는 모습은 그야말로 기사장의 이름에 걸맞은 움직임이었다.

"대답을 재촉할 생각은 없지만, 그래도……. 어떤 대답이든, 나는 당신이 인간으로 돌아오고 싶다고 생각하는 한, 당신이랑 파트너로 지낼 셈이야. 그러니까……."

거기까지 단숨에 말하고 갑자기 부끄러워졌는지, 아이리스는 볼을 물들이고 고개를 숙여버렸다.

대답을 하고 말고를 따져보면, 토라키는 대답할 수 있는 입장이 아니다.

흡혈귀일 때는 특정한 파트너를 가지는 일이 결코 없을 거라 생각하는 데다가, 현실적으로 가질 상황도 아니다.

그러나, 그건 그렇다 쳐도 지금까지 어필해온 미하루가 평소에는 얌전한 기색인데 틈을 보이면 언제 잡아먹힐지 모를 육식계니까, 반대로 평소에 뻔뻔한 아이리스가 갑자기 얌전해지자 아무래도 토라키로서는 거리감을 잡기가 어려워진다.

"……아이리스."

선샤인60의 쇼핑몰 구석 1층 출입구.

지하통로가 눈앞의 도로를 건너간 너머의 선샤인로 쪽으로 뻗은 탓에 인파가 대단히 적은 이 장소에서, 너무나도 얌전하게 마음을 표현하는 말. 무심코 마주보고 만 토라키가 그녀의 손을 무심코 마주 쥘 것 같았던 그때였다.

"……이제 슬슬 괜찮을까요~?"

"힉?!"

"윽?!"

옆에서 주저하지 않고. 아니다. 아마도 상당히 주저한 끝에 참지 못하고 끼어든 목소리에 아이리스가 기성을, 토라키가 억눌린 소리를 냈다.

"이 빌어먹게 추운 날에 꼭 부탁한다고 해서 와줬는데, 무시무시무시한 선샤인60 바로 앞에서 이런 걸 보여주셔서 괜한 신경을 써야 하는 제 마음의 추위도 깨달아주셨으면 참좋겠단 말이죠……."

"쉬, 쉬, 쉬, 쉬, 쉬이링?! 어, 어, 어째서 여기?!"

아이리스는 토라키의 손을 떨쳐내고, 그 자리에서 폭발할 만큼 얼굴이 새빨개져서 말했다.

대체 언제부터 거기 있었을까? 토라키의 직장 동료이며 데미 강시인 리앙 쉬이링이 따뜻해 보이는 롱코트를 걸치고, 손에 커다란 종이 가방을 들고 서 있었다.

귀에는 주술 부적 같은 귀걸이를 달고 있는데, 그것은 쉬이링의 청력을 증폭시켜주는 강시의 술식이었을 것이다.

대체 어디서부터 듣고 있었는지, 토라키는 얼굴을 손으로 덮어 버렸다.

쉬이링은 그런 토라키를 보고 진심으로 시시하단 낌새의 코웃음을 쳤다.

"그쪽의 러프한 남친한테 옷을 전해달라고 부탁을 받았거든요?"

"나나나나나남친한테테테오오오오오옷?!"

일절 변명이 불가능한 분위기와 말을 들은 것은 틀림없다.

그 확신을 이미 가지고 있는 아이리스는 혀가 꼬이다 못해 깨물 것 같았다.

토라키로서도 지금까지 쉬이링이나 무라오카나 아카리에게 아이리스가 여친이 아니라고 수도 없이 말을 했으니, 지금 그 모습을 들킨 것은 그야말로 통탄할 일이었다.

쉬이링의 성격이라면 같이 있는 동안 이 화제만으로 끼니를 때울 수 있을 만큼 놀릴 게 틀림없었다.

"하아……."

그러나 쉬이링은 시시하단 표정으로 아이리스와 토라키의 얼굴을 제각각 한 번씩 보고, 토라키에게 낡은 종이 가방을 내밀었다.

"주문하신 물건입니다. 가게의 탈의실에 있는 윈드 브레이커랑 예비 신발, 양말 색은 아무거나 좋다고 했죠? 남성용의 검은색으로 사왔어요."

"어, 어어……."

"위, 윈드 브레이커?"

아이리스도, 쉬이링이 딱히 놀릴 낌새가 없었기 때문인지 얼굴이 새빨개진 채 놀라서 종이 가방을 보았다.

"이 추운 날에 잠옷 차림으로 밖을 걸어 다니기 싫다고 하니까, 편의점 탈의실에 있는 예비 옷을 이것저것 가져와달라고 부탁을 받았어요."

토라키는 비닐을 찢고 꺼낸 신품 양말과 약간 먼지가 붙어 있는 검은 신발을 신고, 스웨트 위에 프론트 마트 로고가 들어간 윈드 브레이커를 걸친 뒤, 화장실 샌들을 종이가방에 넣었다.

회색 스웨트 바지는 어쩔 수가 없지만, 이 모습이라면 조금 추위도 누그러질 거고 아슬아슬하게 검문을 받지도 않으리라.

토라키의 소소한 옷 갈아입기를 보면서, 쉬이링은 아이리스에게 물었다.

"두 사람 같이 암십자에 유괴를 당했다고요?"

"유괴라고 해야 할지, 뭐, 유라가 보기에는 그렇게 보였을 거야……."

쉬이링은 한숨을 쉬고, 불만스럽게 말했다.

"그건 동정하겠지만요. 요즘 들어서 토라키 씨, 저를 편리한 심부름꾼이나, 근무 교대 요원이라고 생각하는 낌새가 있어요."

"미안하다고 생각해. 다음에 어떻게든 갚을게."

"그렇게 말씀은 하시지만, 전에 교토에서 사온 기념품이 대량의 야츠하시였으니까 그다지 기대가 안 된단 말이죠. 저기, 아이리스 씨."

"어, 왜?"

"참 고생스런 상대를 골랐네요."

쉬이링은 토라키에게 흡혈을 당해서 흡혈귀가 되려고 한다.

그러나 듣기에 따라서는 아이리스에 대한 도발로 받아들일 수도 있지만, 아이리스가 화를 내지 않은 것은 쉬이링의 표정이 의외로 진지했기 때문이다.

"무, 무슨 말이야?"

"뭐, 미하루 씨만 봐도 사람의 마음이란 건 그렇게 논리로 움직이는 게 아니지만요. 뭐 그 사람을 사람이라고 해도 되나 모르겠지만."

니름대로 진지하면서도 토라키를 빈정대듯이 말하는 걸 보면 역시 쉬이링은 쉬이링이다. 그래도 평소처럼 헛소리라고 치부할 수 있는 가벼움이나 부드러움이 전혀 없고, 굳이 따지자면 아이리스의 마음을 존중해주는 말로 들렸다.

"그 눈은 뭔가요?"

"어, 저기…… 쉬이링은 그게 좀 더……."

"어머나, 상처 받네요. 때는 이때다 싶어서 마구 놀려댈 거라고 생각했어요?"

"그래."

"응."

"그건 말이라도 아니라고 하던가, 조금은 어색한 낌새를 보여주세요."

이런 정도의 즉답으로 불만스런 표정을 짓는 것도, 쉬이링 답지 않다고 할 수 있었다.

쉬이링은 표정을 찌푸리고 말을 이었다.

"연애사정을 놀리는 건 말이죠. 호의에 솔직하지 못하거나, 성립될 것 같은데 안 되고 있는 걸 찔러보는 게 즐겁고 신나는 거예요. 알잖아요?"

이해가 되긴 되는데, 그걸 언어화 해버리는 것도 어지간하다.

"하지만 완전히 진심이 된 사람을 놀리는 건 그냥 심보가 고약하고 분위기 파악 못하는 녀석. 그러다가 제가 그냥 질투하는 거라고 생각되는 것도 싫거든요?"

잘 이해는 안 되지만, 쉬이링이 진지하게 말하자 신기하게 설득력이 있었다.

　"그래서? 이 다음엔 어쩔 거예요? 어딘가 밤거리로 사라질 거라면 저는 이제 돌아가거나 혼자 어디 밥이라도 먹으러 갈 건데요?"

　"사라지……?"

　아이리스는 쉬이링의 말을 이해 못했는지 난처한 표정을 지었다.

　거의 네이티브와 다를 바 없는 어휘력을 가진 아이리스와 쉬이링이지만, 슬랭에 관해서는 쉬이링이 우세한 모양이다.

　그리고 이 경우, 통하지 않은 시점에서 쉬이링의 패배다.

　"하~아. 시시해라. 조금 더 아이리스 씨의 어쩔 도리가 없는 츤데레를 놀려대고 싶었는데, 이렇게 되어 버리면 언제 미하루 씨랑 진심으로 배틀을 할지 알 수가 없으니까 무서워서 다가갈 수가 없잖아요."

　"뭐, 뭔데에……."

　놀리는 건 아니지만, 직구로 너는 사랑을 하고 있는 거라고 말해 버리자 그건 그거대로 부끄럽다.

　"내가 밤 11시부터 심야근무 들어가 있는 건 알지?"

　"알아요. 그래서 이 참에 저한테 근무 교대해달라고 말할 줄 알았어요."

　"그럴 리가 있냐. 어쨌든 덕분에 살았어. 이제 그만 돌아가자. 어디서 택시 잡아야지."

"택시 잡을 거면, 제가 옷을 가져올 필요 없지 않았어요? 그리고 설마 저한테 택시비까지 대신 내달라고 하진 않겠죠?"

"안 그래. 택시가 금방 잡히면 좋지만 이 날씨에 맨발로 화장실 샌들 신고서 못 기다린단 말이지. 돈은, 맨션 앞에서 기다려달라고 하면 집에서 지갑 가져올 수 있잖아."

"그렇군요. 그러면 방해되겠지만, 거기까지 같이 갈게요. 맨션의 현관 열쇠, 열려 있으면 좋겠네요."

"뭐, 훔쳐갈 만한 것도 없고, 오히려 닫혀 있으면 최악의 경우 안개로 변하면 되지."

목욕탕에서 유괴된 토라키에게 지금 소지품은 슬림폰과 화장실 샌들뿐이고, 어째선지 현관의 열쇠는 아무데도 없었다.

유괴한 암십자가 돌려주지 않은 건지 아니면 단순히 현관문을 그냥 열어두고 온 건지는 알 수 없지만, 귀가할 때까지는 안심할 수 없었다.

빌딩을 나서자 강한 빌딩풍이 불었다.

추운 것은 변함이 없지만, 윈드 브레이커는 확실하게 윈드 브레이커라고 토라키는 새삼 감동했다.

빌딩 앞길에서 택시를 기다려보지만 택시 자체가 좀처럼 오질 않고, 오더라도 이미 손님이 탄 차들뿐이었다.

"어, 어쩐지 잘 안 오네. 택시. 전에는 자연스럽게 잡았는데."

쉬이링의 분위기에 기가 밀린 아이리스는 무심코 교토에 갈 때 미하루의 리무진을 추적했던 것을 떠올렸다.

"전에는 이라는 건 뭐야?"

"아아, 교토 갈 때. 당신이랑 미하루가 여기서 도쿄 역으로 갔었잖아? 그때 택시로 뒤를 따라갔는데."

"너 용케 혼자 택시 같은 걸 탔구나!"

"그, 그 정도는 나도……."

남성공포증인 아이리스가 태반이 남성 운전수가 운행하는 택시를 혼자 잡았다는 것에 대한 감상이란 것을 쉬이링은 알 수 있었다.

알 수 있지만, 지금 이 두 사람을 보니 틈만 나면 두 사람의 세계를 만들려는 바보 커플로 보였다.

"아~아, 예전 아이리스 씨였다면 택시를 탄 사실 자체를 없었던 일로 하려고 했을 텐데요~. 이제 싫다~ 틈만 나면 꽁냥대려는 거 미하루 씨 이상이잖아요~. 죄송하네요~. 옷 배달부가 방해꾼이라."

"아…… 미안해, 그럴 셈은 아닌데……."

"아~ 정말 진심으로 받지 마세요. 그런 걸로 풀이 죽으면 어쩌려고요. 더 뻔뻔하게 나가야 미하루 씨한테 안 뺏기거든요."

"아, 으, 응."

"조금 더 차가 많은 길로 나가요. 제가 알기로 여기 호텔도 있었죠? 로터리로 가면 택시가 오지 않을까요?"

"그, 그렇네. 그러자. 전에 내가 탄 것도 로터리 쪽이었으니까!"

삐걱대는 움직임으로 호텔의 로터리와 반대 방향에 가려

는 아이리스를 보고, 쉬이링이 한숨을 쉬면서 이 노선으로 계속 놀리는 것도 괜찮겠다 생각했던 그때였다.

"어?"

"큭?!"

쉬이링과 동시에, 토라키도 발을 멈추었다.

"지금 그거, 들렸나요?"

"그래. 하지만 리앙 씨의 그 술법으로 들린 거면, 꽤 멀군."

토라키는 쉬이링의 귀에 달린 부적을 보고 말했다.

"어? 두 사람 왜 그래?"

"아이리스 씨는 안 들린 모양이고, 군자는 위험에 다가가지 않는 법이라고 하는데요?"

"그럴 수도 없잖아. 이랬다가 내일 이상한 뉴스를 보게 되면 꿈자리가 사나울 거야."

"그렇게 말할 줄 알았어요."

쉬이링은 진심으로 귀찮다는 낌새로 말하더니, 어느 방향을 가리켰다.

"저 방향에서 어린 아이의 비명 같은 것이 들렸어요."

"뭐?!"

아이리스도 놀라서 눈을 부릅떴다.

"말해두지만 저는 술법은 쓸 수 있어도 전투 능력은 보통 인간이에요. 난투 소동이 일어나면, 두 사람한테 맡길게요."

"인간 남자가 상대라면 아이리스보다 리앙 씨가 강하단 거구나. 가자!"

"정말로, 안 올걸 그랬어요!"

"아, 자, 잠깐 기다려!"

가장 먼저 토라키가, 다음으로 쉬이링이, 마지막으로 아이리스가 달려갔지만, 금방 아이리스가 세 사람의 선두로 나섰다.

"어느 쪽이야? 아직 들려?!"

"그렇게 안 멀어! 저쪽이다!"

"알았어!"

말이 끝나기도 전에 아이리스는 경이적인 도약력으로 도로 표지판 위에 올라타더니, 바로 옆의 주상복합 빌딩의 처마를 발판 삼아서 단숨에 지붕을 타고 토라키가 가리킨 방향으로 날아가 버렸다.

"파쿠르라고 할 수준이 아니네요. 가끔 생각하는데 암십자 사람들은 정말로 인간인 걸까요?"

이미 땀을 흘리기 시작한 쉬이링의 감상에 토라키도 완전히 같은 의견이었다.

"흡혈귀를 목욕탕에서 유괴하는 녀석들이 제대로 된 인간이 아닌 건 분명해. 서두르자!"

목소리는 아직도 들리고 있었다.

다가갈수록 명료하게 들리는 그것은 앳된 소녀의 목소리였다.

번화가에서 여자애의 비명을 듣고 현장에 도우러 간다.

생각해보니, 그러다 보면 언제나 토라키에게 귀찮은 일이 발생했다.

그렇다고 못 본 척 할 수는 없지 않은가?

"아, 잠깐만요, 토라키 씨!"

토라키는 아이리스를 따라서 가속했지만, 쉬이링은 그 토라키의 속도를 따라가지 못하고 중간에서 빨간불에 걸려 버렸다.

"정말!"

"유라! 조심해!"

그곳은, 번화가와 오피스 거리 사이에 있는 공동 같은 장소였다.

주변 빌딩의 뒷문에 들어갈 용건이라도 없는 한 절대 발을 들일 일이 없는 그 장소에 한 발 먼저 달려와 대치하고 있던 아이리스가, 열 살 전후 소녀의 어깨를 쥐고 목에 접이식 나이프를 들이민 남자와 대치하고 있었다.

"너, 너희들은 뭐야!"

"야야 농담이지?"

남자 쪽은, 언뜻 봐도 제대로 된 상태가 아니란 걸 알 수 있었다.

거친 장발에다 눈이 충혈됐고, 나이프를 쥔 손이 떨리며 입가에서 거품 같은 타액이 흐르고 있었다.

"부, 부탁…… 사, 살려…….."

붙잡혀 있는 소녀는 떨리는 목소리와 눈동자로 아이리스에게 도움을 청했지만, 나이프의 옆면이 상당히 강하게 소녀의 목을 누르고 있어서, 아주 조금 남자가 손가락을 움직이기만 해도 날 끝이 피부에 파고들 수 있었다.

아이리스가 손쓰지 못하고 있는 것도, 섣불리 자극하면 소녀가 크게 다칠 염려가 있기 때문이었다.

"너희들 꺼지라고오…… 딱히 아무것도 안 해…… 너희들이 없으면 이런 짓을 할 필요도 없단 말이다…… 야, 내가 나쁜 짓을 하게 만들지 말라고…… 그럴 생각 없다고……."

"힉……."

남자는 착란 상태에 빠졌는지, 하는 말이 지리멸렬했다.

거품 같은 타액이 얼굴에 튀었는지, 소녀는 혐오감을 드러내며 비명을 질렀다.

"진정해, 괜찮아, 반드시 구해줄게!"

"구해준다는 건 뭐야아! 나는 나쁜 짓 하나도 안 했다고오!"

"당신도 진정해! 우리들은 당신에게 해를 끼치지 않아! 대체 어째서 이런 짓을……!"

"너 따위가 날 구할 수 있을 리가 없잖아아아아!"

"뭐라고?!"

"아이리스, 자극하지 마. 저 녀석 제 정신이 아닌 것 같아. 뭘 할지 알 수가 없다."

"큭…… 유라, 자라 피는?"

"이 상황에서 가지고 있거나 마실 수 있을 거라고 생각해?

한 번 안개가 되면 그냥 기절할 거야."

작은 소리로 말을 나누지만, 지금 토라키는 건강 진단을 하느라 오히려 피를 뽑기까지 했다.

미하루가 덮쳤을 때, 안개가 되어 호텔의 침대 위에서 방의 구석으로 이동하기만 했는데도 인사불성에 빠져 버렸다. 이 상황에서 설령 안개가 될 수 있다고 해도, 남자를 제압하는 것이든 소녀를 구하는 것이든 그다지 든든하지 못하다.

"너야말로, 해머나 성총은!"

"이 상황에서 가지고 있을 것 같아?!"

"최악이구만!"

달려오기는 했는데, 방에서 유괴된 두 사람은 전혀 전투에 대한 준비가 되지 않았다.

"얼른 사라지라고오…… 이대로는 내가 죽어버린다고…… 야, 딱히 나쁜 짓은 안 한단 말야 정말이야 그러니까, 응?"

"시, 싫어…… 윽!"

"큭, 그만둬!!"

두 사람이 손쓰지 못하는 사이에도, 남자의 손에 힘이 들어간다.

소녀의 목에 대고 있던 나이프 옆면이 칼날이 되어 그 피부를 찢으려고 한 그때였다.

"아이리스 씨 뭐 하는 거예요? 이럴 때 대처할 수 있는 술법도 가르쳐줬잖아요."

긴박한 상황에 안 어울리는, 너무나 태평한 목소리가 토라키 뒤에서 들렸다.

"윽."

남자는 새로운 등장인물에 동요했는지, 신음 소리를 냈다.

"쉬이링! 다가가지 마! 저 애가……."

"괜찮아요."

아이리스가 제지하는 것도 듣지 않고, 쉬이링은 토라키 옆에 나란히 섰다.

오른손 위에 금색 나침반을, 더욱이 그 위를 왼손으로 덮고 가슴 앞에 들고 있었다.

"벌써 움직임은 막았어요. 저 남자는 지금 손가락 하나 까딱 못해요."

"어?"

쉬이링의 눈동자가 살짝 빨갛게 빛나고, 남자 본인이 아니라 남자의 발치를 보고 있었다.

그 눈동자에 노출된 남자는, 눈으로만 쉬이링을 보면서 꼼짝도 못하고 있었다.

"으……오……으윽……!"

목 안쪽에서 신음 소리를 내면서도, 방금 전까지 부리던 위세가 거짓말인 것처럼 입이 열리지 않게 됐다.

"저, 정말?"

"나시술 영예(影睨). 제가 노려본 그림자의 주인의 움직임을 멈추는 술법입니다. 하지만 외부에서는 자유롭게 움직일 수 있으니, 이름에 저 아이를 구하세요. 경찰에는 벌써 신고를 했어요."

토라키와 아이리스는 얼굴을 마주보고, 슬금슬금 남자와 소녀에게 다가갔다.

"오, 오지 마!"

다가가면 남자가 해를 끼칠 거라고 생각한 소녀가 비명을 질렀지만, 남자는 여전히 신음만 내고 몸을 흔들지도 못한다. 술법의 효과였다.

"괜찮아, 진정해. 널 구해줄 수 있어."

토라키는 안전을 확인하고 재빨리 앞으로 나섰는데…….

"토라키 씨. 그 녀석의 그림자 머리 부분에 그 애랑 토라키 씨의 그림자가 겹치지 않도록 움직여 주세요. 안 그러면 토라키 씨도 멈춰버리니까요."

쉬이링이 토라키에게, 술법의 유효범위에 대해 경고했다.

"그래, 알았어. 좋아, 괜찮아. 진정해……."

"히…………아."

소녀는 처음에 겁을 먹었지만, 남자가 정말로 움직이지 않았다. 그러긴커녕 토라키가 팔이나 손가락을 붙잡자 순순히 자신을 놓는 것을 보고, 놀라서 눈이 동그래졌다.

"끄……오……."

남자는 계속 신음 소리를 냈지만, 가까이 다가온 토라키를 보지도 못하는 모양이었다.

어깨를 붙잡은 손을 떼어내고, 신중하게 목에서 나이프를 떼어냈다.

"저쪽 여자한테 가!"

날카롭게 지시하자, 소녀는 순순히 아이리스 쪽으로 급하게 달려갔다.

"힘냈구나! 이제 괜찮아!"

아이리스는 달려오는 소녀를 끌어안고, 재빨리 남자의 시선에서 모습을 가렸다.

"무서……웠어……힉…… 우으…….."

매달려서 흐느껴 울어 버린 소녀를 아이리스는 새삼 단단히 끌어안았다.

"굉장하네. 정말로 마음껏 움직일 수 있는데 본인은 못 움직이는구나."

그 뒤에 토라키가 남자의 손에서 나이프를 빼앗아 멀리 던지고, 남자를 꼼꼼하게 엎드리도록 하더니 등 뒤로 손을 비틀어서 무릎을 등에 대고 구속했다.

"이제 됐어."

"괜찮겠네요. 구속, 풀게요? 후아아……."

쉬이링이 힘이 빠져서 눈을 감는 것과 동시에, 토라키의 무릎 아래서 남자가 구속을 풀려고 몸부림치기 시작했다.

그러나, 목욕탕에서 유괴됐다고는 해도 흡혈귀는 흡혈귀다. 힘으로는 평범한 인간에게 간단히 지지 않는다.

남자는 필사적으로 저항했지만 그래도 자세가 불리한 건 어쩔 수가 없었다. 이윽고 남자는 포기한 것처럼 힘을 빼고 움직이지 않게 됐다.

"아니야아…… 나는…… 나는…… 그럴 생각이……."

그리고, 순찰차 소리가 다가올 무렵에는 멍하니 밀을 흘리기만 하게 됐다.

달려온 경찰관 상대는 신고를 한 쉬이링이 했다. 토라키는 신중하게 남자를 경관에게 넘겼지만, 그 무렵에는 남자가 수갑을 채워도 일어서려고 하지도 않았다.

경찰관이 몇 번 달래도 일어서려 하지 않아서, 어쩔 수 없이 지원을 불러 남성 경찰관 네 명이 들고 갔다.

이 시점에서 이미 시계는 밤 10시를 넘기고 있었지만, 경찰이 자신들을 보는 눈으로 토라키는 이 뒤의 전개를 짐작했다.

"일단 사정을 듣고 싶으니, 여러분 모두 서까지 동행을 부탁드립니다."

"역시 그렇게 되네요."

그 순간 토라키는 오늘의 출근을 포기할 수밖에 없었다.

"이 상황에서는 저도 근무교대를 할 수가 없으니까요~. 무라오카 씨, 과로사 안 하면 좋겠는데요."

"아 진짜 그러지 마."

토라키와 쉬이링의 고용주인 무라오카는 유괴되어 큰 일을 당할 뻔한 소녀를 구했다는 사실을 무시하는 사람이 아니다. 그건 그렇지만, 근무에 구멍이 뚫린 것에 대해 죄송한 마음이 없는 것은 아니었다.

"아침까지 돌아갈 수 있으면 좋겠는데. 하아……."

경찰관을 곁눈질하며 전화를 든 토라키는 콜 소리를 들으면서 작게 투덜거렸다.

그때 아이리스가 끌어안고 있던 소녀가 드디어 울음을 그치고 진정했는지, 쉬이링 곁으로 달려왔다.

"왜 그러니?"

쉬이링이 쪼그려 앉아 묻자, 소녀는 우느라 부은 눈을 비비면서, 그래도 확실하게 말했다.

"저기, 그게, 고맙습니다."

"응. 하지만 언니는 아무것도 안 했어. 노력한 건 너고, 구한 건 이 오빠야."

소녀는 쉬이링의 말을 듣고 전화를 귀에 댄 토라키를 올려다봤지만, 조금 신기한 기색으로 또 쉬이링을 보았다.

"하지만 언니도 구해줬잖아? 마법사 같았어."

"어? 아아, 저기, 어떡하지? 난처하네."

어쩔 수 없이 사용한 나시술을, 소녀는 패닉에 빠지면서도 생각보다 확실하게 인식한 모양이다.

분명히 그렇게 날뛰고 있던 남자가 갑자기 꼼짝도 못하게 된 것은 소녀에게 신기한 사태일 것이다.

"이 다음에 언니들도 너도, 순경 아저씨한테 이것저것 이야기를 해야 하는데, 마법사라고 말해도 순경 아저씨가 난처할 거야."

"비밀로 하는 게 좋아?"

"으~음, 순경 아저씨 눈앞에서 비밀로 하라고 해도 말이지."

남성 경찰관은 토라키 옆에 서서 자연스럽게 대화를 듣고 있고 아이리스 옆에 있는 여성 경찰관도 이쪽을 보고 있으니, 쉬이링은 쓴웃음을 짓는 수밖에 없었다.

　"너는 순경 아저씨가 물어보는 거에 솔직하게 대답하렴. 거짓말을 하거나 숨기면 안 돼. 안 그러면 순경 아저씨도 언니들도 난처하니까. 나쁜 사람을 체포해서 재판을 하기 위해서도, 부탁할게?"

　"마법에 대해서 말해도 돼?"

　소녀는 신기한 기색으로 묻고, 쉬이링은 웃으며 고개를 끄덕였다.

　"응. 괜찮아."

　상상력이 풍족한 어린애의 세계라면, 자신이 말려든 트러블에서 초상적인 힘이나 사건이 일어났을 때 그곳에 비밀스런 뭔가가 있다고 생각할 것이다.

　그야말로 창작물의 세계라면 마법이나 초능력 같은 것은 언제나 세상에서 숨겨져 있다. 그것이 노출되면 어떤 페널티가 있거나, 자신도 그 세계에 끌려들어가게 되는 것이 정석이었다.

　그러나 현실에서 열 살의 아이가 「구하러 와준 사람이 마법으로 범인의 움직임을 막았다」라고 해봐야 신용하지 않는다.

　피해자의 발언으로 진술조서에 기록이 되겠지만, 그것이 수사 자료나 재판 자료로 진지하게 받아들여지는 일은 결코 없다.

그렇다면 어설프게 입막음을 할 것 없이 소녀가 본 그대로 이야기를 하도록 하는 것이 나중에 귀찮은 일이 적다. 반대로 이만큼 대놓고 말해도 된다고 하면, 어린애 나름대로 깊게 생각하여 마법의 신기함을 얼버무려줄지도 모른다.

"네, 네. 그럼, 죄송합니다. 오늘은 아마…… 네, 실례합니다……. 무라오카 씨, 죽을 것 같은 목소리였지만 그래도 칭찬해주더라."

전화를 끊은 토라키가 쓴웃음을 지으며 말하자, 쉬이링도 수긍하는 수밖에 없었다.

"자, 그럼 일단 순찰차에 타세요."

"나, 순찰차 타는 거 처음이야!"

"어머, 그러니? 하지만 많이 안 타는 게 좋아."

토라키가 통화를 마칠 때까지 기다리고 있던 여성 경찰관이 소녀의 손을 잡고 이끌어 골목에서 데리고 나갔다.

"그럼 여러분은 이쪽으로."

이어서 남성 경찰관이 토라키 일행 세 명을 재촉했다.

"그래서, 정말로 가요? 향술로 현혹해서 우리들을 잊게 만들 수도 있는데요."

순순히 따르는 척하면서, 쉬이링이 작은 소리로 터무니없는 소리를 했다.

"관둬. 어디에 감시 카메라가 있을지도 모르고, 자칫하면 암십자가 귀찮아져."

"그것도 그렇네요. 알았어요. 아이리스 씨도 괜찮아요?"

"그래. 이 참에 어쩔 수 없어."

쉬이링의 물음에 아이리스가 작게 고개를 끄덕였다.

"두 사람이 괜찮다면 뭐 됐어요. 그건 그렇고."

골목길에서 나온 참에, 쉬이링이 순찰차에 탄 소녀의 모습을 의문스런 눈으로 배웅했다.

"저런 여자애가 이런 늦은 시간에 혼자서 가방 같은 것도 없이, 이런 곳에서 대체 뭘 하고 있었을까요?"

그 의문에 대답할 방법을 토라키도 아이리스도 몰랐다.

다만 어떤 상상을 하든지, 그다지 밝은 화제가 안 될 거라는 건 상상이 됐다.

"그 애한테 어떤 사정이 있든지, 지금 상처를 입을뻔했는데 구해낼 수 있었어. 그건 틀림없어."

"……그럴까요."

쉬이링은 순찰차 뒷좌석에 타면서, 백미러에 한 순간 비친 자기 얼굴을 보고 웃었다.

"하긴 분명히 그것만 해도 잘 된 일이고, 저는 더 이상 할 수 있는 일도 없네요."

"그렇지 않아."

차에 타는 순서 탓에 뒷좌석 가운데 앉게 된 토라키가 말했다.

"리앙 씨는 앞으로 계속 인간 사회에서 살아가는 거야. 또 누군가 모르는 사람을 구해내는 일이 있을지도 몰라. 아까 그 애한테『마법』이야기를 했을 때, 어쩐지 제법 그럴 듯했어."

"전화하면서 듣고 있었나요? 정말이지."

쉬이링이 난처한 기색으로 눈썹을 찌푸리고 고개를 홱 돌려 창밖을 보았다.

"저도 어린애를 상대로 어른스럽지 못한 말은 안 해요. 하지만 어차피 처세술이고, 만약 앞으로 오지랖을 부려서 저 애의 사정에 연관되려고 한다면, 거기서부터는 굳이 따지자면 아이리스 씨 분야죠."

"그거야 뭐, 그럴지도 모르지만, 나로서는 리앙 씨의 그런 모습을 더 보면 좋겠다고 생각하는데."

흡혈귀가 되고 싶어하는 데미 강시 따위보다는, 옷깃이 스친 정도의 어린애를 웃으며 안심시킬 수 있는 인간이 훨씬 세상에서 살아가기 쉽지 않을까?

그런 의미도 담아서 한 말에, 쉬이링은 진심으로 무뚝뚝하게 대답했다.

"용케도 그렇게 여친 앞에서 다른 여자를 꼬시는 말을 할 수 있네요. 아이리스 씨, 역시 이 사람은 관두는 편이 좋지 않겠어요?"

"뭐?! 아, 그, 그게……."

문득 토라키가 뒤를 돌아보자, 아이리스가 불만스러운 표정으로 토라키를 보고 있었다. 그렇다고 무슨 말을 하지도 않은 채 볼이 부어서 고개를 돌리고, 쉬이링과 반대쪽 창밖을 보고 있었다.

"그러니까, 아직, 그게……."

"안전벨트 매주세요. 그럼 출발합니다."

그 순간 운전석에 여성 경찰관이 타더니 순찰차가 출발했다.

"……아직…… 여친 아니라고……."

토라키의 기어들어가는 목소리는 하이브리드 차의 엔진 소리가 아니라, 순찰차에 있는 무전기 음성에 묻혀 버렸다.

"아직, 이요."

그러나 부적 귀걸이를 단 쉬이링은 그것을 놓치지 않았다.

"그럼 이 참에 저도 입후보해볼까요?"

"정말로 봐줘라."

울어버리지 않을까 싶을 만큼 가녀린 목소리를 내서, 쉬이링은 이쯤에서 봐줄까 생각했다.

"이렇게 국제색이 풍부한 양손의 꽃 상태인데, 참 무욕한 시슈에구이도 다 있네요."

쉬이링은 흡혈귀 부분만 중국어로 발음하여 경찰관의 귀에 잡담으로 들리도록 배려했지만, 토라키로서는 생판 남들 앞에서 더 이상 섬세한 이야기를 하고 싶지도 않았다. 게다가 요즘 들어 『양손의 꽃』은 언제나 귀찮은 상황에서만 일어났다는 생각이 들어서, 심각한 한숨을 쉬었다.

※

암십자에 유괴되어 억지로 건강 진단을 받고, 돌아오는 길에 수상한 남자에게서 소녀를 구출한 날의 다음날.

무사히 아침 해가 뜨기 전에 귀가한 토라키가 눈을 뜨고 맨 처음 한 일은, 어젯밤 사건이 뉴스에 나오지 않았나 검색하는 것이었다.

토라키가 공적 기관의 신세를 지게 되면 암십자도 시끄럽고 미하루도 시끄럽고, 그리고 경찰이라면 동생인 와라쿠도 시끄럽고 조카인 요시아키도 시끄럽다.

무엇보다 자신이 진정되질 않는다.

이번에는 미성년자 약취와 상해 양면에서 수사가 진행된다고 했다. 체포된 남자의 전과 이력이나 보호한 소녀의 생활환경에 따라서, 토라키는 물론이고 아이리스와 쉬이링도 경찰의 청취를 여러 번 받을 필요가 있다고 한다.

그저 지나가다가 구해낸 자신들이 더 이상 무슨 말을 할 수 있을까 생각했지만, 경우에 따라 용의자를 재판에 회부하기 위해서라고 한다.

"논리는 알겠는데, 하다못해 일이 없는 날에…… 아."

뉴스 사이트나 SNS를 돌아보고 있던 토라키의 손가락이 멎었다.

"젠장. 나왔네."

작은 기사이긴 하지만, 다수의 뉴스가 어젯밤 사건을 보도하고 있었다.

내용은 어젯밤 그 자리에서 일어난 일을 그대로 따르는 것이고, 토라키에게 새로운 정보는 전혀 없었다.

초등학생으로 보이는 여자애가 밤 10시 이케부쿠로의 번화가에서 남자에게 끌려갈뻔했는데, 남녀 그룹이 발견하여 보호하고 남자의 체포에 협력했다는 내용이었다.

용의자인 남자나 피해자인 여아의 이름 따위는 나오지 않았고, 물론 토라키 일행의 이름도 나오지 않았다.

그것뿐이라면 좋았는데, 일부 사이트에 게재되어 있는 같은 뉴스에는 유저들의 댓글이 많이 달렸다. 토라키를 포함하여 모두 익명인 등장인물에 대해 온갖 말들이 적혀 있는 것이 눈에 보여 표정을 찌푸렸다.

『용의자의 실명은 왜 안 나오냐?』, 『사형시키면 되잖아.』 『또 무적인 사람이 저질렀나.』, 『우리가 구해내면 공범 취급으로 같이 체포된다.』, 『남녀 그룹이라는 건 뭐야? 이 남자도 체포해라.』, 『남녀 그룹은 그런 인적 없는 장소에 무슨 용건이 있었던 걸까요?』, 『밤의 번화가를 남녀 그룹이 말이지……이 사람들도 제대로 된 사람들이 아닐 것 같은 건 나뿐인가?』

제멋대로 상상한 거라 하기에도 저열한 수많은 댓글에 눈을 가리고 싶어지지만, 그 중에서 특히 많은 것이 피해 여아와 그 주변에 대한 댓글이었다.

『초등학생 여자애가 그런 시간에 번화가를 돌아다니는 게 일단 이상해. 부모는 뭘 하는 거야?』

『이거 이런 시간에 이런 장소를 돌아다니는 초등학생 여아도 문제가 있는 거 아냐?』

『요즘 고학년은 겉으로 보기에 JK랑 다를 바 없으니까. 여아가 없었다면 남자도 범죄를 저지르지 않았을 거다. 따라서 나쁜 건 여아.』

『이런 시간에 번화가를 돌아다니는 아이의 부모. 뭐 다시 말해서 그런 거겠지.』

『잠깐. 이거 분명히 학대가 의심스러운 상황이라고 생각합니다. 어쩌면 부모뿐 아니라 학교에서도 아무 대처가 없을 가능성이 있어요. 제가 초등학교 다닐 때 한 학년 아래의 친구 반 담임이 이지메를 여러 건 뭉갰다는 소문이 도는 녀석이었는데 그 담임교사는 옛날에 아버지의 폭력 때문에 피난소로 도망친 여자애와 어머니를 억지로 데리고 돌아온 일이 있다고 해서 그 이야기를 듣고 나는 정말로 무서워서 지금도 밤에 잠을 못 자고 있습니다. 일본의 교육 현장에서 하루라도 빨리 저처럼 무서운 일을 겪는 사람이 없으면 합니다. #여자애 #일본의 교육에 한마디』

『아동상담소 안건. 이 애의 미래에 행복이 있기를 바란다.』

이 사건의 뉴스를 접한 사람들 모두가, 그 소녀가 어째서 그 시간에 그런 장소에 있었는지에 대한 의문을 품었다.

어젯밤의 피해 소녀에 대해서, 토라키도 아이리스도 쉬이링도 어째서 그런 장소에 있었는지, 어디 사는 누구인지, 본명조차 물어보지 않았다.

사람들 제각각, 가정에는 제각각의 사정이 있으니 이쪽에서 물어보지는 않았지만, 그래도 신경은 쓰인다.

마지막 댓글에 아동상담소 안건이라고 했다. 요컨대 그 소녀가 가정이나 학교의 환경에 커다란 문제를 품고 있는 것 같으니 아동상담소가 조사해서 필요하다면 그녀의 심신 안 진을 위해 보호해야 한다. 라고 말하는 것이다.

물론 모든 것은 상상이고 억측이라고 하기도 어려운 감상이며, 어쩌다가 안 좋은 우연이 겹쳐서 그 사건이 일어나 버렸을 가능성도 충분히 있었다.

어쨌거나 토라키는 더 이상 상관할 일이 아니다. 쉬이링에게도 말했지만, 그 순간 그녀를 구할 수 있었으니 그 이상은 바랄 일이 아니다.

"뭐, 이제는 대낮이나 근무가 있는 시간대에 경찰의 접촉이 없기를 바랄 뿐이야."

크게 하품을 하고 집 안을 둘러봤는데 사람의 기척이 없다.

누구의 기척도 없지만, 테이블 위에는 내용물이 밝은 색조의 샌드위치가 그릇에 담겨 랩핑되어 놓여 있었다.

희미하게 풍기는 옥수수 냄새를 추적하자, 가스레인지 위에 뚜껑을 닫아놓은 작은 냄비가 있다. 아마도 내용물은 콘수프일 것이다.

재커리 일 이후로, 저녁에 눈을 뜨면 아이리스가 방에 있다는 일이 사라졌다.

그 대신 어제는 어느샌가 유괴를 당했었는데, 그때까지 토라키의 방에서 제멋대로 군 주제에 요즘 그럴 낌새가 없는 것은 어째서인가? 자연스럽게 물어본 적이 있었다.

그랬더니.

"전에 시스터 유우리한테 오해를 받은 일 있었잖아? 당신에 대한 내 마음이 진짜니까, 반대로 주위에서 섣부른 오해를 받는 일을 피하고 싶어. 당신하고는 그게…… 제대로『그렇게』되고 싶으니까.”

이런 대답을 했다.

그때까지 실컷 주위에 오해를 받는 일들을 해온 주제라고 생각하기도 했지만, 반대로 말해서 그만큼 아이리스의 진심을 엿볼 수 있는 말이라 토라키로서는 지극히 반응하기 난처한 일이었다.

그러나 그건 그렇다 치고, 이미 아이리스가 식사를 준비해 주는 것 자체는 토라키의 생활 속에서 정석 이벤트가 되어 있었다. 세수를 하고 주방의 의자에 앉아, 샌드위치 앞에서 손을 마주 댔다.

“잘 먹겠습니다.”

적당한 양의『아침 식사』를 배에 넣고, 식기는 스스로 씻었다.

“아침 식사 잘 먹었습니다. 이제부터 일하러 다녀올게.”

아이리스에게 메시지 앱 ROPE로 메시지를 한 건 보내고, 훌쩍 코트를 입고 집을 나섰다.

평소에는 그대로 추위에 몸을 움츠리면서 재빨리 가게로 가지만, 이 날은 현관을 한 걸음 나선 시점에서

“우와아아아앗?!”

토라키는 비명을 지르며 그 자리에서 엉덩방아를 찧어버렸다.

“　　　”

현관문의 스윙 궤도 아슬아슬하게 바깥인 위치에 미하루가 서 있었다.

천 주머니에 넣고 있지만 일본도를 등에 졌다. 눈은 여전히 공허하며, 호흡을 하는 건지 아닌지도 알 수가 없다.

무엇보다 두려운 것은, 대체 언제부터 여기 서 있었는지 알 수 없다는 점이었다.

인터폰을 누르지도 않고, 그렇다고 억지로 들어오지도 않고, 그저 이 어슴푸레하고 추운 복도에 서 있었다는 사실이 토라키의 간담을 서늘하게 만들었다.

"미, 미미미미미미, 미미미미미미미미미미."

너무 놀라서 말도 제대로 안 나온다.

"토라키님이또, 여자를구하셨다고들었어요."

"여자라니."

토라키와 아이리스와 쉬이링이 동시에 경찰 신세를 지면 당연히 암십자와 히키 가문이 그것을 파악하겠지만, 말을 좀 가려서 했으면 좋겠다.

"보, 보고가 늦은 건 미, 미안해. 하, 하지만 어제 구한 건 작은 여자애고, 나 혼자서 구한 것도 아니니까, 딱히 그게, 네가 걱정할 일은……."

"토라키님, 기억하시나요."

"어?"

"제가토라키님께도움을받았을때도, 저는아직, 앳된여아였습니다. 그래도저는, 토라키님께홀딱반해버렸어요."

"그, 그으……."

"토라키님은상냥하시니까요, 훌쩍…… 여성이 난처하면 구하지…… 않을 수 없는, 건 알고, 있……습니다!"

"어, 야, 미하루?!"

"하지만…… 하지만…… 부디, 잊지 마세요…… 토라키 님을 처음으로 마음에 품은 것은, 저, 저라는 사실을…… 훌쩍…… 우우……."

"와아아아아! 지, 진정해, 미하루!"

토라키는 자리에서 황급히 일어섰다.

빛을 잃었던 미하루의 눈에 빛이 돌아왔다 싶더라니, 어린애처럼 표정을 찡그리고 주륵주륵 눈물을 흘리며 울기 시작했으니까.

"알고, 있어요. 누가 처음인지는, 의미가 없다는 것…… 하지만, 하지만…… 아이리스 예레이는, 치사합니다. 토라키 님의 일상생활에 파고들어서, 토라키 님 옆에 서다니, 저는 도저히 못하는 일을……."

"아니, 미하루, 있잖아?"

"그래서…… 또 토라키 님이 소녀를 구하셨다는 말을 듣고…… 또 토라키 님을 따르는 여자가 나타났다고 생각하자 도저히 가만있을 수가 없어서……!"

"아니? 있잖아? 구했다고 해도 상대는 아직 어린애라고."

"저도 어린애였어요!"

"그리고 저기, 미성년이 피해자인 사건이니까 나는 피해자인 애 이름도 몰라. 그쪽도 내가 어디 사는 누구인지도 모를 거고!"

"저는 사방으로 손을 써서 조사했어요!"

"그러고 보니 그랬었지만 일본에서 손꼽히는 자산가인 너랑 똑같이 보면 안 되지?"

돌이켜보면 미하루랑 알게 된 경위도, 이번과 가까운 일이었다.

흐느껴 우는 미하루를 어떻게 달래야 하는지 모르겠다. 그리고 이런 대소동을 일으키면 옆집의 아이리스가 언제 듣고서 나올지 몰라서, 토라키는 제정신을 못 차리고 있었다.

평소에는 오만불손함을 그림으로 그린 것 같은 미하루가, 그야말로 나이에 걸맞은 소녀처럼 울먹이는 모습은 단순히 죄책감도 느껴지고, 이런 장소에서 미하루와 아이리스가 진심으로 싸우기 시작하면 토라키는 막을 수가 없고, 그렇다고 지금의 토라키는 그녀들의 『본질적인 다툼』에 결판을 내줄 의사도 없다.

『성실한 척 그런 말을 하지만, 단순히 여자애랑 사귈 배짱도 각오도 능력도 없는 것뿐이잖아요?』

마음속의 쉬이링이 괜한 말을 하지만, 60년 숙성 흡혈귀의 그늘진 인생이 굳어진 인생설계다. 그건 그거대로 존중받아야 하지 않을까?

"그러니까, 저는, 결심했어요!"

"뭐, 뭐를……?"

미하루는 우느라 새빨개진 눈으로, 토라키의 얼굴을 확 올려다보았다.

"저도, 토라키 님의 인생에 더욱 다가가겠다고!"

"어, 아, 아니 설마 너까지 이 맨션에 살겠다고 하는 건……."

"그런 돌아가는 짓을 할 수는 없으니까, 이 맨션과 땅을 매수하여 명의를 제 것으로 하기 위한 교섭을 시작하려고 했습니다만."

"야."

"상대방이 전혀 팔 생각이 없는 것 같아 포기했습니다."

안도한 것도 한 순간이다.

"토라키 님, 제가 가진 부동산으로 옮기실 생각 없으신가요? 당연히 집세는 무료로 해드리겠습니다."

일본에서 손꼽히는 자산가 입에서, 드디어 이 말이 튀어나왔다.

"사실은 가지고 있는 부동산 몇 건을, 언제든지 토라키 님과 신생활을 시작할 수 있도록 비워놨어요."

"지금 당장 다시 채워. 부동산은 활용을 해라."

"토라키 님과 함께하는 생활 이상으로 활용할 수 있는 방법 따위 존재하지 않아요!"

"야, 좀 진정해봐."

미하루가 적극적으로 밀어붙이는 것은 늘 있는 일이지만, 오늘은 조금 상태가 달랐다.

어쩐지 평소와 다르게 조바심을 낸다.

토라키는 목소리를 죽이고 말했다.

"너답지 않게 왜 그래?"

"어디가 말인가요? 제가 토라키 님께 적극적으로 다가서는 건 늘 있는 일이잖아요?"

"스스로 말하지 마. 태클을 못 걸잖아."

토라키가 마음을 가다듬고, 진정시키기 위해 미하루의 어깨에 손을 올렸다.

"히야악?!"

"야, 미하루. 잘 들어봐."

"네, 네에…… 언제든지……."

"눈을 감지 마. 입술 내밀지 마. 그게 아냐!"

이야기가 도무지 진행되질 않는다.

"미하루한테는 정말로 감사하고 있어. 내가 도저히 갚을 수 없을 만큼 은혜를 입었어. 그렇지만, 내가 네 마음을 받아들일 가능성이 있다면, 그건 인간으로 돌아갔을 때뿐이야. 분명히 아이리스한테도 고백을 받았지만, 내가 흡혈귀인 이상, 무슨 일이 있어도 특정한 파트너를 가질 생각은 없어. 햇빛 아래를 걸을 수 있게 되기 전까지는, 절대로. 부탁해. 나를 좋아한다면, 그것만큼은 이해해줘. 안 그러면 나는 네 마음에 영원히 답할 수 없어."

"……토라키 님…… 하지만, 그것은……."

미하루는 매달리지만, 매달려도 토라키에게는 양보할 수 없는 것이 있다.

말하면서 토라키는 힐끔 옆집인 103호실을 보았다.

이 정도 소란을 피워도 안 나온다면, 아이리스는 외출한 걸까?

어쨌거나 이 맨션에는 토라키와 아이리스 말고도 입주자가 있으며, 지나가는 다른 입주자가 들어도 될 이야기가 아니다.

"미안. 이제 곧 출근시간이야. 조금 걸을래?"

"앗…… 그, 네……."

토라키가 손을 잡자, 미하루는 순순히 이끌려 따라갔다.

맨션 밖으로 나와 손을 놓으려 했지만, 미하루가 거스르며 토라키의 손을 마주 쥐었다.

이걸 떨쳐내는 것은 아무래도 어른스럽지 못하다고 생각한 토라키는 별 수 없이, 이대로 가게까지 길을 걷기 시작했다.

"솔직히, 나는, 내가 그렇게 인기가 있는 편이라고 생각 안 하니까, 어째서 이렇게 미하루랑 아이리스가 잘해주는지 알 수가 없어."

"토라키 님의 무엇에 매력을 느끼는가는 사람들마다 다를 거라 생각합니다만, 제가 토라키 님께 느끼는 매력은, 돈이나 입장이나, 그런 것이 아니라는 건 알고 계시죠?"

"그야 그렇지."

그 두 가지야말로, 토라키가 인생을 열 번 반복해도 미하루를 당해낼 수 없는 것들이다.

"……재크의 라이브 가기 전에, 우리 집에 모였잖아."

"응? 네."

미하루는 토라키가 갑자기 다른 이야기를 시작하자 놀라서 고개를 들었다.

그러나 이어지는 토라키의 말에 숨을 삼켰다.

"그때 와라쿠가 무슨 말 했어?"

"……윽."

토라키가 말하는 것은, 올포트의 표적이 된 재커리를 지키기 위한 작전을 토라키의 집에서 의논했을 때 일이다.

그 자리에는 재커리와 인연이 깊은 토라키의 동생, 토라키 와라쿠도 있었는데, 올포트에게 당해 기절하고 눈을 뜨는 사이에 와라쿠가 미하루와 아이리스를 상대로 뭔가 진지한 이야기를 한 낌새가 있었다.

그때는 재커리의 정세가 한시를 다투고 있어서 토라키도 깊게 추궁하지 않았는데, 생각해보면 아이리스의 태도가 조금 변한 것도 그때가 경계였다고 생각한다.

"그것은, 저기……."

미하루가 어색하게 고개를 숙이고 말을 머뭇거렸다.

그 미하루가.

"그냥 혹시나가 아니라, 그 녀석 꽤 심각한 이야기를 했구만?"

미하루는 약간 머뭇거렸다.

"아이리스 예레이는, 아무 말도……?"

"그 녀석, 다른 사람의 상담을 남에게 흘리는 일은 절대 안 하거든."

"그런 부분만, 제대로 된 성직자 같군요."

아이리스에 대한 밉살맞은 말을 끼우는 것도 잊지 않지만, 그래도 평소와 비교하면 전혀 패기가 없었다.

"내가 들어도 되는 이야기야?"

"언젠가, 와라쿠 장관 본인이, 토라키 님께 이야기를 한다고 했어요."

토라키는 조금 숨을 들이쉬었다.

"한 가지만 알려줘. 와라쿠가 이야기를 할 때까지 내가 느긋하게 기다리면 되는 이야기였어?"

미하루는 대답이 없었다. 말로도, 태도로도. 그것이 무엇보다 대답이었다.

"미안해. 정말로, 우리들 형제의 문제에 끌어들여서."

"아뇨, 그런…… 저는 좋아서……."

"……올해 안으로, 아이카를 쓰러뜨리겠어."

"토라키 님?"

"결국 내가 이렇게 비굴한 것도, 두 사람의 마음에 응답하지 못하는 것도, 와라쿠가 괜한 걱정을 하는 것도, 내가 아무것도 이루지 못해서 그래. 내 자기긍정감이 낮은 것도."

"토라키 님……."

"아이카를 쓰러뜨리면, 어느 쪽이든 답이 나오겠지. 인간으로 돌아가든가, 못 돌아가든가."

살아 있거나, 죽거나.

"결코 죽지 못하세요."

"안 죽으면 최악의 경우 밭에 내 재를 뿌리는 걸로 끝날지도 모르지."

"토라키 님!!"

"미하루."

전방에, 가게의 불빛이 보였다.

토라키는 미하루의 손을 놓고, 미하루도 그것을 자연스럽게 받아들였다.

"고마워."

"토라키 님……."

"그리고 안심해. 부정적인 말투라 미안한데, 나는 더 이상 빚을 만드는 상대를 늘리고 싶지 않아. 이런 말을 하면 터무니없는 지골로지만, 어제 구한 아이가 너처럼 나랑 친밀하게 되는 일은 없어. 애당초 내 주변에 그리 간단하게 친밀해질만한 여성이 나타날 리 없다니까."

"그러길 바라겠습니다. 그 애의 장래를 위해서도. 그런데 지골로라는 것은, 또 상당히 오래된 표현이군요."

납득을 한 건 아니겠지만, 일단 미하루가 집으로 찾아온 것은 더 이상 미하루의 『라이벌』이 등장하는 것을 막기 위한 견제, 였을 것이다.

그리고 이날 밤 처음으로 미하루의 표정에 희미하지만 웃음이 떠오르고, 토라키는 가슴을 쓸어 내렸다.

"그런데 재커리 힐의 트레이닝에 아이리스 예레이도 참가

하고 있나요?"

"아, 그건 재크가 안 시키더라. 그렇잖아도 재크는 암살자에게 수배범 같은 거니까. 너무 얽히면 아이리스의 입장이 나빠질지도 모른다고 하더라고. 아이리스도 그건 순순히 말을 듣고 있어."

더욱이 말하자면, 그렇잖아도 평소 접점이 많은 아이리스의 고백에 대해 토라키가 얼마나 마음을 기울이고 있는지 가늠하려는 속셈도 있을 것이다.

아이리스가 훈련에 참가하지 않는다고 하자마자 더욱 한 단계 표정이 풀어졌지만.

"그 대신이라긴 그런데, 재크의 밴드에 있는 애나 씨가 참가해줘. 재크랑 1대 1로는 한계가 있으니까."

다음 순간, 10단계 정도 단번에 굳어졌다.

"애…… 애나 씨…… 라는 것은……."

"재크의 그룹, ZACH의 멤버야. 알잖아? 네 명 중에서 두 명이 팬텀이고, 재크 말고 또 한 명이 애나 씨."

"그, 그, 그, 그랬었던가요?"

애나는 ZACH의 홍일점으로, ZACH의 원년멤버이기도 했다.

미하루는 재커리 말고도 팬텀 멤버가 있다는 것은 들었지만 그것이 여성 멤버라는 생각은 못했고, 토라키와 가까워졌으리라고 생각 못해서 발치가 비틀거렸다.

"그그그그그런데, 그 애나 씨는, 대, 대체 무슨 팬텀인지……?"

"글쎄. 그건 가르쳐주질 않더라. 잘못해서 무슨 약점을 찌르게 되면 미안하니까 물어봤는데, 비밀이야. 라고 하면서 안 가르쳐줬어."

"헤, 헤에에……."

"겉으로 보기에는 인간인데 신체능력이 엄청나게 높으니까, 위어 울프 같은 게 아닐까 생각하거든. 정말로, 천장이나 벽을 달리는 모습이 하늘을 나는 것 같았어."

"그, 그, 그, 그런가요……."

"낮에 다른 멤버랑 같이 돌아다닌다고 하니까 흡혈귀가 아닌 건 틀림없지만, 언제 가르쳐줄지 모르는 느낌이야."

주변에 친밀해 질만한 여성이 안 나타난다고 말하자마자 이런다.

미하루가 몸을 떨고, 칼이 든 주머니 안에서 금속소리가 울렸다.

"오, 취식 코너에 손님이 있네."

그런 타이밍에 이미 가게 앞에 도착했다.

"그러면, 미안. 이제부터 일하러 가야해."

"네? 네에…… 그, 힘내세요……. 저, 그, 그렇네요. 커피를 한 잔, 사서 돌아갈까 해요."

"응? 그래? 그럼 들어와서 기다려."

미하루는 품고 있는 응어리를 결국 풀지 못한 채, 휘청이며 토라키 뒤를 따라 가게에 들어갔다.

"아, 토라키 안녕? 사실 토라키한테 손님이⋯⋯."

아내와 서류상으로만 이혼하여 무라타가 되고, 종업원들에게 헷갈린다고 항의를 받아 결국 통칭 무라오카 씨로 불리게 된 오너이자 고용주인 무라오카가 카운터 너머에서 말을 걸었다 싶더라니⋯⋯.

"오빠!"

취식 코너에서 힘찬 목소리가 들렸다.

그 생명력에 이끌리듯 눈길을 돌리자, 그곳에 아는 얼굴이 있었다.

그러나 설마 어제오늘 재회할 줄은 생각도 못한 얼굴이었다.

나이는 열 살 정도.

긴 머리칼을 고무줄로 묶고 곤색 코트에 베로어 스커트를 입은 소녀가, 쾌재를 올리며 토라키의 몸에 뛰어들어 안겼다.

"역시 그때 그 오빠다야! 안녕! 만나러 왔어요!"

그리고 함박웃음을 지으며 토라키를 올려다보았다.

꽃이 피는 것처럼 귀엽다는 것은 그야말로 이것을 말하는 것이리라.

그러나 토라키는 그 천진한 웃음에 순순히 미소를 지을 수가 없었다.

등 뒤에서 미하루가 등에 진 칼을 쥐고 덜컥덜컥 소리를 내고 있었으니까.

소녀의 모습이 과거 미하루의 모습과 겹쳤다.

다시 말해서 몇 분 전에 미하루에게 한 말이 한 순간에 뒤

집혀 버린 것이다.

"자~아. 미하루 씨 진정하세요~. 어린애 상대로 날붙이를 꺼내면 안 됩니다~ 안 됩니다~."

미하루의 어수선한 기척을 느꼈는지, 어딘가 숨어 있던 쉬이링이 등 뒤에서 미하루의 양쪽 어깨를 누르며 칼 소리를 멈추려고 했다.

"이거놓으세요리앙쉬이링. 주제파악을못하는계집애한테, 이틈에세상의엄격함과어른의무서움을뼈에사무치도록알려줘야합니다."

그대로 야오비쿠니의 새로운 형태로 각성할 법한 미하루에게 식은땀을 흘리면서도, 무라오카의 눈길이 있으니 소녀를 떨쳐내지도 못했다.

"너, 너는……."

당황하는 토라키에게 다시 한번 웃으면서, 드디어 소녀는 토라키에게서 떨어졌다.

"어제는 고맙습니다! 저는 하토리 리사라고 해요! 열두 살입니다!"

하토리 리사라고 자기소개를 한 소녀는 깊숙하게 고개 숙여 인사를 했다.

조용했다.

아까 전의 소란이 거짓말인 것처럼 가게 안이 조용했다.

가게에 있는 건 토라키와 무라오카뿐이고, 무라오카도 앞으로 15분 뒤인 심야 12시에 귀가할 예정이었다.

"아~ 맞다. 정신없어서 잊고 있었네. 토라키, 이 포스터 말인데 교체 부탁할 수 있을까?"

그 무라오카가 개봉된 원통 모양의 포스터를 꺼내 펼치자, 토라키는 작게 「아아」 하며 고개를 끄덕였다.

"이거 이런 식으로 오는 거였네요. 라벨 달려 있는 걸 보니까 혹시……."

"그래. 다른 판촉물이랑 같아서 평범하게 발주하는 거야. 전에 붙인 게 토라키가 일을 시작하기 전이었는데, 아무래도 지저분해졌잖아? 이미지가 나빠지니까."

토라키가 출근할 때 반드시 눈에 들어오지만, 그렇다고 그것에 대해 딱히 무슨 특별한 업무가 발생하거나, 의식하도록 지도를 받은 기억이 전혀 없었다.

"막 들어왔을 때, 연수 서적 같은 거에서 본 기억이 있네요. 이 하마 마크."

프론트 마트 이케부쿠로 동5쵸메점의 자동문에는, 가장 눈에 띄는 장소에 히어로 차림을 한 하마가 심플하고 귀엽

게 데포르메되어서 그려진 포스터가 붙어 있었다.

커다랗게 입을 벌리고 웃는 하마가 양손을 펼친 그림인데, 그 아래에 부드럽고 커다란 폰트로 『힘들 때는 에스카바맨의 가게로 오세요』라고 적혀 있었다.

이것은 프랜차이즈 비즈니스에 연관된 수많은 기업과 점포가 가맹된 사단 법인과 경찰청이 연계하는 『세이프티 스페이스 활동』의 포스터였다.

포스터에는 마스코트 캐릭터인 에스카바맨과 책가방을 등에 멘 아이가 달려오는 이미지, 그리고 경찰 110번과 소방서 119번, AED 장치 설치를 가리키는 아이콘이 크게 표시되어 있었다.

이 포스터의 도안을 통해 이 포스터가 붙어 있는 점포나 기업, 건물은 긴급시에 도망치거나 도움을 청하는 장소라는 인식이 일반적으로 퍼져 있지만, 이 포스터의 실적은 조금 더 다양한 분야에 퍼져 있었다.

세이프티 스페이스 활동은 분명히 방범, 방재를 활동의 커다란 기둥으로 하지만, 더욱이 그 전제로 『지역 공헌』이라는 개념이 부속된다.

이 에스카바맨이 그려진 세이프티 스페이스 활동의 제1의 의는 지역 공헌이었다.

따라서 세이프티 스페이스 활동 포스터를 붙여놓은 점포, 건물의 운영자는 지역의 실정에 맞는 『안전한 지역 만들기』나 『지역의 청소년 환경 건전화』를 목적으로 활동하는 것을 표방하게 된다.

때문에 방범이나 방재의 거점이 되기도 하며, 지역에서 축제가 있으면 가게 앞이나 주차장에 노점을 내거나, 지역의 청소활동에 참가하거나, 지역의 유치원, 보육원에서 사생대회 따위를 열면 점포에 게시하기도 한다.

"뭐랄까. 보란 듯이 순서가 거꾸로 됐네."

"그거 재밌는 농담 아니거든요······?"

토라키는 에스카바맨의 새로운 포스터를 보면서 굳어진 웃음을 지었다.

자동문의 전원을 일단 껐다. 접착면에서 습기가 침입했거나 테두리가 갈색으로 얼룩져버린 낡은 포스터를 떼어내고, 새로운 것으로 바꿔 붙인다.

"오래된 포스터는 어떡하면 될까요?"

"일단 버리는 법도 지시를 받았으니까 직원실에 놔둬. 보통 쓰레기랑 섞으면 안 돼."

일단 바깥에서 제대로 붙었는지 확인하고, 깔끔하게 붙은 것을 확인했다.

확인하자, 무심코 책가방을 등에 멘 아이의 아이콘과 110번 표시가 눈에 들어왔다.

"리사, 라고 했지? 아까 걔. 진심이라고 생각해?"

"모르겠어요. 저 나이 여자애가 무슨 생각을 하는지. 아카리가 저만했을 때 그렇게 오래 전이 아니니까, 무라오카 씨가 더 잘 알지 않아요?"

"알았으면 우리 가정이 그렇게 안 됐겠지."

갑자기 가면 같은 표정이 된다. 토라키는 지뢰를 밟았다고 내심 표정을 찌푸렸지만, 그건 그렇다 치고 자기가 먼저 발치에 지뢰를 묻은 주제에 멋대로 끌어들이지 말았으면 좋겠다.

"뭐, 이 에스카바맨의 논리에 비추어 보면 그 애 같은 지역 사람들과의 교류를 거절할 수는 없지만, 깜짝 놀라긴 했어."

무라오카가 당황하는 것도 어쩔 수 없다.

두 사람이 이야기하는 것은 어젯밤에 토라키가 구해내고, 오늘 그것에 대한 인사를 하고 싶다며 찾아온 하토리 리사에 대해서였다.

※

토라키는 처음에 하토리 리사와 갑자기 마주치고 미하루의 살기에 당황해서 깨닫지 못했지만, 취식 코너에 손님이 또 한 명 있었다. 그 인물이 리사 뒤에서 급하게 일어서서 고개를 숙였다.

"하, 하토리 양! 그럼 안 돼요! 그렇게 갑자기! 죄송합니다! 인사도 제대로 안 하고……! 저기, 토라키 유라 씨, 맞으시죠?"

쉬이링과 비슷한 나이거나 조금 연상인 여성이었다.

리사와 같은 세미롱의 머리칼을 바렛타로 모아서 묶고, 데님 팬츠 위에 심플한 셔츠를 입었다. 취식 코너 카운터에는 자락이 긴 다운 코트가 놓여 있었다.

"네 제가 토라키 맞습니다만, 저기, 그게……."

리사는 그렇다 치고, 여성은 완전히 초면이었다.

말을 건 순간에는 보호자라고 생각했지만, 어머니치고는 너무 젊다. 하토리 양이라고 부르기도 했으니 가족은 아닐 것이다.

더욱이 말하자면 박복해 보이면서도 덧없는 아름다움을 갖춘 여성이라서, 쉬이링이 이마에 혈관을 드러낼 만큼 전력으로 미하루를 억누르지 않으면 칼 소리가 멈추질 않았다.

"아, 그, 그렇네요! 저도 참. 하토리 양한테 주의를 주면서 인사도 제대로 안 했어요."

당황해서 허둥지둥 코트를 둔 자리에 돌아가더니, 금방 명함집 같은 것을 손에 들고 돌아왔다.

"앗!"

그러나 너무 당황해서 움직이느라 의자에 다리가 걸려서 넘어질뻔했다.

"위험해요!"

토라키가 무심코 손을 뻗어, 위태로운 순간에 손을 잡아 넘어지지 않았다.

"죄, 죄송합니다. 거듭해서 꼴사나운 모습을 보였어요."

여성은 얼굴이 새빨개져서 자세를 바로잡았다. 토라키는 약간 당황하면서 그것을 돕고, 토라키의 등 뒤에서는 드디어 얼버무릴 수 없을 만큼 칼 소리가 커지고 있었다.

그러나 여성은 얼굴이 빨개진 채 서투른 손놀림으로 명함집을 열어, 한 장을 토라키에게 내밀었다.

"저는 이데히 쥬리라고 합니다. 야간 학동[1] 보육소 『옐로우 거베라』의 부소장을 맡고 있습니다."

"야간 학동?"

생각지 못한 말이 나와서 토라키가 놀라고, 칼 소리도 멎었다.

"보기 드문 성이지. 이데히 선생님."

"선생님……."

리사가 이데히 쥬리라고 자기소개를 한 여성에게 미소를 지었다.

"네. 사실 그게, 하토리 양은 저희 학동에 다니는 아이, 거든요. 네."

아아, 그래서. 말하려다가 토라키는 하마터면 고개를 갸웃거릴 뻔했다.

어떻게 토라키와 쉬이링이 일하는 곳을 알아냈는지는 모르지만, 리사의 언동도 그렇고 어제오늘 찾아왔다면 어젯밤 일의 감사를 하러 왔다고 할 수 있을 것이다.

그러나 그걸 위해서 찾아온 보호자가 부모나 가족이 아니라 야간 학동의 선생이라는 것은, 어쩐지 도리가 아닌 것 같기도 했다.

#1 학동 일본에 있는 방과후 아동의 보육 시설. 초등학생을 대상으로 하는 일본 특유의 시설. 방과후 학교나 방과후 아동 클럽 등 다양한 별칭이 있다. 학동은 법제화된 정식 명칭.

"저기, 저기 말이죠. 하토리 양의 부모님이 이 시간에 도저히 외출을 할 수 없어서, 그리고 어젯밤 일은 이 시간에 하토리 양을 돌보는 저희들 책임도 있으니까요."

토라키가 품은 의문을 짐작했는지, 아니면 먼저 쉬이링이 같은 의문을 던졌었는지, 쥬리가 거듭 말했다.

"아아, 그랬었나요."

토라키로서는 그렇게 말하는 수밖에 없다.

본래 인사를 기대하고 구한 것이 아니다. 리사와 쥬리에게도 사정이 있을 테니까 그녀들을 믿을 이유가 있다면 그것을 추궁할 생각은 없었다.

그러나 알 수 없는 것도 있었다.

"그런데, 대체 어떻게 우리가 일하는 곳을……?"

사건이 일어난 지 아직 하루도 안 지났다.

"아, 네. 그게……."

쥬리가 입을 열려고 하다가, 시야 아래서 리사가 힘찬 목소리로 말했다.

"경찰 아저씨가 알려줬어!"

이건 아무래도 놀랐다.

토라키 일행이 피해자인 리사에 대한 정보를 듣지 못한 것은 당연하지만, 피해자는 구해준 상대에 대해 간단히 들을 수 있는 것일까?

토라키는 경찰의 요직을 맡은 인간이 두 명이나 친인척 중에 있지만 그런 사정에는 밝지 않았다. 그래도 두 사람이 이렇게 이 자리에 있으니 그런 거라고 생각하는 수밖에 없었다.

"오빠, 프론트 마트 코트 입고 있었잖아?"

리사 말처럼, 신분이 드러난다면 그게 원인일 거라 생각하긴 했다. 그래도 이케부쿠로만 해도 프론트 마트가 얼마나 있는지 생각하면, 분명히 경찰이 알려주지 않는 한 이렇게 빨리 특정할 수 없을 것 같았다.

"그래서 근처에 있는 가게 사람일 거라고 생각했는데, 프론트 마트 잔뜩 있잖아. 인사를 하고 싶다고 부탁했더니, 경찰 아저씨가 가르쳐줬어."

"저도 솔직히 정말로 이곳인가 반신반의였습니다만, 저녁 시간에 조심조심 와봤더니……."

"계산대에 마법사 언니가 있어서, 분명히 여기라는 걸 알았어!"

"'마법사?'"

무라오카와 미하루가 동시에 쉬이링 쪽을 보았다.

말은 같았지만, 무라오카와 미하루의 표정은 크게 달랐다. 그 차이는 쉬이링의 정체를 알고 있느냐 아니냐의 차이였다.

"뭐, 그 현장에서 조금 일이 있어서요~."

나중에 미하루가 추궁할 예감을 강하게 느끼는 쉬이링이었지만, 리사 앞에서 이 정도로 동요할 그녀가 아니었다.

"경찰이 믿어줬어?"

"잘 모르겠어. 아마 안 믿은 거 같아."

"그래. 그러면 그건 나중에 둘이서만 얘기하자."

오히려 스스로 리사에게 그 화제를 꺼내서, 상상한 대답을 그대로 얻어 마법사 이야기가 더 이상 확대되는 것을 막았다.

"어, 어쨌거나 정말로 하토리 양을 구해주서서, 정말 감사합니다! 그게, 이거, 별거 아닙니다만……!"

쥬리가 토라키도 알고 있는 제과점의 종이 가방을 내밀었다.

"아니 그건, 이쪽으로서도 그럴 셈으로 한 게 아니니까요!"

"아뇨. 저희들의 감독이 부족해서 이렇게 된 거니까요. 부디, 부디……."

쥬리와 토라키 사이에서 종이가방이 왔다 갔다…….

"감독 부족이라는 건 뭐야아."

"어? 아, 그게 하토리 양이 나쁘다고 하는 건 아니고 말이죠? 그저, 저기…… 눈을 뗀 사이에 갑자기 사라진 건 정말이잖아요?"

"어차피 안 받으면 물러날 수가 없으니까 얼른 받으면 될 텐데."

"아니, 그래도 나는 그렇게 대단한 일을 한 것도 아니고……."

리사와 쉬이링의 말에, 쥬리와 토라키 쌍방이 난처한 표정을 지었다.

"그러면…… 죄송합니다. 감사히 받을게요."

"네. 정말 감사합니다. ……그래서 저기, 또 한 분 계신다고 했습니다만, 그 분도 여기 근무하시는 분인가요?"

아이리스는 근무지를 경찰에 말하지 않은 걸까?

청취는 여성 경관이 담당했을 테니까 말을 못 한 것은 아니겠지만, 단순히 리사에게 토라키에 대한 걸 알려준 경관이 다른 사람일 가능성도 있다.

토라키와 쉬이링은 그렇다 치고, 아이리스의 직장은 토라키가 멋대로 알려줄 수 없었다.

"아니, 그녀는……."

그래서 토라키가 그렇게 말하고자 입을 열었는데,

"한때는 가게 단골이었지만, 요즘에는 어~째선지 잘 안 오네요? 그죠? 토라키 씨이?"

또 쉬이링이 괜한 말을 꺼냈다. 지금 여기서 이야기를 성가시게 만드는 말은 좀 관두자.

"리앙쉬이링, 입이재앙의근원이라는말을가르쳐줄까요?"

이렇게 미하루를 자극하게 되는 일도 되니까 좀 관두자.

"저, 그게에, 하지만, 저는 그녀랑 연락이 되니까, 두 사람이 왔었다고 전해둘게요."

"그, 그런가요. 죄송합니다. 잘 부탁드릴……."

"에에! 그 언니는 못 만나?!"

토라키와 쥬리가 좋게든 나쁘게든 어른의 그러려니로 사태를 넘기려고 하는 참에, 당사자인 리사가 한 마디 했다.

"그 언니가 처음에 범인이랑 맞섰단 말이야. 인사를 해야지!"

리사가 하는 말도 분명히 일리가 있다.

토라키로서도, 재회가 갑작스러워서 놀랐을 뿐이지 아이리스랑 만나도록 해주는 게 싫은 건 아니다.

다만 아이리스의 직장은 특수하기도 해서, 만남에도 다소

배려를 해야 한다.

"이데히 씨만 괜찮다면, 또 한 명한테 연락이 되는대로 제가 이 연락처로 전화를 드려도 될까요?"

"아…… 네. 그렇군요. 그런 거라면……."

토라키와 쥬리가 동시에 슬림폰을 꺼낸 탓에, 또 미하루의 등에서 칼 소리가 시작됐다.

"방금 전에도 말씀 드린 것처럼 저희들은 야간 보육소라서, 전화를 주실 때는 오후 시간 즈음에 해주시면 무척 감사하겠습니다."

"오후라……."

절대 연락이 불가능한 시간을 지정해서 한 순간 당혹했지만, 쥬리가 말을 덧붙였다.

"아, 하지만 오전 중에는 저기, 일이 일이라서 자느라 받지 못하는 일이 많아서, 메일이나 메시지를 주시면……."

"알겠습니다. 그럼 그럴게요. 가능한 빠르게 연락하겠습니다. 전화를 할 때는 방금 받은 명함의 번호로 걸면 될까요?"

"네. 만약 안 받으면, 송구하지만 부재중 메시지로 녹음을 남겨주시면……."

"알겠습니다. 그러면 나중에 이 메일 주소에 제 번호로 보낼게요."

긴장도 했을 거고, 토라키의 인품을 접하고 안도하기도 했으리라.

쥬리의 표정이 희미하게 안도의 미소와 홍조를 띠고……

"자~ 미하루 씨 잠~깐 이쪽으로 오실래요? 사실 어제 막 발매된 신상품을 안내하고 싶어서요!"

"잘도뻔뻔스레토라키님의온갖연락처를……."

그것을 보고 다시 칼 소리의 수라로 변하려는 미하루를 쉬이링이 최적의 타이밍과 의미불명의 이유를 들어 가게 안쪽으로 끌고 갔다.

"저기, 그 언니는 언제 만날 수 있어?"

"어어, 글쎄다. 그 언니도 일이 있으니까, 금방은 안 될 거야. 가능한 빠르게 이데히 선생님한테 연락을 할게. 그러니까 그때까지 기다려줄 수 있을까?"

"우~응. 그렇구나……."

금방 만나지 못하는 것이 유감인지, 리사가 조금 고개를 숙이고 생각하는 모양새였다.

"그러고 보니 아까 마법사 언니가, 이 가게의 손님이라고 했었지. 그러면 내가 이 가게에 와서 기다리면, 만날 수 있을까!"

"어어?!"

터무니 없는 말을 꺼내서 토라키가 놀라고, 조금 떨어진 곳에서 보고 있던 무라오카는 살짝 눈썹을 찌푸렸다.

"그치만 오빠랑 언니 친구잖아? 아이리스 씨, 였지?"

"아아, 그건 조금…… 손님으로서 올 때는 언제 올지 알 수 없고, 아까 말한 것처럼 안 오는 날도 많으니까 적당히 와도 아마 못 만날 거야."

"그러면 매일 오면 안 돼?"

얼른 아이리스를 만나고 싶다는 리사의 마음은 이해가 되기도 하지만, 이렇게 되면 토라키로서도 순순히 좋다고 할 수는 없었다.

"잠깐만 여기서 기다리고, 못 만날 것 같으면 돌아갈게."

좋은 생각이 났다는 텐션으로 말하는 리사.

그러나, 그래서는 토라키가 괜찮더라도 무라오카와 다른 직원은 난처할 것이다.

편의점의 취식 코너는 일단 물건을 산 사람을 위한 장소이며, 토라키와 쉬이링과 무라오카 말고는 아이리스가 딱히 눈에 띄는 손님으로 인지되지 않았다.

또한 리사가 집과 학동 어느 쪽에서 올 셈인지는 모르지만, 그야말로 오고 가는 와중에 사건이나 사고가 일어나면 아무도 책임을 못 진다.

"아~ 잠깐 기다려봐. 안 될 것 같지만 일단 아이리스의 예정을 확인해볼게."

어른의 논리로는 물러서지 않을 것 같다. 토라키는 그녀에게 밀려서, 무라오카에게 눈짓을 하고 아이리스에게 전화를 걸었다. 혹시 오늘 지금 와줄 수 있다면 일이 쉬운데.

"안 받네."

맨션의 복도에서 미하루와 그만큼 소동을 벌였는데도 안 나온 걸로 짐작은 했지만, 아마도 지금 아이리스는 수도기사의 일을 하는 중이리라.

어쩌면 어젯밤 일로, 나카우라나 올포트에게 붙들려 있을

지도 모른다.

그때 아이리스가 허리의 파우치에 성망치 리베라시온을 휴대하고 있지 않았던 것은 경찰서에 가게 된 것을 생각하면 불행 중 다행이었다.

어쨌든 지금 당장 아이리스와 리사를 만나게 할 수 없는 이상, 리사가 조금 참아주는 수밖에 없다.

"예정이 어떤지 금방 알 수가 없을 것 같아. 하지만 약속할게. 반드시 리사랑 아이리스가 만날 수 있게 해줄 테니까, 조금만 더 기다려줄래?"

"우~응. 어쩔 수 없네. 알았어."

리사는 조금 불만스러운 표정을 지었지만, 그래도 납득했는지 작게 고개를 끄덕였다.

그러나.

"그러면, 오빠, 나랑 메일 주소 교환해줄래?"

그 말이 끝나기도 전에, 리사가 슬림폰을 꺼냈다.

"어? 메일 주소?"

"이데히 선생님하고도 교환했잖아. 아이리스 씨랑 만나게 되면, 나한테도 연락해줘."

토라키는 당황해 버렸다.

친척 같은 것도 아닌, 이제 막 알게 된 소녀와 연락처를 교환하면 암십자가 또 이상한 의심을 하지 않을까?

"안 돼?"

"아니, 안 되는 게 아니라……. 일단 개별적인 손님이랑 그러는 건 저기, 근무지의 규칙 같은 게……."

그런 규칙은 없지만, 도망치기 위한 구실로 말해봤다.

무라오카도 토라키의 당황을 이해해줬는지 딱히 끼어들지는 않았지만…….

"어? 마법사 언니는 교환했는데?"

도망칠 길이 이미 막혀 있었다.

토라키도, 그리고 무라오카도 놀라서 미하루와 함께 가게 안쪽으로 사라진 쉬이링 쪽을 보았다.

쉬이링이 이쪽을 향해 미안한 기색의 포즈를 취하고 있었다.

토라키가 오기 전에 무슨 일이 있었는지 모르지만, 쉬이링은 이미 리사와 어느 정도 이야기를 하고 연락처 교환을 해버린 모양이다.

난처해져서 쥬리를 보자,

"저기, 토라키 씨만 괜찮으시면, 그게, 교환을 해주세요……."

"진짜 괜찮아요?"

말려줄 거라 생각했는데, 눈길을 피하면서 재촉을 했다.

"……알았어. 하지만, 연락은 반드시 이데히 선생님이랑 같이 해야 된다?"

그것이 토라키가 어른으로서 할 수 있는 최대한의 대응이었다.

"응!"

리사는 기뻐하며 고개를 끄덕이고, 멈칫거리는 손놀림으로 슬림폰을 조작하여 자기 전화번호부 페이지를 토라키에게 내밀었다.

토라키는 그것을 받아 어쩔 수 없이 리사의 연락처를 등록하고 자신의 전화와 메일, ROPE 계정을 송신했다.

"고마워! 나도 연락할게!"

"그, 그래……."

시야 끄트머리에서 쥬리가 쉬이링과 비슷한 기색으로 손을 마주대면서 여러 번 미안한 기색으로 고개를 숙였다.

아마도 쥬리는 본래 성격과 어우러져서, 학동의 아이에게 강하게 나서지 못하는 성격인 모양이다.

리사는 리사대로 상당히 기가 드센 성격인지 종종 선생님을 휘두르는 것 같았다.

토라키와 리사의 연락처 교환이 끝난 것을 가늠하고 쥬리가 찰싹, 손뼉을 쳤다.

"그러면, 저기, 더 이상은 일하는데 방해가 될 테니까, 이만 실례할게요!"

"으응?! 벌써 돌아가?!"

한편으로 리사는 아직 여기 있고 싶은지, 불만이 가득해서 볼이 부었다.

그런 리사를, 쥬리는 변함없는 기색으로 달랬다.

"저기, 하토리 양, 더 이상은 방해가 되니까, 오늘은, 말이죠? 그리고 토라키 씨도 다시 연락을 주신다고 하니까……."

리사는 여러 번 토라키와 쥬리를 교대로 봤지만, 중간에 딱 한 번 무라오카 씨를 보고…….

"알았어. 실례했습니다."

불만을 품으면서도 일단 양해하고 수긍해주었다.

"저기! 나도 연락할 테니까, 꼭 답장해줘! 오빠!"

그래도 돌아갈 때 토라키에게 강하게 못을 박은 리사는 마지막에 쥬리의 손에 이끌려 질질 끌려가듯 가게를 나섰다.

두 사람이 돌아간 다음 토라키는…….

"……하아아아아아아아아아."

묵직하고 긴 한숨을 내쉬며 취식 코너에 앉아 버렸다.

그리고 무라오카도 심경을 짐작해주듯 토라키의 어깨를 두드리고,

"죄송합니다……. 조금, 대응이 물렀어요……."

쉬이링도 평소보다 진지하게 무라오카와 토라키에게 고개를 숙이고 사과했다.

"방심할 수 없는 계집애…… 이토록 쉽사리 토라키 님을 밀어붙이다니……!"

냉정함을 정말로 잃은 미하루는 쉬이링이 추천하는 신발매 사쿠라휘핑 메론빵을 깨물면서, 리사와 쥬리가 돌아간 자동문을 한도 없이 밉살맞다는 기색으로 노려보고 있었다.

※

그 다음, 쉬이링은 근무를 마치고 가게를 나섰다.

미하루도 무라오카 앞이라 그리 격한 어프로치는 없었다.

말한 것처럼 커피를 한 잔만 사서, 칼 소리를 내면서도 생각보다 금방 돌아갔다.

그 다음은 한동안 무라오카와 토라키 둘이서 통상업무를 진행했는데, 에스카바맨의 포스터를 계기로 또 토라키의 마음이 무거워졌다.

"그래서 토라키, 그 애가 진심으로 연락을 하면 어떻게 할 거야?"

"어떻게 하긴요. 뭘 어떻게 해요. 적당히 상대를 해주는 수밖에 없잖아요."

"그걸로 넘어갈 수 있으면 좋겠지만 말이야. 걔 보니까, 내일 당장 가게에 올 것 같은데."

말투는 농담조였지만, 그럴 가능성이 크다는 걸 알고 하는 말 같았다.

"실제로 이렇게 되면, 한시라도 빨리 아이리스한테 시간을 내달라고 해서 리사랑 만나도록 해주는 수밖에 없을 것 같아요."

"그렇게 해줄래? 기가 세 보이는 아이였고, 사는 곳이 어딘지 모르니까 오가면서 사고나 사건이 생기면 큰일이잖아."

"정말로 죄송합니다……."

명백하게 토라키와 쉬이링이 가게에 귀찮은 일을 끌고 온 형태라서 토라키는 무라오카에게 고개를 숙였지만, 무라오카는 당황하며 고개를 옆으로 저었다.

"아니아니. 오해는 하지 말고. 토라키도 리앙 씨도 해야 할 일을 한 것뿐이니까. 그 애도 나쁜 짓을 한 건 전혀 없어. 다만, 나도 일단 딸 가진 부모니까, 그 애의 부모가 뭘 하고 있는 걸까, 조금 신경이 쓰여서."

확실히, 결국 리사의 가정 환경에 대한 화제는 오늘도 안 나왔다.

토라키 쪽이 굳이 물어보지 않은 것은 분명하지만, 사정이 사정인 만큼 역시 그 자리에 부모가 오지 않은 것은 신경 쓰인다.

인터넷 기사의 코멘트에 있던 『아동상담소 안건』이라는 문자가 힐끗 뇌리를 스쳤다.

그런 토라키의 마음을 읽은 것처럼, 무라오카가 조용히 말했다.

"그게 다만, 부모가 제대로 있고, 맞벌이 가정일 것 같기는 한데. 어쩌면 조금 유복할지도 몰라."

"네?"

"이데히 씨의 명함. 학동이었지? 시터 같은 게 아니라."

"네, 그랬었죠."

"비싸거든. 야간 보육이나 야간 학동 같은 거. 게다가 오늘, 일요일이야. 사건이 있었던 어제는 토요일. 그런 서비스, 주말이나 휴일 요금이 올라가는 건 짐작 되지? 구립이나 시립 학동은 아무리 늦어도 7시까지거든."

분명히, 토라키가 출근을 한 것이 애당초 오후 7시 넘어서였다.

"리사, 열두 살이라고 했었는데, 그 정도 나이라면 이제 혼자서 집을 볼 수 있는 연령이잖아. 저학년이라면 모를까, 최상급 학년 아이를 제대로 야간 학동에 넣는 건, 그만큼 부모가 책임감과 돈이 있다고 생각할 수도 있어."

"······그렇군요."

그 분석은 토라키는 가지지 못한 시점이었다.

"뭐, 여러모로 의견이 있겠지만 말이야. 부모의 커리어와 아이의 가정환경 어느 쪽이 중요한가. 그런 이야기는, 예전 세대처럼 아버지는 일, 어머니는 가정, 이렇게 단단한 스테레오 타입이 압도적이지 않게 된 만큼, 괜히 정답 같은 게 존재하질 않게 됐거든."

"이번 같은 케이스면 부모가 나오는 편이 서로 안심이지만요."

"그렇지. 나도 학동의 선생님만 온 거에는 놀랐어. 선생님이 오는 것 자체는 좋지만, 부모는 부모대로 왔어야 한다고 생각했지."

무라오카도 그 점은 동의했다.

"다만 호의적으로 해석한다면, 이런 일에도 오지 못할 만큼 부모가 대단히 바쁜 직업일 가능성도 있어. 커다란 회사의 사장이나, 정치가나, 예능 관계자. 리사가 기가 드센 건 분명히 그런 유복한 가정의 외동이라서 그런 게 아닐까? 뭐, 속된 상상이고, 사실상 가정이 붕괴된 내가 할 말은 아니지만."

정치가라면 반대로 만사를 제쳐두고 올 것 같지만, 적은 정보로 이것저것 마구 상상해봐야 어쩔 수 없는 것도 분명하다.

"그 다음에, 어때요?"

무라오카가 화제를 꺼내기도 해서, 토라키가 크게 화제를 바꾸었다.

"신기하단 말이지. 이혼한 다음에 가정의 대화가 늘었어. 지금만 그런 걸지도 모르지만, 역시 재커리의 라이브 효과는 굉장한걸. 지난주에 아내가, ZACH의 앨범이 스트리밍되는 걸 일부러 알려주더라고."

무라오카는 복잡한 미소를 지으며 말했다.

"그래서일까? 괜히 신경 쓰이는 걸지도 몰라. 난 아카리가 리사 정도 나이일 때 뭘 했었는지, 거의 기억이 안 나. 아니지, 모른다고 해야 되겠네."

무라오카가 소유한 편의점 점포는 이케부쿠로 동5쵸메점 말고도 두 점포 더 있는데, 그 두 곳은 6년 전에 반년 차이로 오픈한 것이라고 했다.

본래 무라오카의 아내인 아카네의 아버지가 경영하던 『무라오카 상점』이라는 주점의 경영을 맡은 무라오카가, 3대 이어지던 주점에서 편의점 프랜차이즈 경영으로 방향을 틀었다. 그리고 새로운 점포 두 곳 동시 전개라는, 편의점 프랜차이즈 사업으로 따지면 대성공을 거둔 결과가 지금 이 상황이었다.

다만, 사업 규모가 갑자기 확대된 탓에 무라오카의 작업량은 사업 규모에 비례하여 확대됐고, 결과적으로 가정을 돌아볼 수가 없게 되어버렸다.

아내의 친가 사업을 확대했는데 아내가 이혼장을 내밀었다는 것은 남이 보기에는 부조리한 것 같기도 하지만, 아카네가 어느 점포의 경영에도 일절 관여하지 않은 것을 보면 가족들만 알 수 있는 사정을 품고 있는 것이리라.

그 결과, 현재 무라오카는 아내와 동거를 하면서도 서류상 이혼을 해버렸다.

가족의 최종적인 결론으로 그 형태에 이르러버렸기에, 리사의 환경을 상상해 버리고 과거 아카리와 자신의 상황이 겹쳐 보여서 복잡한 마음을 품은 것이리라.

"뭐, 그거야. 아마 그래서는 정말로 연락을 해올 테니까, 아이리스 씨한테 뒤에서 찔리지 않을 정도로 온건하게 상대를 해주라고."

"의외로 농담으로 안 끝나요."

뒤에서 찔리기보다도, 토라키가 섣부른 짓을 했다간 그 자리에서 뎅겅 베일지도 모른다. 무라오카도 그 정도 생각은 못하고 있으리라.

"그러면, 나는 퇴근할게. 정말 수고했어."

"네, 수고하셨습니다~."

무라오카가 퇴근하고, 혼자가 되어 새삼 리사와 나눈 대화를 떠올려보았다.

그때는 평소에 접하지 못하는 어린 아이의 텐션에 당황했지만, 냉정하게 생각해 보면 딱히 그쪽은 토라키와 사이좋게 지내고 싶은 건 아니지 않을까?

직전에 미하루와 반했다 아니다 같은 이야기를 했으니까 묘한 분위기가 되어버렸지만, 요즘 초등학생은 당연한 것처럼 SNS나 동영상 사이트 따위에 얼굴을 드러낸 방송이나 동영상을 올린다고 들은 적이 있다.

새롭게 아는 사람이 생기면 SNS 따위의 외부 툴로 연결되는 것이 이미 세트가 되어 있다. 그렇게 생각하면, 그 정도로 심각한 일이 아닐지도 모른다.

오전 1시를 지나 반입 트럭이 와서 혼자 선반 정리를 하고 있는데 주머니 안에서 슬림폰이 진동했다.

가게 안에 손님이 없는 것을 확인하고 힐끔 화면을 보자, 리사가 아니라 아이리스의 메시지 알림이었다.

『미안해. 전화 못 받았어. 지금 일하는 중이야? 나도 좀 바빠서, 또 메시지 보낼게.』

"꽤 시간이 걸렸네."

토라키가 슬쩍 시계를 보았다.

리사가 돌아가고서 이미 6시간 가까이 지났다.

그 타이밍까지 슬림폰을 볼 틈도 없을 만큼 바빴다는 것일까?

아이리스가 암십자의 용건으로 바쁘다는 이미지가 좀처럼 안 생기지만, 그렇게 대놓고 반역한 아이리스마저도 바쁘게 일을 해야 한다는 상황은 꽤 위험한 게 아닐까?

리사와 아이리스가 만나는 타이밍이 늦어지는 것 이상으로, 또 팬텀이 연관된 성가신 일에 말려들지도 모르겠다.

그렇잖아도 『파트너 팬텀』이라는 관계가 의미심장한 것이 되어가고 있는데, 수도기사의 통상 성무에 동원되면 또 미하루나 쉬이링도 시끄럽게 잔소리를 할 거다.

분명히 암십자에도 결산기나 재고정리 같은 것이 있을 거라고 억지로 해석해봤다. 그렇다고 반입 작업을 하는 와중에 리사에 대한 것을 설명하기 위해 전화를 하거나 메시지를 보내는 것도 꺼려져서, 일단 보지 않은 것으로 하고 슬림폰을 주머니에 넣었다.

읽음 마크가 안 달리면, 그쪽에서도 지금 이쪽이 일하느라 바쁘다고 판단할 것이다.

서두르고 싶기는 하지만, 그렇다고 1분 1초를 다투는 건 아니니까, 일이 끝난 다음에 천천히 메시지를 보내면 되겠지.

그렇게 생각하여 다시 반입 작업을 하려고 했을 때였다.

도어벨이 울려서, 토라키는 작업을 중단하고 일어섰다.

"어서오세요…… 응?"

토라키는 무심코 눈썹을 찌푸렸다.

들어온 것은 제복 차림의 경관을 대동한 엄격한 생김새의 양복 차림 남성이었다.

"실례합니다."

남성은 똑바로 토라키가 있는 장소로 오더니, 토라키를 향해 맨 먼저 손을 들었다.

그 손에는 경찰수첩이 들려 있었고, 그곳에 붙어 있는 사진은 틀림없이 눈앞의 남자였다.

"저기."

"토라키 유라 씨라는 분이, 여기 계신가요?"

"제가 토라키인데요……."

이름은 사가에 타카히로. 계급은 순사부장이라고 하는 남자는 토라키를 머리끝부터 발끝까지 거침없이 살폈다.

아마도 확인할 것도 없이 토라키의 얼굴과 풍체는 머리에 들어있으리라.

"어제는 범인 체포에 협력해주셔서, 정말 감사합니다."

"설마, 이런 시간에 청취를 하러 온 건가요? 분명히 추가로 물어보고 싶은 일이 있으면 부른다고 했습니다만."

"그랬다면 다행이었겠습니다만…… 토라키 씨, 실례지만, 이 남자를 본 적이 있습니까?"

아마도 형사인 사가에 순사부장이 프린트된 사진 한 장을 내밀었다.

그곳에 찍혀 있는 것은 감시 카메라 같은 것의 흐린 화상이었다.

생기가 부족한 표정을 한 중년 남성이 살풍경한 건물의 복도를 걷고 있는 와중에, 카메라를 발견해서 노려보고 있다. 그런 사진이었다.

해상도가 낮고, 본 적도 없는 장소라 토라키는 고개를 옆으로 흔들려다가······.

"아니, 잠깐."

아는 사람은 아니지만, 어디선가 본 적이 있는 얼굴이다.

어디서 봤는지 잠시 생각했다.

"아! 혹시 이거! 어제 그 범인인가요?!"

찍혀 있는 것은 어젯밤 리사를 습격한 남자였다.

토라키는 어젯밤에 확실하게 남자의 얼굴을 봤다.

그것도 단순히 가까이서 마주쳤다는 것 정도가 아니었다. 토라키가 가진 흡혈귀의 눈이, 밤이나 어둠 따위를 간단히 내다볼 수 있기 때문이다.

그래도 한 순간 못 알아본 것은 생기가 부족하면서도 차분한 표정이 어젯밤의 착란한 모습과 일치되지 않았기 때문이다.

"역시 알아보시는군요."

"그거야 뭐, 어제 본 얼굴이니까요."

사가에는 씁쓸한 표정을 지었지만, 금방 결심하고 숨을 크게 내쉬었다.

"단도직입적으로 말씀 드립니다. 체포에 협력해주신 이 용의자가 현재 경찰서에서 탈주했습니다."

믿을 수 없는 말이었다.

"네? 어? 타, 탈주요?"

"······네. 이 사진은, 탈주 직후 서내 구치소의 사진입니다. 오늘 15시경 서내 감시 카메라에서 프린트된 겁니다."

"그렇게 이른 시간에요?!"

있을 수 없는 이야기였다.

경찰에 체포된 피의자, 용의자가 탈주하다니. 일본 전국을 봐도 몇 년에 한 번 있을까 말까 한 사건이며, 탈주를 허용해 버린 경우는 연일 크게 보도된다.

게다가 어린아이를 붙들고 날붙이로 흉행을 하려던 남자가 탈주했다면, 그것만으로 관할 경찰서장뿐 아니라 경시청 간부의 목도 위태로운 사태였다.

그때, 사가에 일행 뒤에서 새로운 손님이 들어왔다.

사가에 일행이 일제히 돌아보자 새로운 남성 손님이 흠칫한 표정으로 멈춰 섰지만, 당연하게도 사진의 남자가 아니었기에 사가에 일행은 가볍게 눈인사를 했다. 새로운 손님도 얼른 매장으로 도망갔다.

"……어서오세요."

토라키는 얼빠진 타이밍에 손님에게 인사를 했다.

"저기, 취식 코너 쪽으로 들어가주실 수 있을까요? 이런 시간이라도 손님이 와서요."

그렇게 권하자, 사가에도 순순히 취식 코너로 이동했다.

새로운 남성 손님은 명백하게 기이한 분위기를 풍기는 사가에와 제복경관을 곁눈질하면서도, 주류와 안주와 잡지라는 흔해빠진 상품을 사서 금방 떠났다.

"일하는 중에, 정말로 죄송합니다."

"아뇨. 그건 괜찮은데요. 그래서 그 남자가 탈주해서, 경찰이 저한테 왔다는 건……."

"네. 현재, 아이리스 예레이 씨와 리앙 쉬링 씨에게도, 급하게 연락을 취하고 있습니다. 대단히 말씀 드리기 어렵습니다만……."

· 사가에가 머뭇거렸지만, 또 다시 자신을 고무하듯 크게 숨을 내쉬고 토라키가 믿기 어려운 말을 꺼냈다.

"이 남자가, 토라키 씨, 아이리스 씨, 리앙 씨의 주소와 성명 따위 개인 정보를 열람했을 가능성이 있습니다."

"네에?!"

탈주를 넘어서는 놀라움이었다.

상식적으로 생각해서, 사건의 용의자가 수사 협력자의 개인정보를 아는 일 따위 있을 수 없었다.

게다가 지금 사가에는 『열람』이라는 말을 했다.

"설마, 우리들의 조서를 본 건가요?"

"……있어서는 안 될 일이었습니다."

말은 그렇게 하지만, 경찰이 일부러 이렇게 말하러 온 이상 있었던 일이다.

"대체 경찰의 정보관리가 어떻게 된 건가요?"

아무리 그래도 토라키가 떫은 표정으로 쓴 소리를 하자, 사가에는 미안한 기색으로 고개를 숙일 뿐이었다.

"사실 오늘 밤 7시 좀 넘어서, 피해자인 여자애가 우리 가게에 왔었거든요? 경찰이 우리들에 대해 가르쳐줬다고 했어요."

"네?!"

그러나 리사에 대한 것은 사가에도 파악하지 못했는지, 당황하여 고개를 들었다.

"경찰한테 물어봤더니 어디서 일하는지 가르쳐줬다고 했어요. 원래 그렇게 처리하도록 되어있나요?"

"아, 아뇨. 보통은 물론, 토라키 씨 일행의 양해를 구한 다음에라면 됩니다만, 하지만, 그쪽에 대해서 예를 들어『인사를 하고 싶다』고 말하면 가르쳐주는 경관이, 있었을⋯⋯지도 모릅니다. 그것도, 있어선 안 되는 일입니다만."

변명하는 것 같은 어조가 된 것을 깨달았는지, 사가에의 목소리가 작아졌다.

"그러니까 다시 말해서, 그 녀석이 탈주해서 우리들한테 복수하러 올지도 모른다는 거죠?"

"⋯⋯바로 그겁니다."

현실적인 문제로 토라키도, 아이리스도, 쉬이링도 보통 인간 범죄자가 복수를 하러 와봐야 요격하는 것은 식은 죽 먹기다.

그러나 직장 주소가 적힌 조서를 봤다면, 무라오카나 아카리, 그리고 다른 직원까지 피해를 입을 가능성이 크다.

"탈주가 15시⋯⋯ 오후 3시경이라고 했었죠. 벌써 몇 시간이나 지났는데, 경고하러 오는 건 왜 이렇게 늦어진 건가요?"

시간이 이미 오전 2시가 되고 있었다.

어젯밤 토라키 일행이 갔던 것은 토시마 중앙 경찰서였고, 조우시가야에서 느긋하게 걸어도 30분 안 걸리는 거리였다.

"그것이⋯⋯ 탈주가 판명된 것이 2시간 정도 전이고, 자료

열람의 사실을 알게 된 것이 방금 전입니다."

이 또한 의미를 알 수 없는 이야기지만, 이게 정말이라면 경찰은 9시간 가까이 탈주 사실을 눈치 못 챘다는 것이다.

"이상하지 않아요? 사진을 보면 이 녀석 수갑도 안 찼고, 그리고 구치소에는 잠금 장치도 있고 감시하는 사람도 있잖아요."

"맞는 말씀입니다만…… 저희들로서도 원인규명을 하는 도중이라……."

일어나버린 일은 어쩔 수 없지만, 부자연스런 점이 너무 많다.

"어, 어쨌든, 앞으로 토라키 씨와 아이리스 씨, 리앙 씨의 자택 주변 순찰 빈도를 늘리고, 이 가게에는 경비를 위해서 경찰관을 세워둘 겁니다. 필요하다면 경찰이 준비한 세이프 하우스에 이동을 하실 수도 있습니다."

"아니, 세이프 하우스는 됐어요."

"그, 그렇습니까?"

즉답하는 토라키에게 사가에는 약간 주춤거렸다.

수사 협력자용 세이프 하우스의 존재는 전부터 와라쿠나 요시아키를 통해 알고 있었지만, 조금이라도 햇빛이 들어오는 방에 있으면 재가 되는 흡혈귀의 몸으로서는 그런 장소에 들어갈 수 있을 리 없었다.

그보다도, 용의자가 어떤 인간인지를 이해하는 편이 앞으로 대책을 세우기 편하다.

"그래서, 조금은 가르쳐주시는 거죠? 용의자에 대해서."

"그것이…… 체포 직후에는 스스로 일어서지도 못할 만큼 무기력 상태라, 거의 청취를 못했습니다. 소지품으로 이름과 현주소지는 판명됐습니다만, 물론 현재 주소지에 돌아가는 일은 없었습니다……."

그야 그럴 것이다. 소지품을 압수당한 상태에서 탈주하고, 느긋하게 자택으로 돌아가는 탈주범이 있을 리 없다.

"용의자 남성은 나타시 지로. 전과 이력 따위는 없습니다. 다만, 한심스런 이야기지만, 대체 어떻게 탈주한 것인지 알수가 없어요."

"알 수가 없다니, 구치소에 감시 카메라가 없었나요?"

구치소는 형무소랑 다르니까 방마다 감시 카메라가 달린거야 아니겠지만, 탈출 뒤의 모습이 프린트된 이상 감시 카메라 자체는 있었을 것이다.

그러나 사가에는 엄격한 표정을 지으며 낮은 목소리로 말했다.

"있었는데, 알 수가 없습니다."

"네?"

"……더 이상은 수사 기밀에 연관된 것이라 알려드릴 수가 없습니다. 그렇지만, 어쨌든 토라키 씨는 신변을 경계해 주세요. 만약 조금이라도 이상한 일이 있으면 망설이지 말고 110번에 신고를 하시거나, 저에게 직접 연락을 주세요."

종잡을 수 없는 말을 한 사가에가 명함을 내밀었다.

친척이 경찰 관료를 오래 하고 있지만, 형사가 수사 중에 명함을 준다는 건 몰랐다.

"저한테 직통되는 번호입니다. 오늘밤은 일단, 바로 근처에 순찰차가 대기하고 있어요. 내일, 새삼 이 가게의 책임자 분에게 사정을 이야기하고 경비 계획을 짤 겁니다. 귀찮으시겠지만 여러분의 안전을 지키기 위해서이니, 부디 양해해 주세요."

사가에는 한껏 성의를 담아 말하더니, 제복 경관과 함께 고개를 숙이고 돌아갔다.

돌아간 것처럼 보이지만, 말한 것처럼 어디 골목에서 순찰차가 대기하고 있을 것이다.

"휴, 정말……."

아주 귀찮아졌다.

리사든 사가에 형사든, 딱히 토라키의 목숨을 노리는 것도 아니고, 갑자기 머리부터 발끝까지 검은 옷을 입고 습격해 오면서 묘한 술법을 걸려고 한 것도 아니다.

나타시 지로도 현재 행동은 흉악범이라고 할 수 있지만, 그렇다고 해서 고속으로 주행하는 차 위에서 얼음 탄환을 사출하거나, 호텔의 최상층 창문을 깨뜨리고 불꽃의 주먹으로 때리는 팬텀과 비교하면 전혀 위협적이지 않다.

그런데도, 귀찮다.

언제 어디서 무엇이 올지 모른다. 뭔가 잘못되어 자신이나 아는 사람의 비밀이 노출되거나, 반대로 자기 주변 사람이 큰 난리에 말려들지도 모른다는 두려움과 긴장이 풀리지 않는다.

과거에 아이리스가 한 말이 드디어 토라키의 가슴 속에 자리를 잡았다.

"같은 트러블이라도, 여차할 때 주위에 사양하지 않고 해결할 수 있으니, 상대가 팬텀인 게 낫다는 게 이런 거구나."

고민의 차원은 다르지만, 인간사회에서 팬텀이 살아가는 것의 귀찮음을 새삼 자각했다.

현대의 팬텀은 다들 인간 세계의 그림자에서 살아가며, 자신의 존재가 인간 사회에 드러나지 않도록 살아가야 한다는 불문율 속에서 살고 있다.

그것은 적대세력끼리 무력항쟁을 할 때도 예외가 아니다.

아미무라의 룸웰도, 리앙 시방도, 카라스마 일당도, 인간에게 자신들의 정체를 함부로 밝히는 일은 결코 하지 않았다.

해버리면, 그 앞에서 기다리는 것은 아무리 낙관적으로 생각해도 자신 또한 피해서 나아갈 수 없는 가시밭길이니까.

자신들이 의존하고 있는 현대 인간사회가 결정적으로 변용되어, 결과적으로 자신들의 안녕도 소실되니까.

"하지만, 이 정도 일로 카라스마 씨의 혁명을 긍정할 수는 없어."

교토의 히키 본가에서 카라스마는 언제나 인간사회의 그림자에서 살아가야 하는 수많은 팬텀들의 목숨을 지키기 위해, 팬텀의 존재를 인간사회가 인정하도록 만든다고 했다.

그저 존재를 과시해봐야 현실은 바뀌지 않을 거라 생각하지만, 반대로 말해서 지금까지 카리스마 같은 팬텀이 나타나지 않은 것은 신기한 일이기도 했다.

옛날이야기나 전승 속에서는 사람들이 당연하게 괴이, 괴담, 요괴로서 팬텀을 인식하고 있었지만, 현대에서는 어째선지 고래로부터 존재한 수많은 팬텀의 존재가 부정되고 있었다.

역사상, 인간의 나라를 차지하려고 한 팬텀이 있어도 이상하지 않다.

세계는 일본과 잉글랜드와 중국만 있는 게 아니다. 어린애도 아는 나라부터 어른도 들어본 적 없는 나라까지. 세계에는 크고 작은 갖가지 나라가 있으며, 제각각 역사가 있다.

온갖 시대, 온갖 나라에, 암십자 기사단이나 히키 가문 같은 치안 유지 조직이 있고 팬텀을 제압하고 있었다고 생각하는 게 부자연스럽다.

"어째서일까……?"

흡혈귀라지만, 심야에 혼자서 어려운 일을 생각해도 깔끔하게 정리되지는 않는다.

토라키는 사가에의 내방으로 상품 반입 작업이 중단된 것을 떠올리고, 작게 한숨을 쉬면서 작업을 재개했다. 결국 그날은 리사의 연락도 없고 나타시가 나타나지도 않았다. 평범하게 교대 직원이 나타나 근무가 끝났다.

이른 아침 근무하는 아줌마에게 사가에 이야기를 인계해

야 하나 한 순간 고민했지만, 어디 숨어 있었는지 사가에가 직접 찾아와서 이야기를 대략적으로 전해주었다.

"그래. 어쩐지 힘들겠네. 무라오카 씨도 걱정했어. 하지만 여자애를 구한 거지? 토라키 군은 틀린 일을 한 거 아니야. 경찰이 하는 말을 잘 듣고 조심해야 된다?"

토라키와 같은 시기에 아르바이트로 들어온 타나카 씨는 거창할 정도로 걱정해주었다.

그렇기에 괜히 자기 주변 사람들에게 폐를 끼치기 싫다는 마음이 강해졌다.

사가에는 순찰차로 바래다준다고 했지만, 프론트 마트의 경비를 우선해달라며 거절하고, 토라키는 동이 트기 전 조우시가야의 거리를 일단 주변에 신경을 쓰면서 빠른 걸음으로 걸었다.

바로 얼마 전에 재커리와 함께 걷다가 암십자와 올포트가 습격을 했던 것과 같은 거리.

본질적인 절망감은 올포트와 대치했을 때가 압도적으로 위였을 텐데, 지금 나타시가 어디선가 자기 주변 인간에게 해를 끼칠지도 모른다는 공포가 압도적으로 위였다.

"아."

맨션으로 가는 골목길에 순찰차가 서 있다. 과연 그것이 우연인지 토라키를 호위하려는 건지 분명치 않았다.

공용 복도에서 103호실의 기척을 살폈지만, 아이리스의 기척은 없었다.

돌아오지 않았는지 자고 있는지는 모르지만, 그 뒤로 새롭게 메시지도 연락도 없는 것을 보면 아마도 암십자의 일에 매달려 있는 것이리라.

잠들기 전에 리사에 대해서만 메시지를 보내고 잘까 했던 토라키는 문손잡이에 손을 대고 단숨에 긴장이 높아졌다.

문이 열려 있다.

아이리스는 아니다. 아이리스라면 멋대로 들어와도 문은 잠근다. 애당초 밖에서 본 방에 불이 켜지질 않았다.

지금은 피를 마시고 있는 상황도 아니다. 상황을 확인해서 위험하다고 판단하면 즉시 도망치자.

그렇게 생각하며 살금살금 현관문을 연 토라키는……

"아, 드디어 돌아왔구만."

"기다리고 있었습니다, 토라키 씨."

귀에 익지만, 그러나 이런 시간에 둘이서 토라키의 집에 있을 리 없는 인물의 목소리.

안도의 숨을 내쉬긴 했지만, 불을 켜고 두 사람의 모습을 포착한 뒤 다른 의미로 강한 경계를 했다.

"무슨 용건이야? 왜 불도 안 켜고 있는데? 괜히 긴장했잖아. 문도 잠그고 갔는데. 그리고…… 이건 무슨 조합이야?"

토라키의 집에서 기다리고 있던 것은, 흡혈귀 남자와 수도기사 소년이었다.

"나는 히키 아가씨 심부름이야."

"저는 시스터 예레이의 심부름입니다."

흡혈귀 아미무라 카츠세와 수도기사 햐쿠만고쿠 유우리.

결코 토라키의 동료도 친구도 아니지만, 요전 재커리 소동에서 협력관계였던 두 사람이다.

"미하루랑 아이리스의 심부름? 거창하게 뭐야? 직접 휴대전화에 전화든 메시지든 보내면 될 텐데."

"그럴 수가 없는 용건이니까 우리가 온 겁니다. 그 정도는 알잖아요."

햐쿠만고쿠 유우리. 일본 암십자 기사단의 공안 같은 존재라고 한다. 처음 봤을 때는 아이리스가 연수를 봐주는 종기사라고 했지만, 진짜 정체는 일본 암십자의 발상지인 카나자와 주둔지의 정기사였다.

말하자면 조직 내 스파이 같은 입장인데, 어떤 입장이든 아이리스를 짝사랑하는 것은 일관적이다. 그 탓에 아이리스의 파트너 팬텀이며 아이리스가 호의를 표하고 있는 토라키에게는 기본적으로 예민하게 군다.

"불을 안 켠 건 이 맨션을 짭새가 보고 있어서 그래. 애당초 사실은 네가 일하는 곳에 가는 편이 더 빠른데, 그쪽에도 짭새가 있더구만. 뭘 한 거야?"

아미무라 카츠세는 토라키가 정식으로 아이리스의 성무에 동반해서 맞선 흡혈귀이며, 현재는 미하루 아래서 심부름꾼 같은 일을 하고 있었다.

"나는 아무것도 안 했어. 그저 경찰이 멍청한 짓을 한 탓에, 어느 사건의 범인이 날 노리고 있을 지도 모른다고, 내

주변을 경비하고 있는 상태야."

"엥?! 뭐야 그게?!"

"내가 묻고 싶거든. 그보다 그쪽이야말로 뭔데? 서로 다른 용건이야?"

아미무라와 유우리는 얼굴을 마주보더니, 유우리가 먼저 입을 열었다.

"결과적으로는 같은 용건입니다. 다만 아미무라 씨가 히키가문 전체의 용건으로 온 것에 비해, 저는 시스터 예레이 개인의 용건으로 왔어요. 이 다음에 재커리 힐한테도 찾아갈 예정입니다."

토라키는 코트를 벗으면서, 의문스런 표정을 지었다.

"재크까지 말려드는 거면, 유쾌한 용건은 아닌 모양인데."

"아아, 그렇지. 나로서는 진짜 더할 나위 없이 불쾌한 이야기야."

"다만, 지금까지와 마찬가지로 얌전히 지내주시면, 토라키 씨에 대한 의심은 이미 풀렸으니까 암십자가 토라키 씨에게 간섭하는 일은 없어요. 다만…… 신변을 조심할 필요는 있습니다만……."

여전히 그쪽에서 이쪽 생활을 소란스럽게 만드는 주제에 윗사람처럼 구는 암십자가 지긋지긋하지만, 그래도 유우리의 『의심은 이미 풀렸다』라는 말이 신경 쓰였다.

"뜸들이지 말고 얼른 말해. 새벽이 온다고. 아미무라를 우리 집에서 재울 생각은 없어."

토라키가 재촉하자, 유우리는 조금 심호흡을 하고 말했다.

"토라키 씨. 당신은, 무로이 아이카가 어째서 낮에 활동할 수 있는지, 아시나요?"

"……알게 뭐야? 오히려 내가 묻고 싶다."

그야말로 토라키의 인생 구석구석 마치 곰팡이처럼 끈질기게 뿌리를 내리는 그 이름에, 몇 번을 고통 받아야 하는 걸까?

"아이카가 그런 종족이라는 거 아냐? 본인도 그런 말을 했었고, 재크도 그런 기술은 들어본 적이 없어. 간단히 흡혈귀인 채 낮에 활동할 수 있는 방법이 있다면, 가르쳐줬으면 좋겠는걸."

"가르쳐주면 당신이 그렇게 될지도 모른다고, 시스터 나카우라가 입막음을 했습니다."

토라키의 가슴에서 흡혈귀의 차가운 심장이 크게 뛰었다.

"아이리스는 알고 있었나?"

"아뇨. 아마 몰랐을 거예요. 시스터 나카우라에게 이야기를 듣고서 진지하게 놀랐으니까요. 그렇지만, 시스터 예레이는 토라키 씨의 안전을 위해 알려달라고 저한테 말했습니다. 그래서 알려주는 겁니다. 그렇지만……."

"기다려. 잠깐 기다려. 그게 뭐야."

토라키가 유우리에게 바짝 다가가자, 유우리가 토라키의 행동에 당황했다.

"뭔데? 그거 알고 있으면 간단히 시도할 수 있는 방법이냐?"

"지, 진정하세요, 토라키 씨!"

"낮에 활동할 수 있으면…… 와라쿠를 조금은 안심시킬 수 있어……. 활동 범위도 넓어지고, 돈도 벌 수 있어. 정말로 인간으로 돌아가는 날이 가까워지고, 야, 정말로……."

"진정해!!"

유우리의 팔을 붙잡고 추궁하는 토라키의 팔을 붙잡은 것은 아미무라였다.

"아미무라……."

"암십자의 기사장이 너한테 알려주고 싶지 않다고 말한 시점에서 눈치채라. 그 방법이 제대로 된 방식은 아니라는 걸 말이다!"

아미무라의 단정하지만 경박한 인상의 얼굴이 진지한 혐오로 일그러졌다.

토라키는 어느샌가 유우리를 벽으로 몰아붙인 것을 깨닫고 고개를 숙였다.

"미, 미안하다……."

"아뇨…… 저도 섣부른 발언을 했어요."

토라키의 귀기가 흩어지고, 유우리도 토라키에게 붙잡힌 소매를 떨쳐내면서 크게 숨을 내쉬었다.

"그렇지만, 오늘 저와 아미무라 씨의 용건은 그 낮에 활동할 수 있는 흡혈귀, 데이워커에 대해서입니다."

"데이워커……."

"최근 며칠 동안, 도내의 흡혈귀 다섯 명이 잇달아 살해당했습니다. 그들 모두가 가슴을 파헤쳐 심장이 뽑힌 모습으로 발견됐습니다."

"뭐라고?"

동쪽 하늘의 밤이 희미하게 옅어지기 시작했다.

밤하늘은 토라키의 인생에 아침 해가 비치는 것을 거부하는 것처럼, 빛을 멀리 밀어냈다.

"흡혈귀가 데이워커가 되는 방법은 하나뿐. 같은 흡혈귀의 심장을 먹으면 됩니다."

※

수많은 지성을 가진 생물에게, 동족 포식은 금기다.

그것은 흡혈귀도 예외가 아니다. 인간의 피에 대한 갈망을 대체하는 용도는 자라 피로도 유효한데, 같은 흡혈귀의 피를 대용으로 할 생각은 안 든다.

현실적으로 대용할 수 있는지는 불명이지만 동족 포식 이야기를 아미무라가 혐오하는 걸 보면, 아무리 궁지에 몰렸다고 해도 흡혈귀의 생리로서는 있을 수 없는 일이라고 생각해도 될 것이다.

한편으로 흡혈귀끼리 영토 다툼이나 전투는 역사상 수도 없이 일어났고, 토라키 자신도 몇 번인가 흡혈귀와 싸운 적이 있다.

인간의 역사 속 전란에서는, 현대의 윤리관으로 따져보면 시비를 논하는 것조차 꺼려지는 잔혹하기 짝이 없는 일이 당연하게 실행되고 있었다.

　종교적인 제물 의식, 정복자가 패잔병이나 피정복민을 학살, 혹은 기근이 일어난 가운데, 식인을 한 사실은 분명히 존재한다.

　마찬가지로 흡혈귀의 역사 속에서도 그런 일은 당연히 있었을 거고, 그 중에는 동족의 심장을 먹은 자도 있었으리라.

　애당초 흡혈귀의 성질상 없는 편이 더 이상하지만, 그러면 어째서 날 때부터 흡혈귀인 아미무라가 데이워커를 이렇게까지 기피하는 것일까?

　동족의 심장을 먹는다. 그 내용 자체는 분명히 충격적이었지만, 토라키의 머릿속에는 두 가지 의문이 솟았다.

　"그, 그런 거면 되는 거야?"

　자신이 할 수 있는지 없는지나 윤리관의 문제는 제쳐두고, 어둠 속에서 살아가는 마물로서는 의외로 간단한 방법이라는 인상을 씻어낼 수 없었다.

　오히려, 현대의 윤리관이 양성되기 이전의 고대나 중세의 윤리관으로 생각하면, 더 많은 데이워커가 나타나 인간을 압도했어도 이상하지 않았다.

　타고난 흡혈귀는 피를 마시지 않아도 인간을 훨씬 능가하는 힘과 생명력, 그리고 초상적인 능력을 가졌다. 낮에 활동할 수 있는 흡혈귀의 수가 인간의 1퍼센트만 되어도 인간 따위는 대항할 수 없었을 것이다.

"그리고…… 우리들, 흡혈귀는 그런 걸로 죽는 거야?"

또 하나의 의문은 심장을 누군가가 먹었다고 해서 흡혈귀가 죽는 것인가? 라는 것이다.

인간이 상대라면 너무나도 잔혹한 살해방법이지만, 상대는 흡혈귀다. 그런 걸로 완전히 흡혈귀의『목숨을 빼앗는』것이 가능한지 도통 의문이었다.

그도 그럴 것이, 재가 되어 밭에 뿌려도 그 밭의 흙을 원심분리기로 돌려서 재만 모으면 반년 지나도 부활할 수 있는 것이 흡혈귀다.

토라키도 수많은 흡혈귀도, 햇빛에 닿아 재가 되는 것을 관용구로서『죽는다』라고 표현하는 일이 많다.

그러나 흡혈귀에게『죽는다』라는 것은 단순히『행동불능이 된다』라는 상황을 가리키는 일이 많다. 따라서 유우리가 말하는『살해당했다』라는 표현이 과연 단순히『행동불능이 되었다』인지『일반적인 의미로 살해당했다』인지 분명치 않았다.

토라키의 감각으로 말하자면 가슴을 파헤쳐 심장을 뽑으면 활동불능이 되지만, 시간을 들이면 회복할 수 있는 정도라는 생각이 들었다.

"그런 거라는 건, 무슨 뜻이야. 넌 할 수 있다는 거냐?"

아미무라가 낮은 목소리로 으르렁거렸다.

"아니, 미안. 그야 무리지. 아무리 궁지에 몰려도 그런 일은 못 해. 다만, 그런 일을 하는 흡혈귀가 역사상 잔뜩 있었을 것 같아서. 무심코 한 말이야."

토라키가 감추지 않고 의문을 표하자, 아미무라는 다시 역겨운 기색으로 혀를 차고, 한편으로 유우리는 가슴을 쓸어내렸다.

"그런 말을 하는 걸 보니, 토라키 씨는 정말로 데이워커가 되는 방법을 몰랐군요. 시스터 나카우라는, 토라키 씨가 『어젯밤 시점에서는 데이워커가 아니었던 것이 확정됐다』라고 했습니다."

"어제 시점에서라니. 혹시……."

나카우라가 어제 그 결론에 이른 이유 따위, 한 가지밖에 없다.

"어제 그 건강 진단은 설마, 그걸 조사하기 위해서였어?"

"네. 데이워커 피해는 2주일 정도 전부터 확인되고 있어서요. 포착하고 있는 흡혈귀는 모두 검사할 필요가 있었습니다."

"그러면 평범하게 말을 해! 평범하게 얘기를 하면 나도 말귀를 못 알아듣는 게 아닌데, 왜 언제나 내 신경을 거스르는 방식을 쓰는 거야!"

토라키의 항의에, 유우리가 자연스럽게 대답했다.

"『지금은 아니지만, 그 이전은 알 수 없으니까 기습적으로 하는 편이 좋다』라고 했어요."

"그 할망구, 나에 대한 끝없는 악의는 대체 뭔데?"

쌓이고 쌓인 나카우라에 대한 울분이, 최대한의 폭언으로 변했다.

"할망구라는 표현은 참아주세요. 시스터 나카우라는 근엄

하고 강직한 기사이며, 흡혈귀에게 예민한 것뿐입니다."

그래도 불평을 참을 수는 없지만, 유우리에게 불평을 해도 나카우라의 태도가 바뀔 리 없으니 먼저 의문을 정리했다.

"그렇다면 데이워커는 햇빛 아래서 활동할 수 있는 것 말고도, 검사를 하면 알 수 있는 신체적 특징이 있는 거군."

"네. 먹은 동족의 심장이 몸에 깃듭니다."

"뭐?"

"먹은 심장을 고스란히 자기 것으로 만들 수 있어. 심장을 동족에게 먹힌 녀석이 죽는 건 그 탓이라고 하지."

아미무라가 해설을 보충했다.

"그, 그러면 아이카 녀석이 낮에 움직일 수 있는 건……!"

"네. 무로이 아이카의 심장이 둘 이상 있는 것은, 알고 계시죠?"

요코하마 항의 메리 1세호에서 아이리스가 데우스크리스의 탄환을 심장에 박아도 아이카는 죽지 않았다.

그 다음, 리앙 슈에셴에게 유괴된 아이리스는 『심장이 재생되지 않는다』라고 하면서 아이카 본인이 가슴의 상처를 보여줬다고 말했다.

그러나 거기까지 생각하고, 토라키는 눈썹을 찌푸렸다.

"……잠깐 기다려. 둘 『이상』, 이라는 건 무슨 소리야?"

동족의 심장을 먹고, 그 심장을 흡수하여 데이워커가 될 수 있다. 대체 무슨 생리학적 의학적 증거에 기반한 현상인지는 알 수 없지만, 사실로서 관측된 이상 그건 인정하자.

그러나, 그렇다면 어째서『둘 이상』이라는 표현을 써서 『몇 개의 심장을 먹을』여지가 생기는 것일까?

　"그게 토라키 씨의 첫 의문에 이어집니다.『그렇게 간단한데, 역사상 데이워커의 수가 적은』이유죠."

　유우리는 오른손 검지를 세우고 말했다.

　"흡혈귀가 데이워커가 될 수 있는 건, 심장 하나에 하루뿐. 그 하루 만에 먹은 심장이 소실됩니다. 이건 고요 클래스라도 예외가 아니라고 추측되고 있어요."

유우리에게 데이워커에 대한 것을 들은 이튿날 저녁, 토라키는 재커리 힐과 함께 토시마 구의 공공센터 체육실에 있었다.

바로 얼마 전에, 아이리스가 자기는 토시마 구민이니까 암십자의 훈련에 토시마 구의 공공센터를 쓰고 있다는 이야기를 들은 참이었는데, 설마 흡혈귀의 훈련에 쓰게 될 줄은 몰랐다.

게다가, 그 훈련이란 게 심하다.

토라키가 가진 기술 중에서 검은 안개가 되는 기술과 안개가 된 다음 여러 가지 파생 행동, 적을 기절시키는 눈동자나 혈액을 조종하는 술법 따위는 모두 재커리에게 기본을 배운 기술이다.

올포트를 상대할 때 분신을 출현시킨 기술이나, 오코노기 카지로우의 손톱에서 핏줄기를 채찍처럼 발사하는 기술처럼 자기가 발전시킨 것도 있다.

반대로 말하자면 흡혈귀가 되고 60년 이상, 재커리가 행방불명이 되고서 20년 이상, 그 이상의 발전을 못했다는 것이다.

그런 만큼 토라키는, 30명 가까운 암십자 수도기사를 농락한 재커리에게 새로운 힘을 배울 수 있으리라고 남몰래 기대하고 있었다.

그러나.

"지난번보다 조금 안정되게 긴 소리를 낼 수 있게 됐지만, 아직 도저히 아름답다고는 말할 수 없는 음색이야."

"…………그거 미안하네요."

토라키는 파이프 의자에 앉아 재커리가 물려준 색소폰에 새로운 마우스피스를 부착하고, 같은 곡과 같은 코드를 이래저래 2시간이나 불고 있었다.

"좋아, 애나. 조금 템포를 느리게 해서, 다시 한번이다."

"OK."

재커리가 소속된 재즈 밴드 그룹의 홍일점, 애나 시레느의 손에 걸리면, 토라키의 귀에도 공공센터의 낡은 업라이트 피아노가 왕년의 명기로 변모한다는 걸 확실히 알 수 있었다.

"그러면 이 페이스로 가볼까? 3, 2, 1……!"

지난 두 시간 동안 귀에 익은 프레이즈가 방금 전보다 압도적으로 느릿한 템포로 흐르기 시작하고, 토라키는 재커리의 지시에 따라 소정의 장소에서 소리를 불기 시작했다.

토라키가 연주하는 것은 고작 8음. 악보로는 2소절.

그것을 애나의 반주에 실어서 가능한 아름다운 소리를 유지하며 두 소절을 부는 것이 재커리가 내어준 과제였다.

곡명은『세 대의 바이올린과 계속저음을 위한 카논과 지그 라 장조』.

통칭『파헬벨의 카논』이라고 불리는 곡이었다.

"……………큭."

"유라. D음이 흐트러졌다. 가장 위와 가장 아래야. 숨을 정성스럽게 다뤄."

이 훈련은 오늘 시작된 것이 아니지만, 오늘에서야 라스트까지 딱 한 번 불 수 있었다.

대부분은 곡의 절반도 가기 전에 숨이 이어지질 않아 소리가 흐트러지고 멈추게 되어 버린다.

직전의 연주보다 템포가 느리고, 한 음에 필요한 숨이 많아서 좀처럼 두 소절 유지할 수가 없다.

그러나 조바심을 내서 크게 숨을 들이쉬면 전반의 소리가 흐트러진다.

"오늘은 이 정도군."

마지막까지 분 토라키는 이마에 식은땀이 맺히고, 손가락도 손바닥도 땀으로 흠뻑 젖어 있었다.

이 훈련을 지시 받았을 때, 또 재커리의 「흡혈귀로서 살아가려면 취미를 가져라」라는 설교가 시작된 건가 생각했다.

그러나 막상 시작하자, 단순히 프로 음악가 두 사람을 상대로 긴장하여 제대로 소리가 안 나왔다. 안 나오니까 애나의 리듬에 맞추지 못하는 초조함이 냉정함과 스태미나를 빼앗고, 안정된 호흡을 빼앗았다.

그 결과, 2시간 색소폰 부는 연습만 했는데도 온몸이 피로로 축 늘어져 버렸다.

이래서는 새로운 기술이나 술법을 습득한다는 게 문제가

아니다.

"저, 저기…… 실제로 이 연주는 어떤 식으로 도움이 되는 거야?"

"너의 취미 육성이야. 딸의 연인이 음악을 모르는 남자여서는, 죽은 다음에 저승에서 유니스와 조지를 만날 수가 없어."

"엉?!"

재커리의 입에서 터무니없는 발언이 튀어나오자, 무심코 색소폰을 떨어뜨릴뻔했다.

부정하려고 했지만…….

"어머, 역시 두 사람은 그런 관계였어? 블루북에서 만났을 때부터 그렇지 않을까 생각했었지."

"아니, 아니에요. 그런 게…….."

놀리는 건지 도발하는 건지 피아니스트의 손버릇인지, 아르페지오를 연주하면서 애나가 말했다.

재커리가 상대면 모를까, 만난 지 얼마 안 된, 그러면서 의도는 알 수 없지만 선의로 토라키의 훈련에 협력해주는 애나에게는 너무 강하게 나갈 수가 없다.

토라키의 그런 심리를 아는지 모르는지, 재커리는 멈추지 않았다.

"뭐가 그런 게 아니야! 나는 절대 용납 못한다."

"시끄러워! 용납을 하고 말고 아무것도……!"

"라이브 하우스에서 일어난 일은, 나도 전부 파악하고 있다. 내 특기가 뭔지 잊었냐?"

"어?"

재커리가 말하는 라이브 하우스라는 것은 당연히 블루북에서의 키스였다.

"보, 보고 있었어?!"

"아닐 거라고 생각했냐?"

재커리가 당연하다는 것처럼 말했다.

"나는 암십자나 올포트가 하는 말을 그냥 믿을 정도로 낙천적이지 않아. 암십자 놈들이 팬텀과 나눈 약속 따위, 어린애가 부모가 뭐라고 하기 전에 숙제를 했다는 말보다 신용 못한다. 라이브 처음부터 너희들이 블루북에서 나가는 그 순간까지, 나는 구석구석에 분신을 배치해뒀다. 언제 놈들이 쳐들어와도 괜찮도록. 가장 있을 법한 타이밍은 아카리 무라오카 일행이 돌아간 다음, 너랑 아이리스랑 우리들만 남은 순간이라고 생각했지."

그렇게 말하자 찍소리도 못한다.

토라키의 눈으로는 아이리스가 밝힌 과거의 진실이 올포트를 후퇴시킨 것처럼 보였지만, 그 다음에 미하루 말로는 나카우라가 이끄는 부대가 블루북을 포위하고 있었다고 했다.

나카우라의 전투능력은 미지수지만, 바로 며칠 전에 날뛰는 아이리스와 미하루를 맨손으로 제압한 걸 보면 나이가 들었다고 결코 얕볼 수 없었다.

올포트가 후퇴 판단을 해도, 그 부하가 납득 못하고 폭주한다는 가능성을 무시해서는 안 되었다.

그리고 재커리만 가지고 있던 경계심 탓에, 그 키스를 목격 당하고 말았다.

"아이리스도 이런 남자의 어디가 좋은 건지……. 유라 같은 취미도 없고 근성 없는 남자는 아이리스의 상대로 걸맞지 않아."

"일단 네가 키운 흡혈귀잖아……."

토라키와 만난 것은 20년만이고, 아이리스하고는 10년인 주제에, 스승 노릇, 아버지 노릇이 너무 잘 맞는다.

"그러나 아이리스가 고른 남자다. 분명히 뭔가 있다고 믿는 것도 유니스와 조지에게 뒷일을 부탁 받은 내 사명이지. 그러니까 이렇게 너의 남자다움을 키워주고 있는 거야. 아이리스랑 같이 걷고 싶다면, 내가 하는 일에 일일이 의문을 품지 마라."

"아니…… 난 아직 아이리스의 고백을 받아들인 게……."

"뭐어?!"

그러나 전인류의 예상대로, 아이리스의 고백을 아직 받아들일 생각이 없다고 말한 토라키에게 재커리는 귀신같은 표정을 지었다.

"뭐라고? 유라…… 아이리스의 어떤 점이 불만이냐……?"

"재크가 귀찮은 아버지 행세를 하는 거?"

"뭐어……?"

"이제 누구한테 몇 번을 말했는지도 기억이 안 나는데, 나는 인간으로 돌아가서 제대로 된 사회적 입장을 얻기 전까지 특정한 파트너를 가질 생각 없어! 그러니까 당신한테 고개 숙이면서 수련을 부탁하는 거잖아! 그러니까 내가 하는 일이 무슨 효과가 있는지 알고 싶다고!"

"유라, 일본인의 그런 시리어스한 감성은 좋다고 생각하지만, 당신을 사랑하는 여자애와 둘이서 문제와 맞서는 뜨거운 끈끈함도 때로는 필요하다고 생각해."

"애나 씨, 더 이상 재크를 귀찮게 만들지 말아주세요."

쉬이링처럼 놀리는 것도 아니고, 아카리처럼 어쩐지 캐보는 것도 아니고, 심플하게 연애관의 차이로 조언을 해주는 어른 여성에게는 이제 침묵하는 수밖에 없다.

"유라. 몇 백 년을 살아도 아버지라는 건 자기가 젊었을 무렵을 제쳐두고 이런 말을 하는 법이야. 그렇기에, 당신은 연인의 파파에게 인정을 받기보다, 일단 연인이 기뻐하는 일을 할 수 있는 남자가 되도록 해. 그러면 분명히 리를 아이리스는 당신 옆에서 파파와 싸워줄 거야."

"나는 이 곡을 부르는 것에 어떤 효과가 있는 건지 알고 싶은 것뿐인데요?!"

갑자기 하늘에서 뚝 떨어진 흡혈귀의 부성과, 정체도 국적도 여러모로 불명인데 참견하는 연애의 달인 무브에 토라키는 진심으로 질색하고 있었다.

토라키는 억지로 이야기를 되돌리려고 했지만, 재커리는 진심으로 재미없다는 듯 코웃음을 쳤다.

"유라. 너 흡혈귀가 되고서 혹시 웨이트 트레이닝을 한 적이 있냐?"

"웨이트? 그야 한 적이 없는 건 아닌데……."

"실제로 그걸로 뭔가 바뀌었냐?"

"바뀌었냐니, 아니 뭐, 어떤지 모르지. 한만큼 바뀌었다고 는 생각하는데……."

"인간일 경우 웨이트를 하면 근섬유의 파열과 수복으로 근 력이 증강된다. 이 정도는 알지?"

"그래."

"그러면 우리들 흡혈귀는 어떻지? 근섬유가 파열되고 그 것이 수복된다. 그 논리가 애당초 적용된다고 생각하냐?"

고작 며칠 전에 수십 년 만의 건강 진단을 받고, 어제 동 족의 심장을 섭취하면 그 심장이 자기 것이 된다는 사실을 안 참이었다.

"햇빛에 닿으면 재가 되고 그 다음에 본래대로 돌아오는 우리들에게 그런 일이 일어나는가 물어보면, 분명히 조금 불안하긴 하네."

"연구를 한 녀석이 있다는 얘기를 들어본 적은 없는데, 옛 날에 유니스에게 들은 말에 따르면, 된다더군."

"되는 거냐."

지금 이야기의 흐름으로 그런 일은 없다, 라고 할 줄 알았다.

"다만, 그 효과가 인간과 비교할 수 없을 정도로 적다고 해. 유니스 말을 빌리자면, 흡혈귀는 아무리 노력해도, 바디 빌더 같은 외견이 될 수는 없다더군."

"헤에."

흡혈귀와 바디 빌더. 흡혈귀와 성직자 이상으로 동떨어진 말 같았다.

"하지만 그러면 실제로 흡혈귀가 육체를 단련하고자 하면 어떻게 되는데?"

"그게 네가 지금 하는 거다."

재커리는 색소폰을 가리켰다.

"흡혈귀의 힘은 결국, 아무리 따져도 『피의 힘』이야. 피를 대량으로 마신 녀석, 피를 단련한 녀석이 결국은 강해진다. 그래서, 마셨는가 아닌가를 따져보면 너는 세계에서도 최약 레벨이지."

"으⋯⋯."

피의 힘이 흡혈귀의 힘, 이라고 하면 찍소리도 못한다.

토라키 자신도 인정하고 있는데, 토라키는 흡혈귀로서 이단중의 이단이다. 피를 안 마셔도 태연한 흡혈귀였다.

안 그러면 이 나이까지 당연하게 인간사회의, 일단 빛이 비추는 영역에 파고들어 살아가지 못했을 것이다.

그러나 그건 그렇다 치고, 아마도 세계에서 가장 많은 인간의 피를 마신 흡혈귀 중 한 명일 무로이 아이카를 상대로 최약의 흡혈귀가 도전해야 한다.

"하지만 기다려. 난 전에 아이리스랑 같이 인간의 피를 평범하게 마셨을 흡혈귀를 쓰러뜨린 적 있는데."

"어머나, 첫 공동작업은 벌써 끝났구나?"

연애강자 피아니스트의 말은 무시하고 토라키는 말을 이었다.

"그 녀석은 전혀 대단치 않았어. 그 다음에 만난 아미무라네 흡혈귀에게도, 내 술법은 제대로 통했지. 대체 어떻게 된 건데?"

"그건 본래 내가 단련시킨 네 피의 힘이 강했다는 거지. 감사해라. 피를 안 마셔도 흡혈귀는 어느 정도 강해질 수 있어. 그러나, 지금 너는 어느 정도로는 어떻게 안 돼. 게다가 우물쭈물거린 탓에, 시간이 얼마 안 남았어."

"……."

가장 오래 알고 지낸 만큼, 재커리는 토라키가 와라쿠를 어떻게 생각하는지 아이리스나 미하루보다도 잘 알고 있었다.

"그래서, 그 색소폰과 마우스피스다. 그 색소폰은 관체가 순은제거든."

"관체?"

"관의 본체."

재커리가 그렇게 말했지만 키나 그 주변은 일반적인 색소폰의 이미지와 같은 금색이었고, 본체로 보이는 부분은 금속 광택이 남아 있지만 꽤 검다.

"뭐 꽤 오래됐으니까 알기 어려울지도 모르지만, 순은제 관악기는 거뭇해질수록 소리의 반응이 좋아져."

"같은 순은제라도, 거뭇해진 게 좋은지 아닌지는 사람이나 악기나 장르에 따라 달라. 너무 재크의 말을 신용하면 안 된다?"

"내 색소폰은 그래!"

옆에서 애나가 주석을 넣자, 재커리가 그것에 반발했다.

"오래됐다지만, 니켈 실버나 실버 도금 같은 거랑 똑같이 보면 안 돼. 순은제라고. 재즈를 시작했을 무렵에 샀는데, 5천 파운드가 넘었다."

"일본엔으로는 대략 80만엔 정도네."

"진짜로?"

애나에게 대략적인 환율을 듣고서, 토라키는 눈을 부릅떴다.

프로용 악기가 고급품이라는 건 알고 있었지만, 바푸나또 호텔의 그랜드 피아노에 지문을 묻혔을 때 흘린 식은땀을 떠올리고 토라키는 삭, 자세를 바로잡았다.

"그리고."

재커리는 씨익 웃었다.

"사실 그 은이, 성별된 은이야."

"뭐?!"

"마우스피스에도 같은 소재를 썼다. 마우스피스까지 은인 건 희귀해."

"야, 야야야!"

토라키는 무심코 손을 뗄뻔했지만, 80만엔이라는 가격이 머리를 스쳐서 온몸이 단단히 굳어 버렸다.

흡혈귀에게 성별된 은은 만지기만 해도 몸을 좀먹는 맹독이다.

아이리스의 집 문은 대체 뭘 어떻게 했는지 문손잡이가 순은제로 바뀌어 있었고, 방에 들어갔다가 밖으로 나갈 수 없어 고생한 적이 있었다.

지금까지 그런 것을 애지중지 껴안고서, 아예 입을 대고 불고 있었다는 것에 핏기가 가셨다.

"그런 걸 또 왜!"

"방금 근섬유 얘기를 했잖아. 다시 말해서 그런 거다."

"어디가 그런 건데."

"회복 가능한 정도의 손상에서 회복하면 전보다 강해진다. 그 원리야."

"아니, 아니이······."

흡혈귀는 성별되지 않아도 은을 기피한다.

십자가와 마찬가지로, 설령 성별되어 있지 않아도 어쩐지 모르게 보는 것도 싫다, 기분 나쁘다. 그런 종류에 속하는 것이다.

그것을 지금까지 껴안고 연주하고 입에 물고 있었다니 믿을 수가 없다.

"서, 설마 내가 이 색소폰을 고작해야 8음도 제대로 못 부는 이유가······."

"네가 서툴러서 그렇지. 라고 말하고 싶지만, 그런 거야. 부는 것도 연주하는 것도 보통 색소폰을 연주하는 것보다 수십 배는 지칠 테지. 그래도 어떻게 형태로 만들었으니, 네 피의 힘이 강하다는 증거야. 폐활량으로 바꿔 말해도 되겠지."

"폐활량······."

흡혈귀 인생에서 폐활량을 의식하는 일 따위 1년에 한 번이나 있을까?

"피의 힘은 당연히, 피에 산소를 보내는 폐와 온몸에 피를 돌리는 심장의 힘도 크게 관계된다."

심장, 이라는 단어에, 토라키의 심장이 두근거리며 뛰었다.

"시간이 없는 지금 너에게 필요한 건, 어쨌든 피의 힘에 동반되는 스태미나 증강과 전투감을 갈고 닦는 거야. 기술이나 술법 같은 건, 지금 네가 새롭게 뭔가 얻을 수 있는 게 없어. 잘해봐야 지금 가진 것의 발전형이지."

"그걸, 이 색소폰이랑 애나 씨의 전투훈련으로 단련하라 이거군."

"세계적인 재즈 플레이어 두 사람이 코치를 해주는 거라고. 아이카랑 붙기 전까지 내 라이브에 게스트 출연을 할 만큼은 돼봐라."

얼마나 진심인지 가늠할 수 없지만, 다시 말해서 현시점의 토라키가 아이카를 쓰러뜨리는 건, 프로중의 프로인 재커리와 애나의 라이브 스테이지에 서는 것만큼 무모하다고 말하고 싶은 것이리라.

"……그래서, 다."

"응?"

"너, 아이리스의 피아노를 듣겠다고 했다며? 응?"

"어…… 응?"

"아이리스한테 들었어. 핑키 스웨어의 맹세도 했다고?"

"뭐?!"

분명히 재커리와 재회한 것을 계기로 아이리스에게 음악의 화제를 이야기한 적이 있지만, 그렇게 재커리가 귀기 서린 분위기를 만들 만한 화제였을까?

"핑키 스웨어…… 어머. 유라, 당신 그런 걸 했어?"

"어? 어? 어? 그 손가락 걸기는, 그렇게 무거운 거야?!"

"응~ 아이들 같은 행위긴 하지만, 어린애 나름대로 생애의 친구나, 생사를 함께 하는 동료나, 대신할 수 없는 소중한 사람하고만 하는 거긴 해."

"열아홉 살 딸이 그렇게까지 했는데, 고백을 안 받겠다고 나한테 딱 잘라 말하다니 배짱도 좋다. 유라. 이제부터 6시간 쉬지 않고 분신 늘리는 훈련이다. 1분도 휴식 없을 줄 알아."

"어머나."

재커리의 평탄한 목소리에, 애나가 즐거운 기색으로 웃었다.

"아니아니아니아니 여기 빌린 거 앞으로 1시간도 안 남았어!"

"시끄러워닥쳐. 내 앞에서 아이리스한테 꼬리친 벌이다. 죽지 않는 것만도 고맙게 생각해."

"내 탓이야?!"

"네가 잔챙이인 탓이지."

"잔챙이라니 말이 좀……!"

"포기해, 유라. 언젠가 당신한테 딸이 생기면, 당신도 이런 파파가 되거든."

"그거랑 이거랑 지금 상관있어?!"

눈동자를 심홍으로 물들인 재커리와 즐거운 기색으로 하이템포의 웨딩 마치를 연주하는 애나의 사이에 끼어서, 토라키는 천장을 우러러 보았다.

"젠장…… 전부…… 내가 약한 게 잘못이지……."

　　　　　　　　　　※

명백하게 괜한 피로를 품고서, 토라키는 터벅터벅 이케부쿠로의 거리를 걸어 귀가하고 있었다.

봄의 기운은 아직 멀고 찬바람이 몰아치는 가운데, 토라키는 자기 손을 근대의 시인처럼 바라보았다.

의지할 상대가 있다는 든든함과, 자신이 이 수련의 끝에 아이카에 이를 수 있을까라는 불안이 손바닥 위에서 휘몰아치고 흩어졌다.

"돌아가서 밥하기도 귀찮고, 뭐 먹고 돌아갈까?"

오늘도 아이리스는 돌아오지 않았다.

어젯밤은 유우리와 아미무라의 이야기를 들은 것. 리사와 쥬리의 이야기. 그리고 오늘 재커리와 애나가 수련을 시켜준 것을 메시지로 연락했는데, 읽음 마크는 달렸지만 대답이 없다.

"……설마 또 누군가에게 유괴를 당한 건 아니겠지."

이 정도로 아이리스와 연락이 안 되는 일도 드물지만, 아이리스에게 무슨 일이 있으면 아마 유우리가 가만 안 있으리라.

아마도 그 데이워커에 대한 걸로 정말 바쁜 상태일 것이다.

재커리와 애나에게 데이워커 흡혈귀에 대한 것을 물어보니, 애나는 데이워커의 존재 자체를 몰랐다.

그리고 재커리는 아미무라와 마찬가지로 강한 혐오감을 드러내고서…….

"심장을 뺏길까 불안하면 가슴팍에 만화잡지라도 넣어 놔라."

과연 효과가 있나 싶은 그런 대책을 전수해 주었다.

재커리는 본래 인간인 흡혈귀지만, 오래 살아가면 역시 데이워커에게 강한 혐오감을 품는 것이리라.

그러면 데이워커가 생기는 구조를 알게 되고서도, 토라키가 재커리나 아미무라만큼 생리적인 혐오감을 느끼지 않는 것은 어째서일까?

스스로도 신기하지만, 피에 대한 갈망이 극단적으로 적다는 것이 뭔가 관계가 있지 않을까?

"나는……."

데이워커.

그 말을 들었을 때, 오히려 반대로 어쩔 도리 없이 끌려버렸다는 걸 인정하지 않을 수 없었다.

흡혈귀가 된 뒤 토라키는 운이 좋게도, 인간이나 흡혈귀를 죽인 적은 한 번도 없었다.

그럴 필요가 없었다고 할 수도 있다.

그렇기에 불안했다.

이대로 계속 수련하고, 아이리스와 미하루의 힘을 빌어 막상 아이카를 쓰러뜨리게 됐을 때.

죽일 수 있는 걸까?

자신이. 자신의 인생과 친아버지의 원수인 무로이 아이카를.

원수로서 증오하고 있기에 여차할 때 망설임 없이 죽일 수 있다고 생각하는 것은, 자신의 손에 타인의 생사여탈권을 쥐어본 적이 없는 자뿐이다.

벌레도 못 죽일 정도라는 말처럼은 아니지만, 어둠의 생물이 된 뒤에도 계속 사람이고자 했으며, 동생과 그 가족 덕분에 사회적으로는 **계속 인간으로 지내고 말았다.**

사람의 형태를 한 자와 싸울 수는 있어도, 죽이는 것은 과연 가능할까?

할 수 있다고 단언할 만큼, 토라키는 젊지 않았다.

그리고 단언하지 못하는 것 자체가, 팬텀의 세계에서 살아가는 자로서 약하다는 증거이기도 했다.

아이리스와 미하루는 물론이고, 아이리스 이후로 만난 자들은 다들, 필요하다면 팬텀을 죽이는 것을 전혀 주저하지 않는 사람들뿐이었다.

"내 약함이 싫어지네."

그러나 이것만큼은 훈련으로 가능한 것도 아니고, 생각해서 좋을 것도 없었다.

"어떻게 해볼 수가 없는 것들뿐이구만, 내 인생은."

자조적으로 중얼거리고, 토라키는 고개를 옆으로 흔들었다.

어차피 지금은 아이카와 싸울 방도도 없는데, 꿀꿀하게 고민을 해봐야 소용없다.

"아～ 젠장."

그저 고민만 하는 게 아니었다.

혼자서 고민하고 있으니까 이 지경인 거다.

아이리스가 있었으면, 조금 약한 소리를 할 수 있을까? 아니, 약한 소리를 할 만한 흐름조차 생기지 않으리라.

"그 녀석이 불과 며칠 없는 걸로 이 꼴이네."

너무나도 속물적인 결과였다.

처음에 집으로 쳐들어왔을 때는 1분 1초라도 빨리 나가주길 바랐고, 더 말하자면 지금도 딱히 옆집에 사는 것도, 당연한 것처럼 토라키 집의 여벌 열쇠를 만들어 제멋대로 드나드는 것에 대해서도 한 마디 해주고 싶다.

그러나 그렇게 하고 싶은 말을 계산에 넣어도, 아이리스는 이미 토라키에게 생활의 일부로 단단히 뿌리를 내려버리고 있었다.

무엇보다도 와라쿠 이후 처음으로, 『토라키를 인간으로 되돌리고 싶다』고 생각하여 행동해준 단 한 명의 인간이었다.

그러나 그것을 넘어 그녀는 자신의 증오를 풀기 위해서가 아니라, 토라키의 인생과 함께 하기 위해 아이카를 쓰러뜨리고자 해주고 있었다.

그렇기에, 아이리스가 아이카를 죽이는 일이 있어선 안 된다.

아이카를 쓰러뜨리는 상황이 되면, 만사를 제쳐두고 자신이 마지막 손을 써야 하는 것이다.

"……이런 걸, 제대로 이야기를 해둬야지. 앞으로, 일이 어떻게 되든지."

아이리스의 고백을 받든 말든, 아이카와 결판을 내는 것이 아이리스와의 관계와 그 미래에 커다란 영향을 주는 것은 틀림없었다.

그렇기에, 결판을 내는 방식에 대해서 시간 여유가 있을 때 이야기를 해둘 필요가 있었다.

그렇지만 지금 재커리 건으로 그렇게 다툰 암십자와 히키 가문이 자주적으로 협력하면서까지 도내의 데이워커 사건을 추적하는 상황에서, 바쁜 아이리스에게 사적인 사정으로 개입하기도 좀 그렇다.

오히려 도쿄 주둔지의 기사가 아닌 유우리를 연락책으로 보내준 것은, 아이리스가 최대한 배려한 결과일 것이다.

"하다못해 리사에 대한 거라도 얼른 이야기를 할 수 있으면 좋겠는데."

솔직히 나타시에 대해서는 아이리스의 남성공포증을 계산에 넣더라도, 아이리스의 몸을 걱정할 일은 아니었다.

아이리스가 암십자의 임무로 활동하고 있는 이상 나타시에게 포착되는 일부터 있을 수 없고, 데이워커의 임무를 맡고 있는 기사가 단독행동을 하고 있을 리 없었다.

오히려, 일이 길어진다면 걱정되는 것은 리사였다.

3월 시점에서 12세라는 것은, 다음달이면 중학생이 된다는 거다.

무라오카의 예상으로는 유복한 가정의 아이라고 했다. 어쩌면 학년이 바뀌어서 가정환경이나 통학환경이 변하거나, 학동에 가지 않게 되어 만나기 어려워질 가능성도 있다.

"으~음……."

토라키는 아이리스의 메시지 화면을 바라보면서 리사에게 대해 메시지를 보내야 하나 잠시 고민했지만, 금방 생각을 고치고 주머니에 다시 넣었다.

"뭐, 어제오늘 일이니까. 예정이 안 잡혔다는 연락을 하면 그쪽도 어쩌란 건가 싶지."

지금 할 수 있는 일은, 온갖 고생을 한 훈련으로 굶주린 배를 채우는 것이다.

"고기를 든든하게 먹을까? 아니면 아이리스랑 있으면 별로 못 먹는 일본식이나 생선 같은 것도…… 아니, 재크가 말한 건 열 받지만, 오히려 앞날을 위해서 제일 고급스런 자라 전골도 괜찮나?"

떠들썩한 선샤인로에 발을 들였다. 시야 끄트머리에 어쩐지 모르게 아이리스와 미하루가 있을 선샤인60을 우러러 보면서 들어갈 가게를 물색하고 있는데, 주머니 안에서 슬림폰이 진동했다.

드디어 아이리스가 뭔가 답장을 보낸 건가 싶어 화면을 보고, 토라키는 쓴웃음을 지었다.

전화 착신이었다. 표시는 하토리 리사였다.

"아~ 드디어 왔다고 해야 하나. 빨리도 왔다고 해야 하나."

토라키로서는 아직 하루밖에 안 지났지만, 어린아이 시선으로 생각하면 벌써 하루라는 느낌일지도 모른다.

쉬이링은 그 뒤에 뭔가 접촉을 한 걸까?

밤이니까 저녁 식사 전이지만, 어린아이 상대로 오래 전화를 할 일도 없겠지.

그런 것을 줄줄이 생각하면서 토라키는 응답 버튼을 눌렀다.

『다행이군. 지금 안 받았으면 사람이 한 명 죽었을 거야.』

들린 목소리는, 결코 리사의 것이 아니었다.

갈라진 중년 남자의 목소리.

들어본 적이 있는 목소리가 아니었다. 그러나 토라키는 단번에 정체를 파악하고, 길 옆으로 빠졌다.

"······나타시 씨인가요?"

『호오. 빨리 깨달았군. 확인하는데, 네 이름은?』

범행 현장에서 보였던 광란이 거짓말인 것처럼, 어조가 냉정했다.

거짓말을 하는 건 아무리 생각해도 좋은 수가 아니다.

"토라키 유라입니다."

명백하게 이상사태였다.

경찰은 대체 뭘 하는 거야? 리사의 전화에서 나타시의 목소리가 들린다.

다시 말해서 이미, 거의 손쓰기 늦었다는 것이 아닌가?

『OK. 토라키. 경찰은 대체 뭘 하는 걸까? 네 기분 이해한다. 하지만, 뭐 대개 그런 법이야. 내가 진짜 살인범이나 유괴범이라면 그야 경찰도 엄중했겠지. 하지만 나는 누구 한 명 해치지 않았어. 그렇지? 그래서 경찰도 물렁하게 봤지. 상해미수, 기소해도 제대로 된 점수도 못 벌어. 응? 그렇지?』

경찰은 항간의 소문처럼 무른 조직도 느슨한 조직도 아니다.

경찰이 근면하게 직무를 다한다는 것은, 평소 센세이셔널하게 보도되지 않는다.

경찰을 얕보는 의견이 늘어나는 원인은 일본 전국에 있는 수십만의 경찰관 중에서 우연히 경찰이라는 신분을 얻어선 안 되는 극히 일부가 일으킨 일이, 마치 조직 전체가 그런 것처럼 보도되기 때문이다.

경찰 가족이 있는 흡혈귀로서 그런 경찰의 소문을 간과할 수는 없지만, 지금 이 때에 관해서는 머릿속으로 사가에한테 호통을 치고 싶었다.

그러나, 지금 여기서 나타시에게 설교를 해도 소용없다.

"일단 물어보는데요. 어째서 나타시 씨가 그 휴대전화를 가지고 있죠?"

토라키는 분노와 조바심을 느끼면서도, 신중하게 말을 골라 물었다.

나타시는 무슨 방법이 되었건 리사를 곁에 두고 있을 가능성이 높았다.

지금 싸구려 형사 드라마의 경관처럼 고압적인 어조를 쓰면, 그것만으로 상대를 자극하여 리사가 위험해질 가능성이 있었다.

딱히 토라키는 경찰관이 아니고, 나타시를 붙잡았을 때도 딱히 토라키는 나타시를 상대로 뭔가 우위에 선 행동을 안 했으니, 나타시에게 토라키는 어쩌다가 그 자리에 마주친 일반적인 성인남성이라는 인식일 것이다.

『여러모로 이유는 있어. 일단 나는 경찰 탓에 내 휴대전화도 없거든. 그리고 하토리 리사는 내 옆에 있다. 이것만으로 충분하지?』

"알겠습니다. 그래서, 저를 전화상대로 고른 이유는 뭔가요?"

『그야 당연히 너한테 용건이 있으니까 그렇지!!』

나타시가 갑자기 흥분하여, 토라키는 조금 슬림폰을 귀에서 뗐다.

"너무 큰 소리를 내지 말아주세요. 저는 지금 밖을 걷고 있고, 제 슬림폰은 싸구려입니다. 제가 주목을 받는 건 안 좋잖아요."

『……그래, 그렇지. 밖에 있는 건 안다. 나는 네가 보여.』

"어?!"

이 발언에는 진심으로 놀랐다. 토라키는 무심코 주위를 둘러보았다.

『둘러봐도 소용없어. 지금 너, 신발가게 모퉁이에 서 있지?』

토라키가 무심코 돌아보자, 의식한 것은 아니지만 분명히 슈즈 샵 모퉁이에 서 있었다. 나타시가 자신을 보고 있는 건 정말인 모양이다.

눈에 비치는 범위에 나타시로 추정되는 남자의 모습은 안 보였지만, 토라키가 아는 나타시는 어안 렌즈의 감시카메라에 비친 흐릿한 화상과, 리사를 붙잡고 착란 상태였을 때의 모습뿐이었다.

만약 옷차림을 가다듬고 주위에 있다면, 지금 토라키는 나타시를 특정할 방법이 없다.

『잘 들어라. 지금부터 내가 지정하는 장소로 유도한다. 너는 유도에 따라 걸어라. 전화는 끊지 마. 전화를 끊으면 꼬맹이 목숨이 어떻게 되는지 알겠지?』

"……알겠습니다. 만약, 전파 상태 때문에 끊어지면……."

『3초 안에 다시 걸어라! 5초 지나면 그냥 안 있어!!』

호통치는 목소리에 비해서 내용은 생각보다 냉정하다. 아무래도 적당히 얼버무리는 건 안 통할 것 같았다.

"알겠어요. 그러면 이동합니다. 어디로 가죠?"

『그, 그래 좋아. 잘 들어라, 지금 있는 신발 가게 왼쪽에 파칭코가 있다. 그쪽으로 걸어라. 천천히 걸어. 알겠지.』

"알겠습니다."

토라키는 지시에 따라 걷기 시작했다.

『두 번째 모퉁이에서 오른쪽으로 돌아라.』

저녁 식사 시간의 이케부쿠로는 수많은 사람들로 붐빈다.

토라키가 걷고 있는 길은 선샤인로의 메인 스트리트에서 약간 벗어나 있었다. 그래도 천천히 걷는 토라키는 마주 오

는 사람을 여러 번 피했고, 토라키가 여러 번 뒤에서 오는
사람들에게 추월당할 정도로는 혼잡한 길이었다.

『그 횡단보도는 똑바로 가라.』

그런 길에서도 나타시의 내비게이션은 정확하게 토라키의
위치를 포착하고 있었다.

토라키는 걸으면서 방심하지 않고 주위를 둘러보았지만,
전화를 하면서 걷고 있는 사람 따위 얼마든지 있다. 개중에
는 이어폰 마이크를 사용해서, 언뜻 전화를 하는 것처럼 안
보이는 사람도 있다. 도저히 나타시의 위치를 특정할 수 있
는 상황이 아니었다.

『다음 모퉁이를 왼쪽으로 돌아라. 주점 모퉁이다.』

"네."

커다란 붉은 호롱불이 걸린 주점 앞에 대학생으로 보이는
집단이 모여 있어서, 길을 많이 막고 있었다.

"죄송합니다. 잠깐 죄송합니다."

토라키는 그 집단 안을 빠져나가, 작은 주점이 늘어선 골
목에 들어섰다.

『주점 거리를 빠져나가라.』

대학생 집단을 빠져나간 순간에만 아주 조금 뭔가에 걸린
시늉을 하면서 등 뒤를 돌아보았지만, 역시 나타시로 보이
는 모습은 아무데도 없었다.

"허억…… 허억…… 어디 주점으로 들어가는 건가요?"

『괜한 말 하지 마라. 입 다물고 걸어.』

"하지만 이쪽이 입 다물고 전화를 끊었다고 생각하면 안 되니까요……."

『네놈의 싸구려 전화에서 네놈 주위 소리가 들린다! 입 다물고 걸어!!』

"아, 알겠습니다…… 후우."

말하지 않고 전화를 귀에 계속 대고 있기만 해도 꽤 지친다.

애당초 토라키는 몇 시간이나 훈련을 받은 다음이고, 저녁도 안 먹었다. 그런 데다가 여기까지 오면서 이미 피로는 정점에 이르렀고, 현기증이 나면서 숨도 가빠지고 있었다.

토라키는 한숨을 쉬고, 순순히 주점 거리를 빠져나갔다.

조금씩 조금씩, 토라키는 인적이 드문 방향으로 가게 되었다.

"……후우."

『뭐야!!』

"아니에요! 긴장으로 지쳐서 식은땀이 나서요! 얼굴의 땀을 닦고 코트 앞을 열었을 뿐입니다! 보이잖아요?!"

『칫…… 잘 들어라. 지금 눈앞의 길을 횡단해서 눈앞에 있는 라멘 가게 옆의 골목으로 들어가라.』

인적이 드문 길에 있을 때보다 세세한 지시가 날아오고, 처음에 전화를 받은 뒤 가뿐하게 30분은 걸었을 것이다.

감시를 받고 있어서 대놓고 주변의 랜드마크를 찾을 수 없으니, 자기가 어디 있는지 알 수 없어지기 시작했을 무렵.

『멈춰. 지금 오른쪽에 빌딩이 있다.』

그 말에 멈춰 서자, 1층 부분의 셔터가 마지막으로 내려온지 몇 년이나 지났는지 모를, 낡은 6층 건물의 가는 빌딩이 서 있었다.

"이 6층 건물인가요?"

『옥상이다. 입구는 열어 놨다. 계단으로 올라와라. 전화는 끊지 마라.』

"알고 있어요."

토라키는 작은 창의 외벽과 그 옥상을 올려다보고, 엄격한 표정을 지었다.

아무래도 6층 건물 빌딩 옥상의 기척은 살필 수가 없었다. 귀를 기울여도 리사의 목소리는 안 들리고, 나타시가 어디 있는지도 알 수 없는 상태였다.

경첩이 녹슬어 삐걱대는 소리를 내는 문을 당기자, 곰팡내와 먼지 냄새가 났다. 그러면서 어쩐지 콘크리트가 눅눅하다.

나타시가 어떤 이유로 토라키를 이 빌딩에 끌어들인 건지는 모르지만, 최악의 경우 숨어 있다가 습격해오는 일도 있을 수 있다.

미약한 소리도 놓치지 않도록 한 단 한 단 묘하게 경사가 급한 계단을 신중하게 올라갔다.

그러나 사람 한 명, 쥐새끼 한 마리의 기척도 없고, 기어이 옥상으로 나가는 문 앞까지 와버렸다.

"지금, 옥상의 문 앞입니다."

『밖으로 나와라.』

"여기서 뭘 할 생각인가요? 정말로 이런 곳에 리사가 있는 건가요?"

『괜한 말을 하지 말라고 했지! 죽고 싶냐!!』

"······알겠습니다. 지금, 나갈게요."

도장이 벗겨진 방화문 밖의 기척을 살피면서, 천천히 밀어서 열었다.

무거운 문틈에서 강한 빌딩풍이 불어오고, 계단방의 공기를 휘저었다. 토라키는 충분히 틈이 열린 다음에 몸통박치기를 하는 것처럼 재빨리 밖으로 나섰다.

어느 시대 것인지도 모를 에어컨 실외기와, 녹슨 다리 부분이 거의 무너져가는 낡은 저수탱크에, 용도 불명의 배관.

결코 넓지 않은 바닥 면적의 옥상을 빙 둘러보았다.

"리사는 어디 있나요? 그리고 당신도······."

그때 한층 강한 바람이 불었다. 토라키는 무심코 고개를 돌려 피하고, 그 순간······.

"큭!!"

검은 덩어리가 옆 빌딩 옥상에서 운석처럼 토라키를 향해 낙하했다.

명확한 살기와, 그 덩어리보다 먼저 토라키를 덮친 귀에 익은 『액체』의 소리.

토라키는 슬림폰을 떨어뜨릴뻔하면서 불의의 습격을 회피했지만, 좁은 빌딩 옥상이라 하마터면 울타리에 부딪칠 뻔했다.

직전까지 토라키가 서 있던 옥상 입구에, 검은 살기 덩어리가 굶주린 하이에나처럼 사지를 모두 써서 착지해 있었다.

주변 빌딩의 불빛마저 안 닿는 밤의 빌딩 옥상에서, 붉은 빛 두 개가 확실하게 토라키를 노리고 있었다.

토라키는 방심하지 않고 빛을 노려보면서 슬림폰을 귀에 댔지만, 이미 전화는 끊어져 있었다.

"나타시군."

"......!"

대답은, 들어 올린 손에서 솟아오르는 핏줄기였다.

토라키도 쓸 수 있는 흡혈귀의 기본적인 술법이지만, 보통 인간이 정면에서 맞으면 간단히 몸이 꿰뚫릴 것이다.

그러나 역시 자신도 쓰는 기술에 간단히 당할 수는 없다. 토라키가 다음 수를 경계하여 약간 크게 옆으로 회피하자, 눈동자의 붉은 빛이 흉흉하게 웃으며 호를 그렸다.

틀림없이 전화 너머로 들린 나타시의 것이었다.

"용케 피했군......"

"......믿을 수 없어. 나도, 여기 오기 전까지는 혹시나, 하는 생각을 여러 번 했는데, 지금 이렇게 직접 보고도 믿기 어렵군."

토라키도 무의식중에 사나운 웃음을 지었다.

그것이 공포 탓인지, 고양 탓인지, 아니면 분노 탓인지는 알 수 없었다.

그러나 지금 눈앞에 있는 존재가 무엇인지는, 이미 의심의 여지가 없었다.

"당신, 경찰서를 탈주했다며? 일몰 전에."

"그게 어쨌는데?"

"그 눈이랑 피의 술법. 당신이 도내에서 흡혈귀를 죽이고 다닌다는 데이워커지?"

"알고는 있었지만, 토라키 유라, 팬텀의 관계자군."

토라키가 흡혈귀나 데이워커에 대해 언급해도, 나타시는 딱히 동요하지 않았다.

"알고 있었나?"

"암십자의 수도기사, 그리고 같이 있던 또 한 명의 여자도 뭔가 술사거나 팬텀이지? 그런 녀석들이랑 같이 다니는 남자가, 그냥 인간일 리 없지."

확실히 그렇다. 쉬이링의 정체는 분명히 외견으로 알 수 없지만, 아이리스는 암십자 기사단을 아는 자라면 제복 차림으로 금방 판단할 수 있다.

토라키는 방심하지 않고 경계하면서도 차분했다.

나타시가 팬텀이다. 이것은 유도를 받으면서 이미 예상하고 있었다.

전화로 토라키를 보고 있다고 말했을 때, 금방 위화감을 깨달았어야 했다.

나타시는 토라키가 입을 다물어도 주위 소리가 들린다고 소리를 쳤지만, 반대로 말하면 토라키 옆에 있는 나타시의 주변 소리가 안 들리면 이상하다.

아무리 노이즈 캔슬링이 되더라도, 바깥의 기척이라는 것을 완전히 차단할 수는 없다. 그런데도 토라키가 보이는 장소에 있어야 할 나타시의 전화에서 인파의 기척, 차의 엔진 소리, 토시마구 관공서의 공공방송, 그런 소리의 낌새가 거의 안 들렸다.

주점 앞의 대학생 집단을 보고 그런 소리가 전혀 안 들려서, 어쩌면 애당초 전화에 주변 소리가 안 들어가는 장소에 있는 것이 아닐까 예상했다.

이케부쿠로 거리의 환경음이 안 들어가고, 그러면서 토라키를 눈으로 보며 추적할 수 있는 장소라면 『위』밖에 없다.

주점 앞의 대학생 무리에 돌입한 것은, 인파에 섞이는 행동을 하면 보기 어려운 장소에 가려는 것을 탓할 거라고 생각했기 때문이다. 그런데 그런 반응이 나오지 않았다. 그 시점에서 토라키는 나타시가 보통 사람은 이동할 수 없는 장소를 이동하고 있다는 확신을 가졌다.

"리사는 어디 있지?"

"상관없잖아."

"어떻게 리사의 전화를 입수했어?"

"지금은 상관없다고 했잖아아아!!!"

노호와 함께, 나타시가 검은 포탄이 되어 토라키에게 돌진했다.

명백하게 보통 사람의 속도가 아닌 그것을 토라키는 회피하는 게 고작이었다.

"윽."

토라키가 있던 장소의 금속 울타리가 나타시의 돌격을 받아 심하게 찌그러지고, 나타시는 마치 도마뱀붙이처럼 일그러진 울타리에 수직으로 달라붙어 다시 토라키를 조준했다.

"나에게 중요한 건, 네놈이 무슨 팬텀인가 하는 거다아아아아!"

　나타시는 한 손으로 금속 울타리의 지주를 뽑아냈다.

"젠장, 피를 빨았군!"

　초인적인 거동과 괴력.

　아마도 나타시는 인간의 피를 빨았을 거다.

　던진 울타리가 콘크리트 지붕에 박히고, 파편이 토라키의 얼굴을 덮쳤다.

"나타시이! 리사는 어디 있어!!"

　최악의 예상이 머리를 스쳤다.

　경찰에서 탈주했고, 리사의 전화를 가지고 있으면, 나타시는 언제 누구의 피를 빨았지?

"설마, 리사의 피를……."

"그러면 어쨌는데! 너하고는 상관없잖아아아아!"

　나타시의 손가락 끝이 날카롭게 뻗었다.

　피를 날리는 기술을 응용하여, 피를 날카로운 손톱으로 변화시켜 공격력을 올리는 기술이다.

　날카롭게 파고든다. 발치가 불안정하고 자신을 강화하지 못한 토라키.

"지금 중요한 건 네가……!!"

토라키는 나타시의 돌격을 피하지 못했다.

"흡혈귀인가 아닌가 하는 거다아……!"

나타시의 혈조가 토라키의 가슴을 찔러 꿰뚫은 순간, 토라키의 모습이 흐릿하게 흔들리고 다음 순간에 검은 안개가 되어 사라졌다.

나타시는 사라진 토라키를 찾으려고 시선을 방황하지도 않고, 자기 등 뒤에 돌아가 무릎을 짚고 있는 토라키를 희색이 만면하며 돌아보았다.

"좋은데에, 그 기술은 흡혈귀의 기술이지? 너 뭐야? 묘한 녀석이잖아? 그렇게 약해빠졌는데 분신을 써? 분신술은 잔챙이한테는 부담이 클 텐데?"

"헤, 헤헤…… 그, 그럴지도 모르지……."

솟아오르는 식은땀도, 온몸을 덮치는 권태감도, 온전하게 진짜다.

그렇잖아도 빌딩까지 오는 길에서 이미 토라키의 체력은 거의 떨어져 있었다. 이런 상태로는 몸을 안개화하기만 해도 목숨을 걸어야 하는데, 나타시의 공격을 피하기 위해 안개의 분신술을 써야 했다.

"으…… 오!"

역시, 버티지 못했다.

한쪽 무릎을 땅에 짚고, 시야가 무너진다.

손으로 몸을 지탱하지도 못하고, 토라키는 꼴사납게 차가운 콘크리트에 옆으로 누워버렸다.

"좋아좋아좋아좋아. 얌전히 있어라아……앗!"

"끄아악?!"

쓰러진 토라키에게 마무리를 지으려고 단번에 뛰어서 토라키 앞에 도착한 나타시는 그 기세 그대로 토라키의 배에 발끝을 때려 박았다.

내장이 뒤섞이는 충격에 토라키는 이번에야말로 의식을 놓칠뻔했다.

"뭐야…… 분신을 가졌을 정도면 조금은 저항해봐라……. 넌 대체 뭐야? 잔챙이인지, 그게 아닌지 알 수가 없구만……!"

나타시는 토라키의 어깨를 걷어차, 토라키를 드러누운 자세로 굴렸다.

"야, 알고 있냐? 우리들 흡혈귀가 햇빛 아래서 걷는 방법 말야. 알고 있지? 데이워커라는 말을 알고 있으니까…… 그래. 나는 데이워커야. 미안하구만. 나는 힘이 필요하거든. 또 하나의 심장이 필요하다고! 살아가기 위해서어!"

"으……."

멱살을 잡히고, 흐릿한 시야 안에, 나타시의 오른손 모든 손톱이 날카롭고 빨갛게 빛나는 것을 깨달았다.

"살……기, 위해……?"

"나는 죽고 싶지 않단 말이다……. 살고 싶다고……. 하지만 이대로는 살해당할 거야……. 내가 잔챙이니까……. 잔챙이니까 말야아아아!!"

"으……."

"너는 날 때부터냐?! 나는 원래 인간이야!! 25년, 25년이나! 25년이나 햇빛을 못 봤어! 이제 한계다!!"

"……."

본래 인간, 25년.

토라키의 절반도 안 되는 햇수지만, 인간 한 명의 정신을 파괴하기에는 충분하고 남을 시간이었다.

"너를…… 암십자도…… 히…… 히키 가문도 찾고 있다……. 수많은, 흡혈귀를, 죽였다며."

"내 인생을 파괴한 흡혈귀를 죽이는 게, 뭐가 어때서."

나타시가 내뱉었다.

내뱉은 순간에 일그러진 표정은, 광기가 가득한 것 같으면서도, 어쩐지 슬픈 모양새였다.

25년 전에 무슨 일이 있었는지, 25년간 무엇을 하며 살아왔는지는 모른다.

그러나 25년 전까지 인간이었던 남자가 갑자기 광기를 품고 동족 사냥을 시작했다는 것은, 뭔가 강력한 이유가 있을 것이다.

"동정은…… 한다. 나도…… 원래 인간이었어."

"뭐야……?"

"그러나 과거의 사정이 뭐든지, 지금은 나도 너도 흡혈귀다. 그러니까……."

토라키는 힘없이 웃었다. 그리고 다음 순간.

"내가 지금 당신을 죽여도, 불만은 없겠지."

"윽?!"

나타시의 발치에 날카로운 소리가 울렸다.

"뭐……뭐야아아아?!"

나타시의 두 발등을 꿰뚫고, 다듬어진 나무의 긴 침이 박혀 있었다.

"아, 악, 이, 이건……?!"

동요하는 나타시의 등 뒤에, 금색 유성이 내려섰다.

발이 지면에 꿰여서 돌아보지도 못하는 나타시가 휘두른 오른팔이, 날카로운 소리와 함께 팔꿈치부터 재가 되어 무너졌다.

"끄아아아아아아아아아아!!"

"흡혈귀가 이 정도로 시끄럽게 굴지 마. 어차피 회복하잖아."

나타시의 등 뒤에 떨어진 유성은 차가운 목소리와, 불꽃이 타오르는 것처럼 파란 눈동자를 하고 있었다.

오른손에 리베라시온. 왼손에 나무 침 다발을 든 아이리스 예레이는 증오가 가득한 표정으로 웅크려 소리치는 나타시를 내려다보고 있었다.

"아, 암십, 암십자?! 너, 너는 그때 그…… 어, 어떻게 여기를……!"

나타시가 외치면서, 토라키를 노려보았다.

"그걸 당신이 알아서 어쩌려고……!"

"으아악!!"

아이리스는 가볍게 허리를 틀어서 수도기사 제복 부츠의

바닥을 나타시의 안면에 박아 넣고, 쓰러진 순간에 남은 왼팔 팔꿈치에 가차 없이 리베라시온으로 나무 침을 박아 넣었다.

"크, 오오오오오오오!!"

나타시의 절규에도 아이리스는 무표정하게 내려다 볼뿐이었다.

"아, 아이리스…… 저기…….."

그 귀기 서린 옆모습에, 무심코 토라키도 마른 침을 삼켰다.

그러자 그 소리를 듣고 토라키를 본 순간, 아이리스의 표정이 엉망으로 일그러졌다.

"유라…… 다행이야. 안 늦었어. ……괜찮아? 안, 다쳤어?"

"나름대로 공격을 먹었어. 재크랑 트레이닝을 하고 돌아오는 길이라, 여유가 전혀 없었거든."

"다행……이야……!"

"으윽!"

아이리스는 쓰러진 나타시의 왼손에 더욱이 나무 침을 날리고, 쓰러진 토라키 옆에 앉아 안아 일으키며 머리를 끌어안았다.

"다행이야……. 나, 시스터 유우리한테 연락을 받고서, 정말로 놀랐어……. 바빠서, 당신한테 연락을 못해서, 그래서…….."

눈에 한 가득 눈물을 담은 아이리스의 팔을, 토라키는 가볍게 두드렸다.

"됐어……. 쿨럭. ……와줘서, 내가 살았다……. 그렇지……

그보다도, 리사, 저 녀석이 리사의 전화를……."

"리사라면, 그때 그 애 이름이지? 설마……!"

아이리스가 고개를 들어 땅바닥에 고정시킨 나타시를 돌아봤지만.

"어."

아이리스의 시야를 메운 것은, 고풍스런 무늬의 기모노 오비였다.

"방심할 틈이 없다카는 건 이런 걸 말하는 기다."

그곳에, 나타시 따윈 발치에도 못 미치는 귀기를 두르고, 뽑아 든 칼을 손에 든 미하루가 서서, 오연하게 아이리스를 내려다보고 있었다.

"미, 미하루……."

이대로는 이 빌딩이 평평해 져버릴 거란 위기감을 느낀 토라키는, 놓칠 것 같은 의식을 유지하며 말했다.

"안녕, 미하루. 미안하다, 이런 꼴이라……."

"정말이지……."

토라키의 목소리를 들은 미하루에게서 귀기가 스윽 사라지고, 칼도 등 뒤의 칼집에 넣었다.

"안심하세요, 토라키 님. 하토리 리사의 신병을 보호했습니다."

"정말이냐."

"네. 이 빌딩 2층에 잠들어 있었습니다. 지금, 시스터 나카우라와 햐쿠만고쿠 유우리 씨가 보호해서 데려갔습니다."

"뭐야…… 나카우라까지 왔냐…….."

"시스터 유우리가 **당신한테** 전화를 받았을 때, 옆에 시스터 나카우라도 계셨거든."

"아아…… 그렇군. 젠장. 그야 그렇겠지. 화제의 데이워커니까……."

그러는 사이에 어느샌가 옥상에 몇 명의 수도기사가 나타나, 아이리스가 고정한 나타시를 둘러싸 구속했다.

"크…… 이거 놔! 말도 안 돼, 이런 일이…… 나는 아직……!!"

"데려가세요."

발버둥 치는 나타시에게 심판을 내리듯 나카우라의 목소리가 들리고, 나타시가 끌려갔다. 대신 나카우라가 아이리스의 무릎 위에 머리를 올린 토라키를 내려다보며 서 있었다.

그 나카우라의 손이 토라키의 가슴팍에 작고 붉은 것을 던졌다.

"이건 돌려드리죠."

그것은, 토라키를 위해 미하루가 만든 『피의 각인』이었다.

"안녕, 시스터 나카우라."

"…………이번에는, 데이워커 체포에 협력을 해주셔서, 정말 감사합니다."

떫은 표정은 여전하지만 생각지 못한 한 마디가 나카우라의 입에서 나왔다.

"그렇지만, 한 가지 알 수 없는 것이 있어요. 히키 미하루씨의 힘이라면, 각인으로 당신의 위치를 알 수 있죠. 그런데 그보다 전에, 대체 어떻게 시스터 유우리에게 연락을 할 수 있었죠?"

아이리스는 유우리가 토라키의 전화를 받았다고 했다.

그러나 토라키는 나타시의 전화를 받은 뒤 계속, 나타시와 통화를 끊지 않았을 것이다.

"인파 속에서 만든 분신이 100엔을 들고 가서 공중전화로 걸었지. 하지만 요즘 진짜로 공중전화가 적다니까. 결국 역까지 달려가게 돼서, 연락이 늦어서 두들겨 맞았다."

토라키는 나타시와 통화를 하면서, 주점 앞에 모여 있는 대학생 집단 속에서 검은 안개의 분신을 하나 출현시켰다. 그리고 바쁜 아이리스가 아니라, 일부러 자신에게 데이워커에 대한 것을 직접 말하러 올 정도의 시간은 있는 유우리에게 공중전화로 연락을 취했다.

유우리의 연락처 자체는 전에 그에게 20만엔 분량의 여행권을 받았을 때 받았지만, 문제는 자신이 있는 곳을 어떻게 알리는가였다.

토라키는 『코트 앞을 열었다』고 말하면서 가슴팍의 십자가형 각인을 꺼내 길가에 버리고, 한편으로 분신을 조작하면서 유우리에게 반드시 미하루를 대동하고 각인을 추적하라고 지시했다.

"용케 시스터 유우리의 전화번호를 기억하고 있었군요. 휴대전화는 못 쓰는 상태였죠?"

"나는 친구가 적거든. 우리들 세대라면, 아는 사람이랑 근무지 전화번호 열 건이나 스무 건 정도는 기억하지 않아?"

"……그렇군요. 우리들 세대, 라. 분명히 그런 시대도 있었어요."

"나타시한테도…… 있는 대로 잔챙이 소리를 들었지만, 뭐 머리랑, 친구의 힘으로…… 어떻게든."

"유라, 괜찮아?!"

토라키의 숨이 가쁘다. 한계가 가까웠다.

나카우라는 토라키의 설명을 듣고서 탄식했다.

"예전의 당신이라면, 안개의 분신을 그렇게까지 장시간, 게다가 정밀하게 조작하는 힘은 없었을 겁니다. 당신이 재 커리 힐에게 사사를 하여, 무로이 아이카를 토벌하기 위해 수련을 하고 있는 것은 알고 있어요. ……토라키 유라."

나카우라의 목소리는 평소처럼 팬텀에 대한 차가움을 담고 있었다.

"그 데이워커는, 얻은 힘을 잘못 사용한 당신의 미래일지도 모르는 모습입니다. 그걸 명심하세요. 부디, 시스터 예레이나 저희들이 번거로워지지 않도록."

"그러니까…… 나는 딱히 아무것도……."

토라키의 의식은 거기서 끊어졌다.

의식을 잃기 직전에 들은 것이 나카우라의 판에 박힌 트집이라는 게 최악이지만, 반대로 말하자면 그걸 들을 때는 어쨌든 안전할 때니까 이건 어쩔 수 없는 걸지도 모른다.

※

　그곳은 토라키가 가진 오래된 이미지의 장소와 상당히 다른 모습이었다.

　나타시와 싸운 건물과 비교하면 압도적으로 외관이 새로운, 이른바 현대풍 5층 빌딩에 야간 학동 보육소 『옐로우 거베라』가 있었다.

　일반 학원 같은 1층의 입구는 개방감이 있는 유리벽이었고, 안을 들여다보자 부드러워 보이는 바닥재가 깔린 바닥에 로우 테이블이 잔뜩 있었다.

　가방이 잔뜩 들어 있는 사물함과 장난감이 가득한 책장.

　50대로 보이는 지도원이 수많은 아이들과 놀아주고 있었다.

　나타시 지로와 싸우고서 1주일 뒤. 토라키와 아이리스, 그리고 쉬이링과 또 한 명의 동행자는 이데히 쥬리의 인도로 옐로우 거베라의 직원실로 안내 받았다.

　"정말로…… 정말로 감사합니다."

　쥬리는 새삼 깊숙하게 고개를 숙였다.

　그 쥬리 옆에 양복 차림의 중년 남성이 있고, 그 남성 또한 토라키 일행에게 고개를 숙이고 있었다.

　"두 번이나…… 딸을 구해주셔서, 뭐라 감사를 드려야 할지……."

　하토리 히로시라고 이름을 밝힌 초로의 남성이 리사의 아버지고, 그가 내민 명함을 보니 회사 경영자였다.

무라오카의 예상대로 확실히 자산가인 모양이지만, 표정에는 피로가 떠올라 있다. 평소의 피로와 이번 소동이 겹친 것을 짐작할 수 있었다.

"처음에는 인사를 하러 가지 못해서…… 게다가 그 뒤로 또 이런 일이 생긴지라……."

"아뇨. 이번에는 경찰 측에 커다란 과실이 있었습니다. 피의자가 구치소에서 탈출하는 사태라는 것은, 있어서는 안 될 일이었습니다. 책임을 져야 하는 것을 저희들입니다. 두 번째 유괴는, 막을 수 있는 사태였습니다. 참으로 죄송합니다."

토라키 일행 옆에서, 양복 차림의 남성이 하토리 씨에게 지지 않을 정도로 고개를 숙였다.

"……."

토라키는 그의 모습을 복잡한 심경으로 보았다.

나이는 하토리 씨와 동년배인 50전후. 백발이 섞인 위엄 있는 생김새의 그 남성은 토라키의 조카이며 와라쿠의 아들인 토라키 요시아키였다.

"아뇨. 본래는 저희들의 관리 체제가 물렀던 것이 원인입니다."

"아뇨. 제가 바쁘다는 핑계로 계속 리사의 어리광을 받아준 탓에……."

"근본적인 이유를 따지면, 극단적으로 리사 양이 어떤 상태에서 밖에 있어도 안전한 치안을 유지하는 것이 우리들의 책임입니다. 이번에 대응한 서에서는 관리체제를 재정비하고……."

쥬리와 리사의 아버지, 그리고 요시아키가 제각각 서로서로 사과를 하는 가운데, 토라키와 아이리스와 쉬이링은 약간 갑갑한 심정이었다. 그때,

"있지, 아직 오빠랑 얘기 못 해~?!"

직원실 문을 거침없이 열고서, 리사가 활짝 웃으며 들어왔다.

방 안에 있는 어른들의 시선에도 겁먹지 않고 들어온 리사를 보며 쥬리가 당황했다. 리사의 아버지는 떫은 표정을 지었지만, 요시아키와 토라키 일행은 부드럽게 미소를 지었다.

"안녕? 리사. 건강해 보이네."

"응! 아! 마법사 언니도 있어!"

"안녕? 리사."

쉬이링도 리사에게 살짝 손을 흔들며 어른들을 돌아보았다.

"이데히 씨도 아버님도, 저희들은 이미 충분히 인사를 받았고, 범인도 잡았으니까요. 이제 괜찮습니다. 그보다도 지금은, 더 이상 더 참으라고만 하면 또 리사가 어디 가버릴지도 모르잖아요?"

"아, 아아 그게, 그러니까……."

쉬이링이 장난스럽게 말하자, 쥬리와 리사의 아버지도 쓴웃음을 짓는 수밖에 없었다.

"형사님. 저희들은 조금 리사와 이야기를 하고 와도 괜찮을까요?"

"알겠습니다. 아버님과 이데히 씨만 괜찮으시다면."

쉬이링이 묻자, 요시아키가 너그럽게 고개를 끄덕였다.

이번에 토라키 일행과 동행한 것이 와라쿠도 미하루도 나카우라도 아닌 것은, 나타시가 한 번 경찰에 체포되었기 때문이다.

구치소 탈주의 사실은 공공연히 밝혀지지 않았지만, 당연히 경시청, 그리고 나타시가 구치되어 있던 토시마 중앙서는 지위를 막론하고 대소동이었다.

그러나 상대는 데이워커인 흡혈귀이며, 게다가 다시 체포할 때 토라키와 암십자가 움직였다.

이대로는 나타시의 존재가 서류상으로 붕 떠버리는 데다가, 놓친 토시마 중앙서의 수사원도 영영 해방되지 못한다.

그래서 올포트와 미하루가 경시청의 간부직원인 요시아키에게 서류상의 사태를 수습하도록 요청을 한 것이다.

그 이야기를 들었을 때, 토라키는 그런 것을 경찰이 할 수 있는지 반신반의였다.

그러나 요코하마 항에 정박한 메리 1세호의 싸움 시점에서 이미 요시아키는 암십자 기사단의 존재를 알고 있었다.

올포트 말로는…….

"암십자 기사단은 성십자 교회의 내부 조직이지만, 존재는 공적으로 드러난 회파야. UK본국에서는 비공식이지만 뉴 스코틀랜드나 군하고도 연계를 하고, 주둔지가 있는 주요 선진국의 치안유지조직과 긴밀한 연락을 나누고 있지. 요시아키 토라키는 머리가 군은 일본의 행정 관련 조직 안에서 몇 안 되는 유연한 사고를 가진 사람이야. 뭐, 누군가의 영향이겠지."

나타시가 암십자에게 체포되고서 1주일.

흡혈귀가 인간의 빛이 직접 닿는 장소에서 범죄를 저지른 케이스로서는 이례적인 속도로 처리가 진행됐다. 그리고 오늘, 리사와 아이리스의 만남을 겸해 요시아키가 토라키 일행과 함께 옐로우 거베라에 동행하게 됐다.

쉬이링은 요시아키와 토라키의 관계에 놀란 모양이었지만, 아이리스나 미하루에게 보이는 경박한 태도는 삼갔다. 여러 가지 사정을 모두 삼키고서 요시아키를 형사님이라 부르고, 어디까지나 토라키의 친구이자 일반인의 모양새를 지키고 있었다.

"학동이라는 건, 보육원이나 아동관 같은 거라고 생각했었는데, 이미지가 꽤 바뀌었네."

직원실에서 리사를 따라 나온 세 사람은, 카페 스페이스 같은 장소에 앉아 있었다.

"응. 밤에 밥 먹는 애는 다들 여기서 먹어."

말 그대로 카페 스페이스였다. 의자와 테이블, 음료의 자동판매기뿐 아니라, 기업의 오피스에 부속되어 있는 유료 과자 스페이스나 가벼운 음식 등의 자동판매기 따위가 설치되어 있었다.

"어라? 이거 혹시……."

토라키는 각 테이블에 붙어 있는 메뉴표 같은 것에서, 익숙한 프레이즈를 발견했다.

보아하니 배달 도시락 메뉴표인 모양인데, 표기되어 있는 도시락의 상품명이 프론트 마트에 납품되는 도시락과 같은 이름이었다.

"오빠들은 프론트 마트 점원이었지? 이 도시락을 먹을 때는 근처 프론트 마트에서 갖다 줘."

"헤에. 그런 걸 하는 점포도 있구나."

"응. 오빠네는 안 해? 그게 말이야. 혼자서 탈 수 있는 작은 차로 갖다 주거든. 배달 차량이 오면 남자애들이 갑자기 몰려든다니까. 멋있다고."

일부 점포에서는 쇼핑이 어려운 사람을 위한 배달 서비스를 하고 있어서 가게 앞에 배달용 소형차가 머무르는 가게가 있다. 그 에스카바맨이 표식인 세이프티 스페이스 활동의 책자에서 읽은 적이 있었다.

그렇게 생각하면, 야간 학동에서 지내는 아이들을 위한 상품 전개는 분명 이것을 시행하고 있는 점포의 세이프티 스페이스 활동의 일환일 것이다.

"그렇지. 새삼스럽지만."

한 차례 어른들이 요즘 학동 시설의 존재에 감탄한 참에, 리사가 아이리스를 향해서 꾸벅 고개를 숙였다.

"요전에는, 고맙습니다. 덕분에 살았어요."

"그래. 하지만, 이제 이걸로 두 번이나 힘든 일을 겪었으니까, 더 이상 선생님들이나 아버님이 곤란한 일은 하면 안 돼."

아이리스는 웃으며 고개를 끄덕이면서도, 리사에게 확실

히 못을 박았다.

"요전에도 이번에도, 어쩌면 리사, 여기에 돌아오지 못했을 지도 몰라. 괜찮으면…… 어째서 학동을 빠져 나왔는지, 우리한테 얘기해줄 수 있니?"

그리고 못을 박기만 하는 게 아니라, 리사에게 사정을 듣는 배려도 잊지 않았다.

어린애 같은 부분이 많고 사양하지도 않는 성격이지만, 이렇게 이야기를 해보니 리사는 어른이 말하는 것에 무의미하게 반발하는 타입의 아이로 보이지는 않았다.

학동 안을 안내하는 어조를 들어봐도, 뭔가에 열중하거나 감정적이 되어 갑자기 규범을 벗어나는 타입으로도 안 보인다.

두 번째는 그렇다 치고 첫 번째에 나타시와 조우한 것은 우연일 테니까, 어째서 학동을 빠져나가는 짓을 했는지 원인을 알아야 한다고 아이리스는 생각했으리라.

"우～응……. 어린애 같다고 생각 안 해?"

"어른스럽다고 생각할 이유라면 생각 안 해."

"에～ 그게 뭐야～."

리사는 입술을 삐죽이면서도, 문득 직원실 쪽을 보았다.

"우～응. ……그게에, 뭐라고 말해야 할지 모르겠는데."

잠시 고민하는 기색이었지만, 이윽고 천천히 입을 열었다.

"마법사 언니는 일본인이 아니랬지?"

"어? 어어, 그렇긴 해."

"아이리스 씨도, 아니지?"

"그래. 나는 잉글랜드. 쉬이링은 중국이야."

"외국인이라도 말이야. 부모가 열 받는 일이 있어?"

쉬이링은 질문의 의도를 이해 못해서 눈이 동그래졌지만, 아이리스는 리사에게 눈을 떼지 않고 온화한 웃음을 지은 채 고개를 끄덕였다.

"리사는, 아버님이 싫어?"

"아니야. 열 받아."

어른은 그 차이를 알 수 없는 걸지도 모른다.

어른이 되면 자신의 뜻에 물들지 않은 행동을 하는『열 받는』인간과의 관계는, 끊어지지 않는 관계일 경우『싫어하는』경우밖에 없다. 끊어지는 관계라면『다가가지 않는다』는 것으로 처리할 수 있다.

그러나, 아이와 부모는 그럴 수 없다.

부모가 좋을 거라 생각하여 하는 일의 태반은 아이의 의도에 맞지 않는 것들뿐이다.

"오빠는 말야. 첫 번째 때 쥬리…… 이데히 선생님이랑 가게에 갔을 때도, 왜 부모가 안 왔는지 생각 안 했어?"

"뭐, 조금은."

쥬리의 이름을 친근하게 부르고 있는지, 아니면 평소부터 별명으로 부르는 건지. 섣불리 그렇게 부르려다가 다시 부르는 걸 보면, 역시 리사는 이미 어른의 이성적인 행동을 마음먹고 할 수 있는 인간이었다.

그렇기에 두 번의 학동 탈주는 그녀가 발한 정말로 위험한 신호일지도 모른다.

"그런 거야. 오늘도 보통은 엄마도 같이 있어야 하잖아? 두 번이나 위험한 상황에서 구해준 사람이 있는데, 그치? 그렇게 생각 안 해?"

"응…… 뭐, 그건 가정마다 다른 거 아냐?"

어른은 대답하기 어려운 질문이었다.

그리고 어른이 대답하기 어려운 것을, 리사는 알고 있는 것처럼 작게 웃었다.

"오빠는 상냥하네."

마치 이쪽 마음속을 꿰뚫어 보는 것 같은 말투에, 토라키도 아이리스도 쉬이링도 퍼뜩 정신이 들었다.

"그래서, 저기, 저기 있는 애들도, 뭐 여러 가지 이유가 있어서 가족이랑 저녁을 못 먹는 애들뿐이고, 나는 이중에서는 최연장자라서 이야기나 센스가 안 맞는 일도 있으니까. 그래서……."

언뜻 보기에, 누가 잘못했다는 것은 아니리라.

리사의 아버지도 회사 경영자라고 하지만, 어떻게 바쁜지는 여러 종류가 있다.

과거에 무라오카와 아카리, 히키 텐도와 미하루 사이에 대해 밖에서 이래저래 말을 못 한 것과 마찬가지로, 리사의 가족에겐 리사의 가족밖에 모르는 시비가 있는 것이다.

"그래~서. 뭐 그런 걸로 해줘. 딱히 학대를 받는다거나, 그런 거 아니고, 이데히 선생님도 엄청 잘해주고."

"······."

어른스럽긴 하지만, 어쩐지 무리를 하는 것처럼 보이기도 한다.

"당신은 분명 강한 사람이야. 하지만······ 아직 어른이라고 하기에는 몸도 작고, 힘도 약해. 만약, 또 어딘가로 뛰쳐나가고 싶어졌을 때는······ 여기에, 연락을 해줘."

그렇게 말하면서, 아이리스는 작은 카드를 내밀었다.

"이건······."

"내 연락처. 나도 굳이 따지자면 밤에 활동하는 일이 많으니까. 메시지만이라도 남겨주면 좋을 것 같아."

리사는 잠시 카드를 바라보더니, 이윽고 씨익 웃고 주머니에서 자기 슬림폰을 꺼내 금방 연락처를 등록했다.

1분도 안 지나 전화와 메시지로 아이리스에게 답신을 했다.

"언제든지, 괜찮아?"

"물론. 여러모로 일이 있어서, 마침 시간이 생긴 참이야."

아이리스가 며칠 바빴던 것도, 데이워커인 나타시를 잡기 위해서였다.

도내에서 일어난 흡혈귀 살해에 나타시가 얼마나 연관되어 있는지는 모르지만, 아이리스는 사건 배경의 조사 담당에서는 빠졌는지 사흘 전부터 집에 돌아와 있었다.

"그냥 놀러 가기만 해도 돼?"

"물론이지. 다만, 나는 요즘 일본 아이들이 어떤 놀이를 하는지는 잘 몰라."

"어른들은 가끔 착각하는데, 딱히 요즘 놀이 같은 거 몰라도 돼. 우리는 그때그때 놀고 싶은 놀이를 하는 것뿐이니까."

"리사는 상당히 말을 잘하네요."

순간순간 어른과 아이를 오가는 리사의 말에 쉬이링이 즐거운 기색으로 웃었다.

"뭐, 언니들도, 요즘 게임기가 아니면 못 논다고 하는 것보다는 그게 마음 편해요. 아마 아무도 그런 거 없을 테니까."

"아~. 그치만 애들한테 물어보면, 요즘 할아버지나 할머니가 오히려 게임이 편하다고 하는걸?"

"어? 어째서?"

"아이들 주도로 할아버지 할머니도 할 수 있는 게임을 골라주고, 못해도 당연한 거고, 의자에 앉은 채로 할 수 있으니까. 밖에서 놀다가 아이들이 위험하지 않을까 조마조마할 일도 없고."

"아……."

토라키는 지도원과 함께 놀고 있는 초등학교 저학년쯤 되는 아이들을 돌아보며 납득해 버렸다.

"도심에서는 밖에서 놀 장소가 없으니까. 옛날이랑 달리 부모도 아이들이 밖에서 놀도록 하는 건, 조금 꺼린다고 들었어."

과거에는 도시에서도 지방에서도 아이들은 밖에서 노는 것이라는 인식이 있었고, 그 시대의 바깥은 단순히 『집의 바깥』이면 되었다.

그러나 현대에서 『바깥』이란 『안전이 담보』되어 있으며, 동시에 『남에게 폐가 안 되는 곳』이어야 하며, 더욱이 『무슨 일이 일어났을 때 관리자가 즉시 대응할 수 있는』 장소다.

그리고 일반적으로 그런 장소는 돈이 들며, 아이들만 갈 수 있는 장소가 아니고, 결과적으로 현대에는 학교 밖에서 아이들만의 창조성과 문화가 양성되는 장소가 극히 한정되어 있다.

도로에서도 땅바닥에 낙서를 하거나 줄넘기를 하거나 고무줄놀이를 하거나.

방과 후 한 번 집에 갔다가 학교의 교정에 모여서 축구를 하거나.

근처 공원에서 술래잡기나 야구를 하거나.

산이나 강에 아이들끼리만 가서 탐험을 하거나 생물을 잡거나.

그런 광경은 20년도 더 전에 소수파가 되어 있었다.

물론 소수파가 된 원인은 저출산은 물론이고, 어쩔 수 없는 이유와 안타까운 계기가 겹친 결과였다. 제각각 시대의 정세를 무시하고 단순하게 이것만 비교하여 시비를 가리는 일이 있어선 안 된다.

"진짜 그거야. 하지만 부모도 말이야. 이렇게 밖에서 놀기 어려운데, 집에 있을 때 게임은 하지 마라 동영상도 보지 말라고 하는 건 횡포지."

"아…… 뭐 그건."

"일을 해야 하는 건 이해해. 하지만 자기가 못 본 사이의 일을 마치 본 것처럼 말하는 건 좀 아니지 않아?"

"뭐, 어른은 자기 경험과 지식으로 어느 정도 패턴화해서 일을 보니까."

토라키도 아이리스도 쉬이링도 어렸을 적 부모를 잃었기 때문에 리사의 이 감정에는 진심으로 동의할 수 없었지만, 쉬이링이 하나의 불평으로 받아들여서 잘 흘렸다.

"하지만, 실제로 안전한 일본에서도 리사 양은 위험한 일을 당했으니까, 자중은 해주세요? 머리가 좋으니까 알죠?"

그리고 평소 쉬이링이라면 생각할 수 없는 모범적인 어른의 말을 리사에게 건넸다.

"그건. 뭐. 저기 아이리스 씨. 아까 연락 언제든지 괜찮다고 했는데, 놀러 가는 건 괜찮아?"

"놀러 간다니, 어디에?"

"아이리스 씨 집이라든가."

"우리 집? 아무것도 없는데?"

"그러니까~ 어딘가 구체적인 곳에 가고 싶은 게 아니라, 아이리스 씨랑 놀고 싶은 거야. 오빠랑 마법사 언니는 프론트 마트 점원이고, 가게에 놀러 가는 건 이상하잖아. 하지만 아이리스 씨는 수녀라고 했지?"

"어? 어어, 그렇지……."

"요전에 교회 같은 데서 이벤트 안 해? 미사 같은 거, 난 조금 흥미가 있어."

아이리스가 수녀라는 것은 나타시에게서 구해낸 다음날에 알려졌다.

나타시의 신병을 경찰에 넘길 수 없기에, 리사의 일도 경찰에서는 사건화시킬 수가 없었다. 그래서 리사는 선샤인의 주둔지에서 이틀간, 정신면의 케어를 위해서란 명목으로 보호를 받았다.

토라키는 암십자의 뒤숭숭한 면밖에 모르기 때문에 리사가 무서워하지 않을까 싶었지만, 그건 일찍부터 움직인 올포트와 요시아키가 손을 써서 리사의 눈에는 경찰의 의뢰로 아동의 케어를 하는 장소로 인식되었을 것이다.

"그런 거라면 문제없어. 상사에게 확인을 해봐야 하는데, 미사를 하는 날은 와준 아이들에게 과자를 주기도 하니까."

"아자!"

리사가 주먹을 쥐고 기뻐하자, 마침 그때 요시아키가 쥬리와 함께 직원실에서 나타났다.

"기다리셨습니다. 아이리스 씨, 리앙 씨, 토라키 씨."

"어, 어어…… 이, 이이, 이제, 괜, 괘괘, 괜찮……."

"형사님. 이제 괜찮은 건가요?"

아이리스가 직원실과 가장 가까운 의자에 앉아 있어서, 쉬이링이 급하게 끼어들었다.

"네. 저는 이만 실례하겠습니다만, 여러분은 어떻게 하실 건가요?"

"저기, 형사님도 토라키 씨였지? 혹시 오빠의 아버지 같은 거야?"

토라키 일행이 대답하기 전에, 리사가 이야기에 끼어들었다.

그러자 요시아키가······.

"······비밀로 해주세요. 사실은 큰아버지와 조카입니다."

그렇게 사실대로 말했다.

"헤~! 그런 일이 있구나."

당연히 리사는 요시아키를 큰아버지, 토라키를 조카라고 생각했겠지만, 아는 사람의 친척을 보는 것이 신기한 건지 눈빛을 반짝이고 있었다.

"그러면, 오늘은 우리도 이만 실례하자."

"에에? 벌써 돌아가게?"

"모르는 어른이 너무 오래 있으면, 다른 애들 보호자가 난처하잖아?"

"우~ 그건 그렇네. 그러면 다음에 같이 놀아줘! 연락할 테니까."

"알았어. 그 대신, 여기나 집까지 마중을 갈 테니까, 멋대로 빠져 나온 다음에는 안 돼."

"알았어. 약속!"

리사와 악수를 하고 헤어진 뒤, 네 사람은 쥬리의 배웅을 받아 옐로우 거베라를 떠났다.

조금 걸어서, 모퉁이를 돌아 옐로우 거베라의 건물이 보이지 않게 된 참에 요시아키가 멈춰 섰다.

"아이리스 씨. 리앙 씨. 혹시 이 다음 예정이 없다면, 죄송하지만 큰아버지를 조금 모셔가도 될까요?"

"저희들은 괜찮아요. 그렇죠? 아이리스 씨."

"네네, 네. 저저, 저희들, 은 시, 신경 쓰지 마시고……."

새삼 요시아키가 말하자, 쉬이링과 아이리스는 수긍했다.

"고맙습니다. 큰아버지, 이야기 좀 하시죠. 배 안 고프십니까? 제가 살게요."

"좋아. 어쩐지 지금 요시아키의 관록으로 말하니까, 내가 산다고 말을 못하겠네."

토라키는 기쁜 기색으로 말하면서, 아이리스와 쉬이링에게 손을 흔들고 이케부쿠로의 번화가로 걸었다.

쉬이링은 그것을 배웅하면서 작은 소리로 말했다.

"어쩐지, 신기하네요. 토라키 요시아키 씨는 팬텀이나, 저의 정체 같은 거 알고 있는 거죠?"

"그래. 솔직히, 동생인 와라쿠 씨는 퇴관할 때까지도 암십자와 교류가 없었다고 하니까, 요시아키 씨의 주위에서 무슨 일이 있었던 걸 거야."

"저, 팬텀을 알고 있는 『인간 권력자』를 처음으로 만났어요. 시방 시절에는, 일을 받아오는 건 다른 강시의 역할이었으니까요. 정치가나 관료나 그런 사람들을 직접 본 적이 없었어요."

요시아키를 권력자라고 표현하는 것은, 아이리스에게는 약간 위화감이 있었다.

와라쿠는 경찰청의 정점까지 올라갔지만, 요시아키는 아

직 그 정도 입장은 아니다.

아이리스도 초면은 아니지만, 요시아키와 제대로 대화를 한 것은 이번 리사의 일로 처음이었다. 와라쿠에게 들은 얘기를 고려하면, 요시아키가 경찰에서 권력을 얻는 것은 더 나중 일일 것이다.

"뭐라고 할까. 보통은 토라키 씨…… 아아, 헷갈리네요. 유라 씨도 요시아키 씨도, 서로를 이용하면서 살아가는 게 편할 텐데, 전혀 그런 느낌이 안 나요. 유라 씨가 요시아키 씨의 힘을 빌리면, 조금 더 인간으로 돌아가는 것도 효율이 좋을 것 같은데요. 요시아키 씨도, 유라 씨를 이용하면 출세나 수사에 도움이 되는 거 아닐까요?"

"그런 케이스가 있다는 건, 부정하지 않겠어. 다만, 토라키 패밀리는 그렇지 않았다. 그저 그것뿐이야."

쉬이링은 불만스럽게 눈썹을 찌푸렸다.

"토라키 씨의 그런 부분이 말이죠. 가끔 짜증나요. 인간으로 돌아가고 싶다면 쓸 수 있는 건 뭐든지 쓰라고 하고 싶지 않아요?"

"그건, 어디까지를 말하는 거야?"

"네?"

"쓸 수 있는 건, 어디까지라면 써도 되는 거야?"

"그거야, 돈이나, 입장이나, 권력이나……."

"유라는, 흡혈귀야. 흡혈귀가 힘을 얻기 위해서 가장 필요한 건 뭐야?"

"피를 빠는 거죠?"

"돈이나 입장이나 권력을 쓰는 거랑 피를 빠는 것은, 어느 쪽이 상위에 오는 걸까?"

"그런 거야 모르죠. 케이스 바이 케이스 아닌가요?"

"그 케이스 바이 케이스로, 토라키 패밀리는 그걸 안 한다는 선택을 했다. 그저 그것뿐이야."

"알 수가 없네에."

쉬이링은 납득 못했는지, 걷기 시작한 다음에도 불만이 가득했다.

"쉬이링은 유라가 당신을 흡혈귀로 만들어주길 바라는 거지? 그러면 유라가 인간으로 안 돌아가는 편이 좋은 거 아냐?"

"그런 말은 안 했어요. 미하루 씨도 아니고. 딱히 저를 흡혈귀로 만들어준 다음이라면, 언제 돌아가도 문제없어요."

"미하루가 당신에게 그런 말을 했어?"

"말할 리 없죠, 그 사람이. 그저 그렇게 토라키 씨를 좋다 좋다 말하는 오래 사는 팬텀이, 수명이 긴 흡혈귀에서 짧은 인간으로 돌아가기를 바랄 리가 없잖아요."

"뭐, 그건 그렇네."

아이리스는 쓴웃음을 지었다.

토라키와 반대 방향으로 걸어가는, 인간이면서 팬텀의 세계에서 살아가는 두 사람은 인간이 살아가는 생활의 빛을 피하듯 번화가의 변두리를 걸어 조우시가야로 향했다.

"아이리스 씨한테는 미안하지만요. 옆에서 보면 토라키 씨는 단념하고 히키 가문에 장가를 들어서, 미하루 씨한테 평생 생활 보장을 받는 게 제일 안정되고 행복해지는 길이라고 생각해요."

"유라의 돈과 안전과 생활만 생각하면, 그럴 지도 모르지."

"어머, 더 화낼 줄 알았어요."

"그렇게 간단히 당신 손바닥 위에서 춤을 추진 않아."

뻔뻔스레 말한 쉬이링에게 아이리스는 쓴웃음을 짓는 수밖에 없었다.

"하지만 그거야말로, 가족은 밖에서 봐서는 알 수 없어. 가족의 바깥 규범에 비추어서 아무리 부조리한 일이라도, 그 가족 안에서는 절대적으로 행복의 조건이라면, 누군가가 그 행복을 부정할 수는 없지. 그게 위법행위가 아닌 한은."

"그게, 토라키 씨 집에서는 서로를 이용하지 않는다. 라는 건가요?"

"『이용』이라는 사고방식이 애당초 틀린 걸지도 몰라. 토라키 패밀리라서 그런지 일본인이라서 그런지는 모르겠지만."

"하~. 모르겠어. 정말로 의미불명."

"쉬이링, 당신은 바깥 세계의 법률이나 도덕에 비추어서 시방의 규율을 생각한 적 있었어? 왜 이런 바보 같은, 부조리한 규칙이 있는 건지 생각한 적 없어?"

"그건 틀리지 않아요? 방의 규율이나 야쿠자의 인의 같은 건, 결국 조직을 유지하기 위한 겉치레에 지나지 않아요. 그건 형태를 바꾼 법률하고 같아요."

"법률도 반사회 조직의 룰도 최대공약수적으로 조직의 이익을 유지하기 위한 양해야. 그런 의미에서는 가족의 암묵적인 양해도, 기능적으로는 같은 거야. 그렇기에 토라키 패밀리의 마음은, 존중해야 하는 거지."

"그런 건가요? 뭐 저는 최종적으로 흡혈귀로 만들어주면 뭐든지 좋지만요."

쉬이링은 돌아서서, 토라키와 요시아키가 사라진 번화가를, 그리고 옆을 걷는 아이리스를, 마지막으로 조금 멀리 보이는 선샤인의 그림자를 올려다보고 시시하단 기색으로 말했다.

"가능성 희박하려나."

※

"같이 밥 먹는 게 얼마만이지?"

"5년쯤 전이었던가요? 아버지 심부름으로 왔다가, 그때 조우시가야의 라멘 가게에 갔었죠."

"아아, 그러고 보니 그런 일 있었지. 그게 벌써 5년이나 전이구나."

토라키와 요시아키는 적당한 주점을 발견하고 들어가 자리에 앉았다.

술도 식사도 딱히 새로운 것이 없는, 완전히 싸구려도, 그렇다고 딱히 고급도 아닌 주점.

테이블 자리에서 마주 앉아 첫 병 맥주를 따랐다.

"큰아버지의 체질이라도, 역시 나이를 먹으면 시간의 흐름을 알기 어려워지시는 건가요?"

"보통 사람들과 딱히 다를 바 없는 것 같아. 특히 와라쿠가 퇴관한 다음부터는 괜히 더."

"아버지는, 퇴관하고서 시간의 흐름이 느릿해진 기분이 든다고 하셨습니다. 현역일 무렵에는 보통이 아니게 바쁘셨다고 하니까요."

"그야 그렇겠지. 정말로, 그 녀석한테는 폐를 많이 끼쳤어."

"아버지는 그것을 즐기는 구석이 있으시니까요. 오늘은, 고생 많으셨습니다."

"그래. 으음, 수고했어."

잔을 가볍게 마주쳐 건배를 하고, 둘 다 잔의 절반 정도를 마셨다.

"맥주도 오랜만에 마시네요."

"바쁘잖아. 미안하다. 귀찮은 일에 끌어들여서."

"아뇨. 이것도 지금 저한테는 필요한 일이니까요. 이쪽이야말로 결과적으로는 나타시가 팬텀이라 이런 형태가 최선이었지만, 경찰이 폐를 끼쳐버렸어요."

"어쩔 수 없어. 데이워커라는 건 우리들 사이에서도 레어 중의 레어인 존재야."

"낮에 활동할 수 있다면 그건 흡혈귀가 아니지 않나요?"

"나도 그렇게 생각해. 하물며 낮에 능력을 쓰다니. 나를 흡혈귀로 만든 녀석도, 낮에는 능력을 못 쓰거든."

"그런 상대에게서 용케 무사했군요."

"무사하지 않았어. 아이리스랑 미하루가 없었으면 나도 심장을 빼앗겼겠지."

"네? 심장?"

"데이워커가 되는 방법이래. 같은 흡혈귀의 심장을 빼앗아 먹는다더라고."

"그거 참……."

요시아키는 쓴웃음을 짓고, 마침 나온 샐러드와 꼬치구이 모듬을 내려다보았다.

"꼬치구이의 염통이라면 먹는데 말이죠."

"언젠가 그 무슨 영화처럼, 인간은 새한테 복수를 당할지도 모르지."

꼬치구이 그릇에 심장 부위 따위는 없지만, 어쩐지 모르게 메뉴와 화제의 궁합이 나빠져 버렸다. 그것을 해소하기 위해 토라키는 굳이 잇따라 전골과 수제비를 떠먹었다.

"그런데 물어봐도 되냐? 경찰은 언제부터, 팬텀 같은 것을 진지하게 다루게 된 거야?"

"갑자기 어쩐 일이세요?"

"아니, 올포트랑 나카우라와 요시아키 군이 대화하는 거, 내가 보기에는 위화감밖에 없거든. 그 녀석들은 자칫하면 팬텀보다 훨씬 괴물이라고."

"경찰의 논리로 말하자면, 그런 상대일수록 평소부터 교섭이 필요한 상대입니다."

요시아키는 샐러드를 각자의 그릇에 나눠 담으며 말했다.

"일본 경찰이 팬텀을 다루게 된 것은, 아버지가 퇴관하고 1년 뒤입니다."

"그러면 그렇게 옛날 일은 아니구나."

"그 계기가 아버지와 어머니와 큰아버지라고 하면 믿으시겠어요?"

전혀 변함없는 어조로 말을 이어서, 토라키는 의미를 곱씹는데 시간이 걸렸다.

더욱이 꼬치를 하나 먹고 나서.

"⋯⋯뭐라고?"

드디어 되물었다.

"경찰청 장관은 퇴임한 다음에도 퇴관한 다음에도, 일정 기간 경비부의 경호를 받습니다. 그건 아세요?"

"아니, 몰랐어. 뭐 중요한 직위였던 사람이니까. 그 얘기를 들으니 그런 거구나 생각은 드네."

"아버지는 퇴관 뒤의 경비 기간, 사실은 공안에게 마크 당한 시기가 있었습니다."

"뭐?!"

"마크 당한 이유는, 아버지가 『컬트 사상을 가진 조직과 접촉이 의심된다』라는 것이었습니다."

점점 더 의미를 알 수 없었던 토라키지만, 다음 한 마디에 숨을 삼켰다.

"아버지는 퇴관한 뒤부터, 개인적인 연줄을 써서 전세계의 『흡혈귀』에 관한 정보를 조사하고 있었어요."

"……내 탓, 이라는 거구나?"

"결과적으로는요. 큰아버지를 인간으로 되돌리기 위해 쓸 수 있는 것은 뭐든지 쓸 생각이셨던 거겠죠. 어머니가 병으로 돌아가신 것도 이유일 겁니다. 자기가 내일 죽어도 이상하지 않다고 생각하여, 조바심이 나신 겁니다."

"……."

"그래서, 그 정보망에 접촉해온 것이 암십자였습니다. 그렇지만, 공안의 마크가 먼저 암십자와 접촉을 해버렸어요. 더 이상은 당사자인 큰아버지에게도 말씀 못 드리지만, 아버지가 끌어들인 암십자가 동시에 히키 가문도 끌어들이고, 경찰 조직이 먼저 그쪽에 접촉한 형태입니다. 지금은 아직 한정된 사람밖에 모르는 이야기고, 앞으로도 공개되는 일은 없겠죠. 팬텀이 대대적인 테러라도 일으키지 않는 한은."

"내가 말하는 것도 그렇지만, 그래도 되는 거야?"

"경찰 행정으로서는 그렇게 말하는 수밖에 없어요. 왜냐면 몰라도 세상은 돌아가고 있어요. 미해결 사건에 팬텀이 연관되어 있다고 말하는 사람도 있습니다만, 전부가 그런 것도 아니고요. 지금까지 그걸로 잘 돌아간 것을, 함부로 드러내서 치안이 흐트러지면 본말전도잖아요?"

무사안일주의라고 말하면 그럴지도 모른다.

그러나 경찰이나 행정이 그런 세계와 연관된 것이 드러나

게 되면, 세상에 어떤 혼란이 일어날 것인지 쉽사리 상상이
된다.

처음에는 센세이셔널한 팬텀 발견 보도. 그 뒤에 존재를
알면서도 은닉하고 있던 경찰과 행정에 대한 비난. 그 다음
은 민간인이 이웃을 팬텀이 아닌가 의심하고, 그렇게 드러
난 팬텀이 공격 받고, 일부 팬텀이 반격하여, 그 의심에 편
승하여 인간이 인간을 팬텀이라고 오해한 범죄가 발생하고,
그 가운데 또 팬텀의 범죄가 뒤섞이고, 대규모 팬텀 배척의
기운이 일어난다.

그리고 흡혈귀 같은 인간형 팬텀을 법과 인권으로 보호해
야 한다는 얘기가 나오지만, 팬텀=초상적 능력으로 인류에
해를 끼치는 괴물이라는 도식이 선행되어 여론은 두 동강으
로 갈라진다.

국내 여론만이라면 모를까 국제 여론까지 말려들면, 어떤
정서불안이 일어날지 알 수가 없다.

안주할 수 있는 환경에 숨어 있는 미지의 이물질이 『발견』
되어 일어나는 이런 세상의 움직임은 도저히 『패닉』 따위의
안이한 단어로 표현할 수 있는 것이 아니다.

그렇지 않다. 히키나 무지나 휘하에 팬텀들이 한데 뭉쳐,
지적 생명체의 대화로 교섭이 잘 될 거다. 이렇게 간단히 말
할 만큼 토라키는 낙천가가 아니었다.

팬텀의 존재를 알려야만 한다고 말했던 카라스마는, 만약
정말로 팬텀의 존재를 세상 사람들이 알게 됐을 때 그런 사

태가 일어날 것을 상상 못할 만큼 얕지 않았다.

그럼에도, 지금도 세계의 어둠 속에서 쇠퇴하여 멸망하려는 팬텀들을 위해, 세계를 바꾸고자, 그걸 위해서 세계에 팬텀을 받아들이도록 하기 위한 시련을 내리고자 했다.

한편으로 날 때부터 흡혈귀인 아미무라와 늑대인간인 사가라는, 히키 가문과 마찬가지로 인간사회 속에서 인간 행세를 하며 강한 제한 속에서나마 입지를 다지려고 했다.

그 결과 국제적인 뒷사회와 연결되어 버렸지만, 그것마저 인간의 뒷사회가 아니라 팬텀의 뒷사회.

자신들의 존재를 인정하지 않는 것은 언제나 인간이라고 내뱉었지만, 인간에게 흡혈귀를 인지시키는 것에 의미를 찾지는 않았다.

카라스마와 아미무라의 차이는, 단순히 그때까지 접해오고, 또한 지키려고 한 팬텀의 숫자가 다르기 때문일 것이다.

자신과 자신의 손이 닿는 패밀리만 지키면 되는 아미무라와 달리, 카라스마는 히키와 무지나 틈에서 수많은 멸망해 가는 팬텀들을 보았을 것이다.

미하루의 조모 텐도는, 카라스마에게 『피로 쓴 계획은 흘린 피의 양만큼 적을 만든다』라고 논했지만, 카라스마는 말할 것도 없이 이미 알고 있었을 것이다.

카라스마는 팬텀뿐 아니라, 인간 쪽에도 혁명을 일으키고자 했던 것이다.

"저는 당시 그 정도로 상황을 리얼타임으로 알 수 있는 입장이 아니었고, 지금도 더 이상은 말 못하지만, 요코하마 건 이후로 아버지에게 온갖 불평을 들었어요."

"경찰은 그런 거 한 식구한테도 오픈하면 안 되잖아."

"밝힐 수 없어도 밝혀라 밝힐 수 없는 건 알고 있지만 이라는 게 경찰 식구 개그입니다."

"이해하기 어렵네."

2대째 경찰 관료인 가족은 이래서 난처하다.

"그러니까, 우리 가족은 정말로 비밀이 많아서요. 그래서 에츠코가 젊었을 때 아버지 탓에 숨기는 일이 너무 많아서 어머니가 고생하셨죠."

"에츠코가 그렇게 가족한테 비밀을 품는 타입은 아니잖아."

"옛날 기질의 경찰 관료 아버지가 뭘 어떻게 할 수 있을 만큼 어중간한 젊은이가 아니었죠. 정말, 일이든 뭐든 아버지는 중요한 걸 정말 남에게 말하시질 않아요."

"하하, 뭐 나이를 먹으면 다들 그러는 법이잖아. 남자는 특히. 뭐 나도 그런 부분 있다는 자각이 있고, 가족을 가진 요시아키도 그렇잖아?"

"네. 그거야. 뭐 그래서 비밀이 많은 가족이라서 그렇습니다만."

맥주병을 하나 비우고, 두 병째가 온 시점에서 요시아키가 조용히 말했다.

"아버지가 암에 걸리셨답니다."

"............어?"

"위암이라네요. 다음 주부터 입원하실 예정입니다."

"아니, 아니 잠깐. 그게 뭐야."

토라키는 손에 들고 있던 잔을 떨어뜨릴뻔했다.

"다음주부터?! 이제 금방이잖아! 어? 아니, 괜찮은 거야? 당장 입원해서 수술을 해야 하는 거 아냐?"

"그 수술의 준비를 위한 입원입니다. 의사는, 반반이라고 하더군요."

반반. 다시 말해서 나을지 아닐지 모른다라는 것이다.

"아, 암이라는 건 나이를 먹으면 진행이 느리단 애기를 들었는데……."

"그건 80이나 90쯤의 이야기라고 합니다. 60이나 70은 젊은이랑 다를 바 없이 보통이라고 하더군요."

토라키는 말을 잃었다. 무슨 말을 해야 한다고 생각했지만, 무슨 말을 해야 할지 도저히 모르겠다.

"역시, 말을 안 하셨군요. 요즘 들어서, 자주 큰아버지와 만난다고 하기에, 어쩌면 말을 하셨을 지도 모른다고 생각했습니다만."

분명히 재커리 건으로 몇 번 만났지만, 그 동안 와라쿠에게 그런 낌새는 털끝만큼도 못 느꼈다.

"……언제 알았어."

"지난달에는 이미 알고 있었어요."

그러나, 지금 생각해 보면 최근 와라쿠는 기묘한 점이 몇 가지 있었다.

아이리스를 찾아와서 토라키에게는 아무 말도 없이 돌아가거나, 식사 권유를 거절하거나, 아이리스와 미하루에게 긴히 이야기를 하거나, 재커리의 라이브에서 돌아갈 때도.

"배를…… 만지고 있었지."

토라키의 손은 움직이지 않았다.

"아시는 것처럼, 건강할 때는 태연하게 서서 걸어 다니니까, 그걸 핑계로 수발을 거절하기도 하셔요."

"……그건, ……그거, 난처하네."

"네."

요시아키는 두 잔째를 단숨에 들이켜고, 크게 숨을 내쉬었다.

"큰아버지, 이건 큰아버지와 아버지를 에츠코와 둘이서 계속 지켜본 조카의 질문입니다. 두 사람의 마음과 지금까지의 인생은 잘 알고 있다고 생각합니다. 그러면서 하는 질문입니다. 실례가 된다면, 사양하지 말고 꾸짖어주세요."

요시아키는 조금 눈을 깔고 말했다.

"아버지를 흡혈귀로 만들고 싶다고 생각한 적, 있으십니까?"

"아, 어서 와."

맨션의 현관에서, 마침 이제 돌아온 모양인 아이리스와 마주쳤다.

"……뭐야? 그쪽도 지금 돌아오는 거야?"

"그래. 믿을 수 없겠지만, 쉬이링이랑 밥 먹고 왔어."

미하루 정도는 아니지만, 아이리스와 쉬이링도 딱히 사이가 좋은 건 아니니까 함께 식사를 하면 어떤 대화를 나누는지 조금 흥미가 있었다.

"어디 먹으러 갔는데?"

"딱히 그렇게 특별한 곳은 아니야. 당신이 가르쳐준 근처 라멘집."

"……그래."

아이리스는 어서 오라고 말해준 순간의 웃음 그대로, 한 걸음 토라키에게 다가섰다.

"……유라? 무슨 일 있었어?"

"……아니."

"내 눈을 봐."

아이리스는 더욱이 한 걸음 다가서서, 눈을 돌리려는 토라키의 소매를 붙잡았다.

"나한테 냄새 나. 담배 피워도 되는 가게였으니까."

"유라."

아이리스는 손을 놓지 않았다.

그저 똑바로 토라키의 눈을 들여다보았다.

"……요시아키, 가."

"응."

"……와라쿠가…… 병이랜다……."

"응."

"암이라고…… 암, 알아들어? 영어로는, 그러니까……."

"알아들어. 괜찮아. 괜찮아."

"나을지…… 알 수가 없다고. 그 녀석, 나한테는 아무것도……!"

아이리스는 소매를 놓고, 팔에 손을 올렸다. 동시에, 토라키가 무릎부터 무너졌다.

"나는…… 나는 지금까지…… 어째서……."

무너져서 아이리스의 소매를 붙잡은 채 고개 숙인 토라키의 머리를, 아이리스가 천천히 끌어안았다.

※

밤 12시를 넘어, 옐로우 거베라가 있는 빌딩은 완전히 불이 꺼져 있었다.

때때로 멀리서 들리는 차의 엔진 소리와, 유리벽의 1층 보육 스페이스에 바깥 길의 가로등에서 들어오는 빛만 떨어진다.

"그래서."

그 안에, 작은 빛이 들어왔다.

"기왕 연락처를 가르쳐줬잖아. 언제든지 놀러 와도 된다고 했고, 그 말에 어리광을 부려보자."

"고, 곧장요?"

"괜히 미루면 연락하기 어려워지잖아? 놀러 갈 계획은 얼른 세워야지!"

"하, 하지만…… 윽!"

"있지, 이데히 선생님."

앳된 목소리가 즐겁게 웃었다.

"하지만, 이 아냐. 내가 놀러 가고 싶다고 하잖아. 보호를 받았을 때 안쪽을 어느 정도 파악했으니까, 아무 문제없어."

그 빛은, 붉었다.

"언제가 좋을까? 역시『그 녀석』이 있을 때가 좋겠지. 그러니까, 만약을 위해 빨리, 하지만 들키지 않도록 준비해."

놀이 계획 수행을 못 기다려 안달이 난 소녀의 목소리는 한없이 즐거워 보였다.

"밤에는, 오빠도 초대를 해야지! 분신 소유자는, 귀중하니까!"

모리오카 역에서 분기하여 아키타로 가는 신칸센에 자유석은 없다.

토카이도 신칸센은 상행선 우측이 3열 시트, 좌측이 2열 시트지만, 아키타 신칸센은 좌우 둘 다 2열 시트였다.

토라키는 왼쪽 시트에서 동생인 토라키 와라쿠와 나란히 앉아서, 도쿄를 나선 이후 계속 불평을 늘어놓고 있었다. 그 뒤에서 아이리스와 미하루는 입을 꾹 다물고, 조마조마한 심정으로 이야기의 추이를 지켜보고 있었다.

"그러니까 넌 말이다. 그런 중요한 걸 왜 말해야 할 때 안 하냐고!"

"말했다고 뭐가 어떻게 되는 것도 아니잖아. 딱히 죽는다고 정해진 것도 아니고."

"그런 식으로 알리면 내가 쫄잖아! 너도 나이를 먹었으니까 그런 경험 한둘 정도 있지 않냐! 고민하잖아! 여러모로!"

"갑자기 알리는 것도 그건 그거대로 심장에 안 좋기도 하지. 그러니까 소프트하게 전달이 되도록 은근히 주변에 알려뒀잖아."

"그 주위에서 나한테 한 번도 전달이 안 됐어. 이쪽 심장이 멎는 줄 알았다!"

"뭐야? 흡혈귀도 심장이 멎는 건가?"

"그런 말을 하는 게 아니라고!"

토라키는 펄펄 화를 냈지만, 와라쿠는 웃고 있었다.

요시아키가 토라키에게 와라쿠가 앓고 있는 병을 고하고 이틀 뒤, 토라키와 와라쿠, 그리고 아이리스와 미하루는 아키타행 신칸센을 타고 있었다.

"저기, 토라키 님. 너무 와라쿠 장관을 탓하지 마세요. 상담을 받고서 입을 다물고 있던 저희들도 잘못했으니까요."

아이리스와 나란히 앉아도 할 얘기가 없다. 지금까지 토라키와 와라쿠가 심각한 이야기를 하는 게 아닌가 싶어 긴장을 하고 있던 미하루는, 모리오카에서 주위 손님이 내린 것을 가늠한 다음 뒷자리에서 말을 걸었다.

"너희들은 딱히 문제없어. 그렇게 자세히 들은 게 아니잖아."

"응. 그래도, 앞날에 대한 상담을 받은 건, 그런 거라고 추측할 필요는 있었구나 싶어서."

아이리스가 말하는 것은 라이브 직전의 일이었다.

애당초 그 이전부터 와라쿠는 아이리스와 접촉을 하고 싶어 했다. 형인 유라의 앞날에 대한 이야기였다.

유라가 인간으로 돌아가든 못 돌아가든, 아이리스와 미하루는 부디 오래도록 유라의 아군이 되어주면 좋겠다.

아마도 자신은, 이제 10년은 못 갈 것이다. 의사에게 불온한 선고를 받아서, 경우에 따라 3년도 어려울 수 있다.

그러나 형을 지켜보는 말년에, 형의 흡혈귀 인생을 이해해 주는 벗의 존재를 알았다.

바로 곁에 없어도 괜찮다. 그저, 유라가 약한 소리를 하고 싶어질 때, 혹시 전화로라도, 인터넷을 통해서라도, 이야기를 들어주는 관계가 되어주면 좋겠다.

그날 토라키가 잠에서 깨기 직전, 미하루, 아이리스와 와라쿠 사이에서 나눈 이야기는 대강 그런 것이었다.

토라키나 아이리스 상대라면 제멋대로 러브아우라를 뿜어내는 미하루도 와라쿠의 인생을 맡기는 것 같은 무게에는 평소 같은 태도를 취하지 못하는지, 결과적으로 오늘까지 그 상담을 토라키에게 밝히지도 못하고 이 상황에 이르렀다.

"나이를 먹으면 젊은이에게 무거운 걸 맡기고 싶다는 마음이 강해져서 말이지. 무심코. 병으로 입원해서, 나이도 나이니까 형을 부탁한다고, 그 정도 이야기를 했었던 거야."

"너 그게 무겁다고 생각 안 했냐?"

눈썹을 찌푸리는 형에게, 동생은 목소리를 낮추었다.

"가능한 가볍게 했다고 생각하는데. 상대도 골랐잖아. 그 편의점의 강시 아가씨는 그런 게 아니지?"

와라쿠는 그렇게 말하고 형을 팔꿈치로 찔렀다.

"그, 그런 거라는 건 뭔데……."

"영감이 된 동생을 얕보지 마. 이제 사춘기도 아니잖아."

미하루가 토라키에 대한 마음을 거리낌 없이 표명하는 건 주지의 사실이지만, 아이리스는 고백하기 전부터 그녀의 내심을 깨달은 낌새가 있었다.

와라쿠는 자신의 수명을 인질로, 아이리스와 미하루의 경쟁을 부추기고자 한 것이다.

"하는 짓이 고약하잖아."

"병이 없어도 내일 훅 가도 이상하지 않은 나이야. 동년배인 친구도 잔뜩 귀적에 들었다고. 고약한지 아닌지를 신경 쓸 때가 아니야."

와라쿠는 전혀 미안한 기색이 없었다.

완만한 커브의 스위치백을 지나, 아키타 역에 접근하는 안내방송이 나왔다.

"내 인생에서 여러 번 있었던 목숨을 건 일 중에서, 가장 처음인 거니까."

그리고 전차는, 아키타 역에 도착했다.

창밖의 광경을 보고, 아이리스는 조용히 중얼거렸다.

"벌써 3월인데, 눈이 굉장하네."

밤 8시. 홈의 조명을 눈이 반사하지만, 그 빛으로 멀리는 보이지 않았다.

"기, 기다려 잠깐만! 벌써 3월이야! 이거 눈보라잖아 대체 뭐야!"

"일본의 호설지대는 이런 법이에요. 유럽도 북방의 나라들은 그렇잖아요."

신칸센을 내리자마자 불어 닥치는 눈보라에 아이리스는 비명을 질렀다.

사전에 준비한 두꺼운 방수 사양의 롱코트를 입고 있지만, 그래도 몸을 때리는 바람이 체온을 빼앗는다.

평소에는 기모노로 일관하는 미하루도, 오늘은 보기 드물게 스노우 부츠와 두꺼운 데님 팬츠에 아이리스와 다를 바 없는 방수 코트를 입고 있었다.

"야, 와라쿠. 몸은 괜찮아?"

"뭐야? 갑자기 상냥하시군."

"너 말이야."

토라키도 와라쿠도 마찬가지로 두툼하게 입었지만, 와라쿠는 태연하게 밤의 아키타역을 보고 있었다.

"위험할 때는 노골적으로 위험해지니까, 지금은 괜찮아."

바람이 휘몰아치는 홈을 빠져나가, 개찰구를 통과했다.

"이렇게 예쁜 역이 됐구나."

개찰구를 빠져나가 천장이 높은 통로를 바라보며, 토라키는 만감을 담아 중얼거렸다.

"그런 말을 하는 걸 보니까, 설마 마지막으로 온 게 신칸센이 다니기 전이야? 그러니까, 이 역사가 된 것도 벌써 20년 이상 지났는데."

"그 정도가 아니고, 백부가 돌아가시고 너랑 같이 도쿄에 간 이후로, 돌아오는 게 처음이다."

"그렇군. 나는 현역일 때 몇 번 올 용건이 있었지. 뭐 오랜만이라는 기분밖에 안 드네. 다만……."

밤 8시. 사람이 별로 없는 통로에서 와라쿠는 희미하게 웃었다.

"아무리 그래도, 거기에 가는 건 나도 언제 이후 처음인지 몰라."

그때, 미하루가 말을 걸었다.

"토라키 님, 와라쿠 장관. 일단 먼저 체크인을 하죠. 이미 호텔 현관에 차가 와 있을 테니까요."

"아, 그래. 알았어. 와라쿠, 가자."

"좋아. 으음, 아이리스 씨, 미안하군. 짐을 들어줘서."

"아뇨, 시, 신경 쓰지 마세, 요."

아이리스 자신은 교토행에도 쓴 배낭밖에 없었고, 와라쿠의 짐도 작은 바퀴가 달린 트렁크뿐이다.

대단한 부담도 아니지만, 서쪽 출입구를 나선 역 앞 로터리에 쌓인 눈만 봐도 도쿄의 길을 가는 감각으로 끌고 다닐 수는 없었다.

아이리스는 더욱이 강하게 불어 닥치는 바람과 눈보라에 눈이 상하지 않도록 얼굴을 감싸면서 중얼거렸다.

"여기가…… 유라와 와라쿠 씨의, 고향……."

※

아키타 시내의 현도를 따라 북쪽으로 달리는 3열 시트의 대형 왜건 차량이 있었다.

조수석에 미하루가, 2열째 자리에 토라키와 와라쿠가, 3

열째 뒷좌석에 아이리스를 태우고, 운전하고 있는 것은 양복 차림의 여성이었다.

"허어. 이거 눈을 의심할 수밖에 없군. 이 계절에 자가용차로 이렇게 경쾌하게 길을 달릴 수 있다니. 대단한걸!"

와라쿠가 기뻐하며 말하자, 운전석의 여성이 예리한 목소리로 대답했다.

"송구합니다. 저희들에게 이 정도는 대단치 않은 일. 안전운전을 명심하고 있으니, 부디 편히 쉬세요."

3월의 아키타는 아직 눈이 지배한다. 장소에 따라 국도든 현도든 제설이 늦어지는 일이 많아서, 산간의 길에서는 노면이 동결되어버리는 일도 드물지 않았다.

그러나 지금 와라쿠 일행이 타고 있는 차는 맞은편 차도 따라오는 차도 없는 현도를, 시속 45킬로미터를 유지하면서 매끄럽게 나아가고 있었다.

와라쿠가 보고 있는 앞에서, 길에 쌓인 눈이 마치 의지를 가진 것처럼 길을 열었다. 타이어는 눈길 전용이나 체인 따위로는 설명이 안 되는 그립력으로, 동결되거나 셔벗 상태가 되어 버린 길을 평범한 도로와 다를 바 없이 붙잡고 있었다.

모든 것은 운전하고 있는 설녀, 시라카와 마치의 능력이었다.

시라카와는 동북 지방에 거점을 가진 히키 가문 휘하 귀요 가문의 설녀이며, 이번 아키타행에서 미하루가 수배해준 눈길 전용 운전사였다.

"시라카와. 목적한 장소는 아직 멀었나요?"

"아뇨, 아가씨. 앞으로 20분 정도면 도착할 예정입니다."

조수석의 미하루가 묻자, 시라카와가 공손하게 대답했다.

"아니, 20분이라고 해도 이 근처는 번지의 면적이 넓어. 아마 도로에 차를 대고서, 산길을 조금 걸어야 할 거야. 그 동안 아이리스 씨랑 히키 아가씨는 차에서……."

"제 능력으로 눈을 다져 길을 지나니까, 목적지에 거의 바짝 붙을 정도까지 이 차로 갈 수 있습니다. 안심하세요."

"그거 참 대단하군."

별 거 아닌 듯 말하는 시라카와에게, 와라쿠가 진심으로 감탄하며 고개를 끄덕였다.

"흡혈귀도 이런 식으로 일상에서 남에게 도움이 되는 능력은 없어? 형."

"말이 되는 소릴 해라. 흡혈귀가 아니라도 이런 수준으로……."

"흡혈귀 여러분은, 밤눈이 대단히 밝은 종족입니다. 야간에 물건을 찾는데 흡혈귀를 넘어서는 종족은 없습니다, 와라쿠 님."

담담하게 변호 같지 않은 변호를 해버려서, 토라키로서는 할 말이 없었다.

"그렇네요. 현대에 시라카와처럼 자연현상에 직접 개입하는 능력 같은 게 아닌 한, 수많은 팬텀의 초상적 능력은 인간의 기술력으로 대체해버릴 수 있으니까요. 전쟁 전까지는 작은 동물이나 안개로 변신하는 흡혈귀의 능력이 정보전달이나 조사 능력과 직결됐습니다만, 지금은 슬림폰 하나만 있으면 충분해요."

"아가씨. 정글 속이나 사막 따위, 슬림폰의 능력이 발휘되지 않는 장소에서 길을 잃은 경우 등에는, 흡혈귀의 능력으로 주변 지리 파악이나 정보전달이 위력을 발휘할 겁니다."

"그 흡혈귀가 일단 어떤 이유로 사막에서 길을 잃는데."

사막에서 흡혈귀가 길을 잃은 경우, 해가 뜨는 순간 사막에 재가 흩어져서 설령 밤이 오더라도 다시는 부활할 수 없으리라.

아무래도 변호해주는 축이 어긋나 있는 시라카와지만, 운전기술과 설녀로서의 능력은 확실한 모양이다. 갑자기 명백하게 길이 아닌 곳으로 핸들을 꺾어 산을 오르기 시작해도, 차 안의 진동은 전혀 변하지 않았다.

"저, 정말로 이런 곳에 있어?"

아이리스가 불안한 낌새로 말할 만큼, 앞 유리의 시야는 눈보라와 산의 어둠이 가로막고 있었다.

헤드라이트는 3미터 앞조차 만족스럽게 비추지 못하지만, 시라카와는 흔들림 없이 핸들을 다루며 나아갔다. 그리고,

"도착했습니다."

어느 지점에서 시라카와가 차를 세웠다.

그곳은 이 대형차가 지난 것이 신기할 정도의 좁은 산길 앞, 삼나무 숲 사이에 있는 분지였다. 주위의 지형 탓인지, 그곳만 아주 약간 바람이 가로막혀 막힌 시야가 트여 있었다.

아이리스도, 미하루도, 토라키도 와라쿠도 앞 유리 너머에

흐릿하게 비친 그것을 보고, 잠시 입을 다물었다.

"어쩌시겠어요? 토라키 님, 와라쿠 장관. 만약 두 분이 보시겠다면, 저희들은 사양하겠습니다만."

"우리들한테만 의미가 있는 장소라 봐도 재미있는 건 없겠지만, 따라와도 괜찮아. 그렇지? 와라쿠."

"그렇군. 두 사람한테는 한 번 보여주는 편이 좋겠어. 어디."

와라쿠는 형에게 동의하고, 거침없이 차의 문을 열었다.

"발치를 조심해 주세요."

시라카와가 신경을 써준 건지, 아니면 우연인지. 와라쿠가 발을 디딘 장소는 이 호설에도 부드러운 흙의 지면이 드러나 있는 장소였다.

와라쿠에 이어 토라키가 차에서 내리고, 덤으로 아이리스와 미하루와 시라카와가 뒤를 따랐다.

헤드라이트에 비친 것은, 쌓인 눈과 바람에 무너지지 않은 것이 신기할 정도의 두 동이 이어진 폐옥이었다.

밤의 어둠 속에서, 집의 형태를 한 검은 덩어리로 보이는 그것은.

"잊을 수가 없다⋯⋯고 생각했었는데 말이야. 의외로 주변 지형 같은 건 기억이 안 나네. 원래 이랬었던가."

"50년만에 귀성이면 그런 거겠지. 길이나 건물이 표식이 되는 도시 안도 아니니까."

토라키 유라와 와라쿠의 친가.

과거에 토라키 유라가 12세까지 인간으로서 지내고, 그 다음 두 사람의 아버지가 무로이 아이카를 들인, 유라와 와라쿠의 진정한 의미에서 친가였다.

요시아키에게 와라쿠의 병 이야기를 들은 다음날, 토라키는 곧장 오랜 기간 살았던 와라쿠의 집으로 쳐들어가 진위를 물었다.

그 과정에서 와라쿠에게 병에 대해 자세히 캐묻는 중에, 갑자기 튀어나온 것이 『상속』이라는 노골적인 화제였다.

토라키로서는 와라쿠의 몸 상태만 마음에 걸렸지만, 와라쿠는 토라키를 보자마자 고향에 죽은 아버지의 부동산을 그대로 자기 명의로 남겨놨으며, 자기가 죽으면 토라키와 요시아키, 에츠코에게 상속이 발생한다고 말했다.

토라키로서는 그런 이야기를 하러 온 것이 아니었지만, 그러면 지금 와라쿠의 신상에서 뭔가 구체성이 있는 이야기가 있느냐고 되묻자 아무 말도 못하게 되었다.

현실적인 문제로 와라쿠의 자산 가치가 있는 부동산이나 현금이나 금융 자산은, 아내인 키미에가 죽은 이상 아이들인 요시아키와 에츠코에게 넘어간다.

그러나 이 고향의 부동산은 사정이 다르다. 아키타 현 아키타 시내에 주소지가 있기는 하지만 시의 중심부에서 상당히 떨어진 장소에 있으며, 부동산적인 가치도 낮다. 생활도 일도 도쿄에 근거지를 두고 있는 요시아키와 에츠코에게는 무용지물이었다.

그렇기에 유언으로 이 토지와 건물만 형에게 남기려 했지만, 현실적으로 형이 이 부동산의 권리를 가지고 싶을지 자신이 없었다.

그러나, 토라키로서도 갑자기 그런 말을 하면 난처해서 금방 판단할 수 없다. 그러자.

"그러면, 형이 진지하게 생각하고 싶어지게, 한 번 보러 갈까?"

어째서 일이 그렇게 되는 걸까?

"가능하면 아이리스 씨나 히키 아가씨도 따라와주면 좋겠어."

"뭐?"

"내가 입원할 때까지 시간이 별로 없지만, 시기를 봐도 토지의 장소를 봐도 밤에 아키타에 가면 그날 밤 안으로 돌아올 수 없잖아. 하지만 나도 이제는 형의 재를 어떻게 할 수 있는 기운은 없단 말이지."

생각지 못한 이야기에 밀려 버렸지만, 너무나도 토라키 형제에게만 한정된 사정이라, 아무리 아이리스나 미하루 상대라도 그걸 위해서 동행시키려면 나름대로 이유를 준비할 필요가 생겨 버린다.

그러나 그럴 때, 토라키는 갑자기 생각났다.

재커리 토벌 임무에서 아이리스를 떼어내기 위해 유우리가 맡긴, 20만엔 짜리 여행권의 존재를.

토라키 형제가 유년기를 보낸 집을 보러 간다. 그 권유를, 아이리스도 미하루도 두 말 없이 받아주었다.

투어도 아니고 조조 할인도 쓸 수 없는 왕복 신칸센 지정석 4인분과 트윈룸의 호텔 방 두 개 아침 식사를 포함하여 1박 합계 약 16만.

일단 유우리에게 그 뒤로 나카우라가 반환 명령을 안 내렸는지 확인을 하고, 요시아키에게도 와라쿠가 장거리 이동을 해도 되는가에 대한 양해를 구한 다음 아키타로 갔다.

그 목적인 시골집을, 시라카와를 포함하여 다섯 명이 잠시 바라보았다.

"어디쯤이었더라."

"글쎄. 뒷문으로 도망쳤으니까, 저쪽으로 똑바로 간 것 같은데, 눈보라가 쳤었잖아."

뭐가, 라고는 안 한다.

"꼬맹이였지. 맨발이었고, 너를 감싸면서 갔으니까 생각만큼 도망 못 쳤을 거야."

토라키와 와라쿠는 눈을 밟으며 폐가에 다가갔다. 언뜻 봐서는 어느 쪽이 앞인지 뒤인지도 모르겠지만, 토라키가 와라쿠의 발치를 신경 쓰면서 집의 뒤쪽으로 돌아가 그대로 잠시 걸었다.

스무 걸음 정도 말없이 걸은 참에 토라키가 돌아보아도, 딱히 50년 전의 광경이 생생하게 되살아나지도 않고, 트라우마로 토할 것 같지도 않았다.

그저 그곳에는, 50년 전에 흡혈귀로서 삶이 시작된 장소와, 시간의 경과와 눈과 산만 있었다.

"도쿄에 오래 살아서 잊고 있었는데, 내가 흡혈귀로 살아갈 수 있는 이유를 알 것 같다."

"뭔데?"

토라키가 하늘을 올려다보았다.

눈과 바람이 휘몰아치는 저기압이 밤의 구름을 휘저어, 의외로 하늘은 검지 않고 하얗게 보였다.

"가을 후반부터 봄까지, 거의 흐리거나 눈이잖아. 보통 사람보다는 태양이 안 보여도 괜찮게 단련이 된 게 아닐까?"

"설국 출신이라면, 흡혈귀 생활에 내성이 있다는 거야? 말이 되나?"

와라쿠는 얼어붙은 볼을 풀었다.

"그래서? 집은 그렇다 치고 토지의 경계 같은 거 있어? 설마 산 전부는 아니겠지."

"눈이 이렇게 내려서는 경계석이 어디 있는지도 모르지만, 산 전부가 그나마 나을지도 몰라. 옛날 서류지만, 산 이쪽 사면뿐이라던데……."

눈 속에서 이거도 아니고 저거도 아니고 말을 하면서, 조금이지만 대화가 즐거운 기색의 두 사람을, 아이리스와 미하루, 그리고 시라카와가 조금 멀리서 지켜보았다.

"……60년 전의 그 요이(妖異)에, 설마 토라키 님 형제가 연관되셨을 줄은."

"어?"

그리고 시라카와가 조용히 말했다.

"제가 어렸을 무렵, 무시무시한 요이가 이 땅에 찾아온 적이 있었습니다. 산의 요괴나 우리들 눈의 백성들도, 두려워서 다가가지 못한 그 요이를, 설마 저 분이 한 몸으로 받아내셨다니……."

"시라카와 씨는, 아이카 무로이를……."

아이리스의 질문에 시라카와는 고개를 옆으로 저었다.

"직접 아는 건 아닙니다. 당시에는 저도 어렸으니까요. 다만, 나중에 무로이 아이카라는 고요이 이 땅에 있었다는 것을 알았을 때, 눈의 백성들은 크게 동요했다고 해요. 강한 요괴는 존재하기만 해도 탐지 당해야 하는데, 토라키 님이 흡혈귀로 변했던 밤까지도, 그 존재를 탐지하지 못했다고 들었습니다."

"반대로 말하자면, 토라키 님이 흡혈귀가 된 밤, 무로이 아이카는 이 지역 팬텀에게 이야기가 전해질 정도의 힘을 얻고 있었다는, 거군요."

"네, 아가씨. 그래서 아가씨에게 이 장소에 차를 대라는 지시를 받았을 때, 무슨 일인가 생각했습니다."

토라키가 흡혈귀가 된 밤은, 이 지역 팬텀이 겁을 먹고 60년 지나도 이야기가 전해질 정도로 위협적인 밤이었다.

그것을 생각하면, 와라쿠가 인간인 채 남고 토라키가 혼자 흡혈귀가 된 것으로 넘어갔다는 결과만 보면 불행 중의 다행이라고 할 수 있다.

"아이카는 60년 전의 시점에서 이름 높은 고요의 한 명이었다는 거지. 하지만, 텐도 씨가 말씀하신 것이 정말이라면, 여기에 왔을 때는 상당히 약해진 상태였지?"

아이리스는 아이카가 어째서 아키타에 나타났는지, 교토에서 히키 텐도가 말해준 일본 팬텀에 의한 아이카 토벌 작전의 경위를 떠올리고 말했다.

"하지만, 유라의 아버님은 아이카를 인간이라고 생각했어. 다시 말해서……."

"당시부터 데이워커의 능력을 가지고 있었다는 것이, 되는군요. 그리고 이 주위에서 인간의 피를 얻어, 힘을 쌓았다."

그리고 충분히 힘을 되찾았다고 판단한 그날, 은신처로 쓰고 있던 토라키 일가를 마지막 만찬으로 정했다.

"하지만, 이상하네. 아이카 무로이는 데이워커의 능력을 얻고서도, 낮에는 흡혈귀의 능력을 쓰지 못하지?"

"그럴, 겁니다."

미하루도 아이리스가 뭘 의문스럽게 생각하는지 금방 파악했다.

"아이리스 예레이. 스트리고이와 아미무라는, 생물종으로서 같다고 생각해도 되는 건가요?"

"큰 분류는 같을 거야. 우리들 인간이 인종으로 외모나 다소의 골격이나 근육질이 다르지만, 근본적으로는 같은 호모 사피엔스인 것과 마찬가지."

"그러면, 그 남자는……."

고요이며, 재커리나 올포트마저 세계최강이라고 말하는 무로이 아이카가 못하는 일을, 어째서 그 나타시 지로는 할 수 있었는가?

나타시는 토시마 중앙서의 구치소를 흡혈귀의 능력을 써서 탈주했다.

그리고 그 탈주 시각은 아직 태양의 빛이 있는 시간대였다.

"지로 나타시는 붙잡았지만, 데이워커의 조사는 데이터가 적고 위험이 따라. 지금은 『배』의 도착을 기다리고 있는 단계야."

"배…… 아아, 그 『태양의 배』라고 하는, 망측한 배 말이군요."

미하루는 귀에 설익은 이름에 표정을 찌푸렸다.

"망측하다는 건 뭐야? 역사가 있는 신성한 배야."

"팬텀의 입장에서 보면 암십자의 오만을 상징하는 거니까요. 그 배에 붙잡힌 팬텀은, 그야말로 두 번 다시 햇빛을 볼 수 없으니까요."

"그만큼의 이유가 있는 팬텀이 그곳에 붙잡혀 있는 거야. ……일단, 데이워커에 대해서는 현대에도 알 수 없는 부분이 많아. 나타시의 힘은 흡혈귀로서는 그렇게까지 강하지 않지만, 전투하고 다른 면에서 살릴 수 있는 능력이 있을지도 몰라. 아이카는 데이워커로서의 힘이 낮은 만큼, 밤에 압도적인 힘을 가질지도 몰라. 나타시는 암십자에게는 오랜만에 확보한 데이워커 샘플이니까. 모든 것은 배의 연구를 기다리는 단계야."

그때, 토라키와 와라쿠가 설렁설렁 세 사람 곁으로 돌아왔다.

"이제 괜찮으신가요?"

시라카와가 두 사람에게 손을 스윽 들자, 온몸에 붙어 있던 눈이나 얼음이 튕겨나가면서 발치에 떨어졌다.

"이야, 미안하군. 정말로 설녀의 능력은 대단한걸."

와라쿠는 홀로 눈 한 조각도 옷에 묻지 않은 시라카와를 보고 감탄했다.

"히키 아가씨도 아이리스 씨도, 나와 형을 위해 일부러 이런 변두리까지 와줘서 미안해. 이렇게 감사하지."

"토라키 님의 인생에서 중요한 일은, 저에게도 중요한 일이니까요."

"아, 아, 아뇨, 그건, 저는……."

"두 사람 중에서 누가 형과 맺어질 것인가는 뭐 가볍게 말할 생각이 없어. 그러나 내 자식들보다도, 분명히 두 사람이 형의 인생과 가까운 곳에 있지. 만약 내가 죽고서, 형도 아이카에게 져 버리고, 뭐 까놓고 말해서 어떻게 되어 버렸을 경우, 미안하지만, 이런 사람이 있었다는 걸, 다른 누군가 알아줬으면 해서."

"마음을 굳게 먹으세요, 와라쿠 장관. 자제분들에게, 아버지가 소중히 여긴 장소를 소중히 여기지 않을 이유는 없습니다."

"내가 죽고, 형이 죽거나 인간으로 돌아오거나 하면, 그 녀석들한테는 그야말로 단순히 짐밖에 안 돼. 내가 억지로 남겨버린 장소니까. 형이 인간으로 있던 장소를, 내가 살아 있는 동안 놓고 싶지가 않았어. 지금은 처분을 하고 싶어도 아무도 안 사는 불량채권이고. 내가 죽으면 형의 책임으로 어떻게든 하라고, 방금 얘기를 했지."

"와라쿠 씨……."

"뭐, 그러니까."

와라쿠는 즐겁게 웃었다.

"미안하지만, 이 형과 함께 할 거면, 고정 자산세만 들어가는 귀찮은 설산의 토지가 따라온다는 것만, 양해를 해줘."

"어, 아, 에, 와, 와, 와라쿠 씨?!"

와라쿠의 직설적인 말에 아이리스는 당황하고.

"여차하면 히키 가문의 힘으로, 토라키 가문의 유산으로 미래에 이어갈 수 있도록 보호하겠습니다."

미하루는 새침하게 허영을 부리고.

"설산의 어떤 점이 불만이신가요?"

시라카와는 상관없는 부분에서 입을 조금 삐죽이고.

"……."

토라키는 얼굴을 뒤덮고 입을 다물었다.

"그러면, 토라키 님과 와라쿠 장관이 괜찮으시다면, 이제 그만 호텔로 돌아가요. 아무리 저라도, 조금 추워지기 시작했습니다."

"아아, 그러지"

미하루가 재촉하자, 와라쿠가 한 걸음 디디고.

"저기, 그게, 싫지 않아요! 싫지는 않지만, 가, 가, 갑자기 와라쿠 씨가 말씀하시면, 그게, 저기……."

아이리스가 아직도 얼굴이 빨개져서 당황하며.

"내가 제일 부끄러우니까 그 이상은 관두자."

그것을 토라키가 타이르듯 말했을 때였다.

"윽?!"

"아."

"음."

시라카와가 최후미의 아이리스를 감싸며, 폐옥을 돌아보았다.

그와 동시에 토라키와 와라쿠도, 고개를 들어 집을 돌아보았다.

"유라? 와라쿠 씨, 왜 그래?"

"시라카와, 왜 그러나요?"

"……아, 아뇨."

"아니……."

"지금, 뭔가……."

검은 폐옥을 배경으로, 한 순간 무언가 솟아오른 것 같았다.

사람의 형태를 한 검은 그림자에, 붉은 눈동자의 빛이 흔들린 것 같았다.

그러나 자세히 보니 그것은, 폐옥 앞에 우거진 남천 나무에서 눈이 떨어지고, 붉은 열매가 헤드라이트에 비쳐 흔들리고 있을 뿐이었다.

"……저런 나무가, 있었나?"

"아니…… 새나 동물이 씨를 날라 온 거겠지."

토라키도 와라쿠도 어쩐지 딱딱한 어조로 그 나무를 확인하고, 시라카와도 크게 숨을 내쉬며 긴장을 풀었다.

그러나 아무리 겨울이 긴 설국이라도 열매를 맺기에는 다소 계절에 안 맞는다. 그것이 토라키와 와라쿠, 그리고 이 땅에 뿌리내린 팬텀인 시라카와의 깊숙한 곳에 잠든, 아이카 무로이라는 흡혈귀에 대한 트라우마라 해야 마땅한 공포를 불러일으킨 것은 틀림없었다.

모두 차로 돌아가, 시라카와가 헤드라이트를 꺼서 폐옥이 사라졌을 때, 차 안에 어쩐지 이완된, 안도의 분위기가 흘렀다.

시라카와의 힘으로 눈길을 가르며 돌아가는 차의 앞 유리에 이윽고 시가지의 빛이 보였을 때.

"흡혈귀도, 빛을 보고 안심하는 일이 있구나."

토라키가 그렇게 중얼거렸다.

※

"눈이 꽤 진정됐군요. 그 시간에만 눈보라가 심했던 것 같아요."

아키타 역에서 적당히 가까운 시가지에 있는 시티 호텔. 심플한 내장의 트윈룸 창가의 의자에 앉아서, 미하루는 창

밖을 보고 있었다.

고층에서 보이는 아키타 시의 야경은 눈이 가득했지만, 토라키 가문 옛 가옥에서 호텔로 돌아와 1시간쯤 지나자 눈도 바람도 멎고, 조용한 밤이 퍼지고 있었다.

"기다렸지, 미하루. 샤워해도 돼."

"저는 나중에 대욕탕에 갈 테니 됐어요."

말하면서 미하루는 손에 슬림폰을 쥐고, 바쁘게 손가락을 움직이고 있었다.

"일이야?"

"네, 그렇죠."

미하루의 대답은 담백했다.

본래 딱히 사이가 좋은 관계도 아니고, 아이리스가 토라키에 대한 호의를 숨기지 않게 된 뒤부터는 이미 견원지간이라고 하기 걸맞은 관계다.

"드라이어가 좀 시끄러울 거야."

"네."

그러나 아이리스도 미하루도, 와라쿠가 있는 장소에서 꼴사납게 다툴 정도로 무신경하지도 않았다.

토라키와 와라쿠의 60년에 이르는 여행의 종점, 그 바로 앞에 서서 지켜보는 거라고 생각하면, 사모의 정을 넘어서 엄숙한 마음도 품게 되는 법이다.

그대로 15분쯤 긴 머리칼을 출력이 약한 드라이어로 말린 다음, 아이리스는 자기 침대에 드러누워서 커다란 한숨을 쉬었다.

"미하루는, 일본 전역에 시라카와 씨 같은 사람이 있어?"

"시라카와 같은, 사람이요?"

"그러니까, 당신 부하라고 해야 할지. 말을 걸면 따라와 주는 팬텀 말이야."

"그건 뭐 그렇죠. 귀요 가문 분이라면, 대개 말을 걸면 와 줍니다. 물론 히키 가문은 왕이 아니니, 평소부터 제대로 교제를 하고 있지만요."

"시라카와 씨는 평소에 뭐 하는 분이야?"

"그녀 자신은 시청에서 근무합니다."

"그렇구나……."

"아까부터 뭔가요?"

"아니, 지역의 팬텀, 이라는 게 좀, 신경 쓰여서."

"네에?"

"시라카와 씨처럼, 완전히 인간과 다름없는 모습으로 인간 사회에서 입장이 있는 사람이라도, 인간이 아니라, 팬텀인 그대로 살고 싶다고 생각하는 걸까 해서."

"헛소리라면 나중에 하세요. 일하는 중이라고 했잖아요."

"……미안. 하지만, 나타시가 영 신경 쓰여서."

"대체 뭘 말하는 건가요?"

아이리스가 이야기하는 것을 그만둘 기색이 없어서, 미하루도 어쩔 수 없이 슬림폰을 두고 고개만 아이리스에게 돌렸다.

"도내의 흡혈귀 살해 사건은 데이워커가 동족에게서 심장을 빼앗을 목적으로 일으킨 거야. 현재 상황에서 가장 유력한 용의자는 나타시. 이건 틀림없어. 하지만…… 나타시는 어째서 갑자기, 동족을 공격하기 시작한 걸까?"

"뭔가, 나타시 지로밖에 모르는 이유가 있는 거겠죠."

"응. 하지만, 예를 들어 흡혈귀가 힘을 얻고 싶으면, 인간의 피를 빨면 되는 거잖아? 빤 상대를 흡혈귀로 만들까 말까는 고를 수 있고, 죽이지 않을 정도로 빨면 추적을 당할 가능성도 낮아. 그런데 어째서 암십자나 히키 패밀리의 코앞에서, 그런 짓을 한 걸까 해서."

"그것을 조사하는 것도, 놈을 붙잡아둔 암십자가 할 일이죠. 모처럼 제인 올포트가 있으니까, 데이워커 한두 명쯤, 배가 도착하는 걸 기다리지 말고 얼른 조사를 하면 되는 겁니다. 여기서 이것저것 상상을 해봐야 대답 따위 나올 리 없으니까요."

"그건, 그렇지만……."

뜬금없지만, 그걸 다 알면서도 빙글빙글 사고가 회전하는 아이리스를 보고 미하루는 들으란 듯 한숨을 쉬었다.

"카라스마의 혁명 이야기, 기억하죠?"

"어? 으응."

"시라카와 가문은 카라스마 가문과 나란히, 귀요 가문 중에서도 커다란 가문입니다. 그렇지만 설녀의 전승이 가리키는 것처럼, 설녀 일족은 애당초 자신들의 정체가 인간에게 드러나는 것을 좋아하지 않아요."

동서양을 막론하고, 눈의 세계에 속한 요괴는 자신의 영역을 나가려 하지 않고, 자신의 존재가 인간에게 알려지는 것을 대단히 싫어한다.

그러나 그런 한편으로 사람 세상의 이치에 정통하며, 변덕스레 인간 세계와 연관되어 사람을 구하는 전승도 끊이지 않는다.

일본에는 구해낸 남자에게 자신의 존재를 숨기도록 하고, 그 약속이 이루어지는지를 확인하기 위해 일부러 그 남자 곁으로 시집을 간다는, 상당히 인간에 대한 흥미와 경계가 꼬여 있는 설녀의 전승이 있다.

"이번에 토라키 가문 안내에 가장 적합하다고 생각해서 접촉을 해봤더니, 만약 하루 더 빨리 왔다면 센다이에서 열리는 남성 아이돌 이벤트에 가서 부재중이었을 거라고 했습니다."

"뭐어?"

"그녀는 설녀인 것을 숨기는 것에 아무런 부담이 없고, 그녀가 마음껏 지금 인간 사회 속에서 살아가고 있다는 이야기입니다. 뭐, 설녀처럼 완전히 인간과 구별이 안 되는 모습을 가지고 있기 때문인 것도 있습니다만, 그렇지 않아도 카라스마의 혁명에 찬동하지 않는 팬텀은 많이 있어요. 자신의 존재가 양지에 드러나봐야 『자신의 종을 인식시킨다』라는 것 말고는 기본적으로 메리트가 전무하니까요, 당연합니다."

"하긴 그렇네."

"카라스마가 꾀하는 혁명의 논리는, 실제로 인간 세계의 논리와 다르지 않아요. 요컨대, 축복받지 못한 환경에 있는 자들을 봉기시켜서 상황을 타파하려 한다는, 인간이 역사상 질리도록 반복해온 것을 따르고 있을 뿐이죠."

혁명이란, 결국 백성의 안녕을 실현시키기 위한 권력투쟁의 형태 중 하나에 지나지 않는다.

카라스마의 경우, 지금까지 어둠에 밀려났던 팬텀들을 양지에 드러내서, 그들의 생존과 안녕을 확실한 것으로 하는 것을 혁명의 제1목표로 내세우고 있다. 하지만 그것에 들어가는 『대가』로 선택된 자는, 결코 그 혁명을 지지하지 않는다.

이 또한, 인간의 역사 속에서 당연하게 일어난 사실이다.

"인간사회에 따르며 살고 있는 팬텀이라면, 그 논리나 행동원리는 결코 인간의 논리에서 벗어나지 못한다. 히키 가문의 제가 하는 말이니까 틀림없어요. 그래서 나타시 지로의 속셈은 인간의 시점으로 생각해도 문제없을 겁니다.

"그건 조금 난폭한 게 아닐까?"

"그렇지 않아요. 그때까지 어둠 속에 섞여 조용히 살아온 흡혈귀가 갑자기 데이워커의 능력이 필요해져서 동족을 죽일 수밖에 없게 된 사정이 무엇일까? 그걸 생각해 보면 저절로 선택지가 한정됩니다."

"그러면 나타시가 아이카도 못하는 『낮에 흡혈귀의 능력을 쓸 수 있는 이유』는?"

"그것은 흡혈귀의 능력 이야기이지, 사상이나 철학의 이야기가 아니잖아요. 동족의 심장을 먹으면 하루 데이워커가 될 수 있는 것이나, 나무 말뚝과 은 탄환이 아니면 죽일 수 없는 것은 생물이나 의학의 분야입니다. 강한 흡혈귀의 심장을 먹으면 된다거나, 본지리나 후리소데나 쵸우칭 같은 희귀 부위[#2]를 먹으면 된다거나, 그런 게 있는 것 아닐까요?"

"닭고기 먹고 싶어지니까 하지 마. 흡혈귀의 본지리라는 건 어딘데?"

"닭고기의 희귀 부위 이름은 알고 있군요."

네이티브와 손색없는 일본어를 하면서도 가끔 관용구 따위를 모르는 아이리스가, 닭고기의 희귀 부위 이름을 알고 있는 것에 미하루는 조금 놀랐다.

"토라키 님에게 배운 건가요?"

"아니야. 일본어 학습용 텍스트에, 소바 가게랑 닭고기 가게랑 초밥집의 주문 FAQ가 실려 있으니까 기억하는 거지. 뭐든지 다 유라에게 맡긴다고 생각하지 마."

본지리나 후리소데나 쵸우칭이 실린 닭고기집 주문 FAQ는 참으로 미식 텍스트였다.

"하지만, 이번에는 조금 기뻤어."

"뭐가 말인가요?"

"유라가, 처음으로 의지해줬어."

"네?"

#2 희귀 부위 일본에서 따로 분류하는 닭고기 부위. 본지리는 꼬리. 후리소데는 어깨 부위. 쵸우칭은 알집.

샤워를 한 뒤라 살짝 졸려서 볼이 물들고 목소리가 부드러워진 아이리스에 비해, 미하루의 목소리 톤이 5단 정도 낮아졌다.

"만난 뒤로 계속, 내가 유라에게 부탁을 하기만 했으니까. 와라쿠 씨 일로 의지해준 게, 엄청 기뻐."

"만난 뒤부터 계속 토라키 님을 위해 마음을 쏟은 저와 이 허당이 같은 취급을 받다니, 와라쿠 장관도 사람을 보는 눈이 없어요……. 여기가 선샤인이었다면, 본때를 보여주는 건데…… 응?"

"어머?"

그때, 미하루와 아이리스의 슬림폰에 동시에 착신이 들어왔다.

"리앙 쉬이링? 이런 때 대체 뭐죠?"

미하루에게는 쉬이링의 전화 착신.

"어머, 리사. 아무리 그래도 밤 10시에 놀고 싶다고 하는 건 아니겠지. 내일이나 모레쯤 놀 예약일까?"

아이리스에게는 리사에게서 ROPE의 영상 통화였다.

이대로 이야기를 계속하면 어디서 투쟁의 공이 울릴지 알 수 없으니, 미하루는 쉬이링의 전화를 받았다.

아이리스는 미하루의 모습을 보고, 대화가 섞이지 않도록 침대에서 일어나 방의 현관쪽으로 이동하여 리사의 전화를 받았다.

그리고.

아이리스와 미하루 방 옆의 트윈룸에서는 토라키와 와라쿠가 각자 쉬고 있었다.

토라키는 TV를 보면서, 와라쿠는 가지고 온 문고본을 읽으면서.

"형은 여기서도 목욕탕에서 잘 거야?"

"하루뿐이라면 어떻게든 되겠지. 그래서 화장실이랑 목욕탕이 따로 있는 호텔을 일부러 골랐으니까."

"보통 침상에 커다란 시트 같은 걸 깔고 거기서 자면 안 되나?"

"옛날부터 말했잖아. 감각적으로는 보통 사람이 온몸을 그을리는 정도로 뜨겁고 아프니까, 목욕탕에서 자며 몸이 삐걱대는 편이 훨씬 낫다니까."

"보통 사람이 온몸을 그을리는 감각은 모르지만, 그래도 뭐, 형이 여행을 데리고 와주다니, 오래 살고 볼 일이야."

"딱히 내 돈도 아니지만 말이다."

"어떤 의미로는 형이 번 거잖아. 암십자의 민폐료라고 생각하면. 그런데, 형과 여행을 하는 게 언제 이후 처음인지 까먹어서 생각 안 했는데, 호텔에서 하루 묵으면, 아무리 느긋하게 체크아웃을 해도 오전 11시잖아. 내일은 어떻게 밤까지 보낼 거야?"

"……아."

그 반응에 와라쿠가 처음으로 문고에서 눈을 떼고, 쓴웃음을 지었다.

"설마 생각 안 했어?"

"어쨌든지 서둘렀고, 신칸센도 시간을 맞춰야 하니까 1박밖에 생각을 안 했거든…… 재가 돼서 역의 사물함에라도 넣어두는 건 어때?"

"돌아가는 신칸센은 분명히 저녁에 출발이었잖아. 보통 인간의 타임 스케줄 아냐? 형이 재가 되는 건 그렇다 치고, 그때까지 나 혼자서 아이리스 씨나 히키 아가씨랑 어떻게 지내란 거야?"

"눈은 멎은 것 같으니까 아키타 성터 사적 공원 같은데 안내를 해주든가."

"일단은 이제 곧 암으로 입원하는 늙은이라고. 말이 좀 되는 소리를 해. 눈이 그쳤다고 도회지 생활에 물든 늙은이가 그리 쉽사리 나다닐 수 있는 곳이 아냐."

"으~ 그러면 어떡한다……."

서두르고 있었다지만 지나치게 무계획적이었다는 것을 반성하면서, 내일 해가 떠오른 다음 밤이 올 때까지 자신의 몸을 어떻게 취급할지 토라키가 고민하기 시작했을 때였다.

갑자기 방의 문을 격하게 노크하는 소리에, 두 사람 다 퍼뜩 고개를 들었다.

"유라! 와라쿠 씨! 아직 안 자나요!"

"대체 무슨 일이지?"

"알 수 없지만, 그다지 유쾌한 용건은 아닌 모양이네. 기다려 아이리스. 지금 연다."

의문스런 표정으로 일어선 토라키가 방의 문을 열자, 밖에는 호텔의 유카타를 입은 아이리스가 있었는데 안색이 밤의 눈처럼 창백했다.

"유라…… 어쩌지, 믿을 수가 없어, 이런…… 이런 일이……."

"야, 왜 그래?"

"리사…… 리사가 전화를 걸었는데……."

"또 무슨 일 있었어?!"

리사의 이름을 듣고 토라키의 미간에 주름이 짙어졌다.

나타시에 연관된 트러블은 아무리 그래도 있을 수 없다. 그러나 리사에 관한 트러블은 두 번 다 늦은 시간이었다.

또 뭔가, 귀찮은 일에 말려들어서 아이리스에게 연락을 한 걸까?

그런 토라키의 상상을, 넘어서는 사태가 일어났다.

"시라카와. 다시 한번 호텔까지 차를 가져와요. 곧장 아키타 공항까지…… 한 시간 반?! 쓸 수 있는 기체가 센다이 공항에만…… 가능한 서두르세요! 또 연락할게요!"

옆방에서는 미하루가 뛰쳐나와, 아이리스를 밀쳐내고 토라키 일행의 방에 들어섰다.

"와라쿠 장관, 죄송합니다만 저희들과 토라키 님은 한 발 먼저 도쿄에 돌아갑니다. 내일 와라쿠 장관의 도쿄 귀환은 시라카와가 수행할 테니 안심하세요."

"어어, 그래?"

"야, 미하루. 무슨 일인데? 아이리스도, 대체 무슨……."

"토라키 님과 저와 아이리스 예레이는 이제부터 곧장 아키타 공항으로 갑니다. 1시간 반 안에 센다이 공항에서 히키 가문의 프라이빗 제트가 오니까, 그걸 타고 곧장 도쿄로 돌아갑니다."

"기다려봐 기다려 진정해! 대체 무슨 일이 있어서 그렇게 되는 건데!"

토라키의 질문에 미하루가 대답하기보다 먼저, 미하루의 슬림폰에 또 착신이 왔다.

"아이리스 예레이. 당신이 사정을 설명해요! 저는 급히 선샤인 밖의 사람을 수배합니다! ……네, 네…… 그러니까 그렇게 말을 안카나! 꽁알대지 말라꼬……."

미하루가 서둘러서 또 새로운 어딘가에 전화를 걸고, 그 너머로 소리치며 방으로 돌아갔다.

"아, 알았어……."

전화를 손에 들고 다시 방으로 돌아가 버린 미하루 대신, 아이리스가 긴장한 기색으로 말했다.

"진정하고 들어. 아직 나도 믿을 수가 없는데……."

아이리스는 떨리는 목소리로 말했다.

"리사가…… 리사가, 선샤인의 도쿄 주둔지를 제압했어."

도무지 무슨 말인지 의미불명이었다.

리사가, 암십자의 주둔지를, 제압.

"무슨…… 무슨 말이야. 뭐가 어떻게 되면 그런……."

"시스터 올포트가 피를 빨려서 전투 불능이 됐어! 주둔지하고도 연락이 안 돼! 미하루한테도 쉬이링이 같은 내용의 전화를 걸었어! 아미무라가 리사한테 붙잡혀서, 위어 울프 사가라가 편의점에 뛰어들어왔다고……."

"기다려, 좀 기다려봐. 그게 뭐야! 뭐가 어떻게 된 건데. 아미무라가 잡혀? 올포트가 전투 불능?! 설마, 나타시가?! 역시 그 녀석 고요 클래스의……."

"리사야!!"

상황을 소화할 수가 없다. 아니, 소화하고 싶지 않은 토라키에게, 아이리스가 절망적인 표정으로 슬림폰을 내밀었다.

그곳에는, 쓰러져 있는 올포트의 머리에 발을 올리고, 자기 입술을 뒤집어 피가 흐르는 흡혈귀의 송곳니를 보여주는 리사의 사진이 표시되어 있었다.

배경에 비친 암십자의 집무실로 보이는 벽에 걸린 디지털 시계는, 오후 2시를 가리키고 있었다.

"리사는, 데이워커였어."

"그런…… 말도 안 되는 일이……."

※

눈은 그쳤을 테지만, 트인 장소에 불어 닥치는 바람이 쌓인 눈을 끌어올려 눈보라가 비행기를 때렸다.

거의 조명이 꺼져 있는 아키타 공항의 터미널을 빠져나간 곳에, 소형 제트기가 자리잡고 있었다.

"미하루는 정말로 부자구나……."

히키 가문의 프라이빗 제트.

30석 정도의 소형기가 엔진을 으르렁대면서, 이미 스탠바이를 마치고 있었다.

눈보라를 맞으면서 토라키와 아이리스와 미하루가 올라탔다.

"안전벨트를 해주세요. 금방 출발합니다."

세 사람이 안전벨트 메는 것을 못 기다리는 것처럼 금세 비행기가 이륙용 활주로로 움직였다.

"이, 이거 들어간 돈이 헬기를 움직이는 정도가 아니지?"

"이번에는 데이워커에게 농락당한 얼빠진 암십자 기사단 장에게 청구할 테니까 토라키 님도 아이리스 예레이도 걱정하지 마세요. 소형기니까 흔들립니다."

"버, 벌써 가는 거야…… 우와악?!"

엔진과 기체의 격렬한 진동이 시트 너머로 전달된다 싶더라니, 급격한 G가 온몸에 걸리며 순식간에 비행기가 아키타의 밤하늘로 날아올랐다.

"한 시간이면 도쿄에 도착합니다. 그때까지 작전을 확인할게요."

비행이 안정되자 미하루가 안전벨트를 풀고 토라키 옆에 섰다. 미하루의 엄격한 목소리에 토라키도 아이리스도 표정이 긴장되었다.

"확인합니다. 적은 선샤인의 암십자 기사단 주둔지를 제압했어요. 오늘 밤 해가 오르기 전에 토라키 님이 출두하지 않으면, 일당의 흡혈귀를 거리로 풀어, 무차별로 인간에게서 피를 빼앗는다고 예고했습니다."

호텔 소동 뒤에, 아이리스의 슬림폰에는 새삼 리사에게서 동영상이 왔다. 지금 미하루가 말한 내용을 그 리사가 그대로 고하고 있었다.

그녀 말로는…….

"아이리스 씨에게 전화를 하기만 해서는, 어쩌면 오빠가 믿지 못할까 싶어서."

라고 한다.

"대체 뭣 때문에 이런 짓을……."

"지금까지의 경위를 생각하면, 토라키 님의 하트를 노리고 있는 거겠죠."

"미하루, 말을 좀……."

"그렇지만, 그렇다면 암십자 기사단을 제압한다는 위험을 범할 리가 없어요. 토라키 님을 불러들이고 싶은 건 정말이겠지만, 놈들의 목적은 달리 있다고 생각해야 합니다."

"놈들…… 일당…… 리사랑 나타시 말고는 흡혈귀의 그림자가 안 보였지."

"누구 없는 건가요? 하토리 리사와 가까워 보이는 자는."

"……설마 이데히 씨랑 리사의 아버지가?"

"이데히(出日)란 성으로 흡혈귀라면 참으로 얄궂은 일이네요. 게다가 그것이 데이워커라면 얄궂은 걸 넘어서 웃음이 나와요."

미하루가 지겨운 기색으로 내뱉었다.

"미하루의 오피스에 있는 팬텀들은 어쩌고 있어?"

"리앙 쉬이링과 같이 있는 사가라의 연락에 따르면, 히키 가문도 감시하에 있다고 해요. 선샤인 오피스에는 숙련된 팬텀도 있습니다만, 적의 진용을 확인할 수 없는 이상, 섣불리 움직일 수 없어요. 암십자 녀석들 따위는 아무래도 상관없지만, 적의 흡혈귀가 거리에 해방되면 추적이 어려워지니까요. 자중하도록 지시했습니다."

아키타 역 앞은 일부 음식점을 제외하면 거의 가게가 닫혀있기 때문에 무심코 심야 같다는 생각이 들지만, 시계를 보니 아직 밤 10시 반이었다.

아무래도 선샤인 안의 가게나 레스토랑은 닫혀 있을 시간이지만, 오피스 빌딩의 측면도 있는 선샤인에는 팬텀과 아무 상관없는 보통 인간이 남아 있을 가능성이 충분히 있으며, 주위의 번화가나 역 앞은 막차 가까운 시각까지긴 해도 수많은 사람들로 붐비는 시간대다.

만약 리사의 무리가 쥬리나 아버지라고 하는 남자뿐이라해도, 한 명이 인파에 뒤섞여 버리면 추적이 어려워지고 희생이 늘어날 것이다.

"하토리 리사는 선샤인 도착시에 토라키 님 자신이 연락을 하도록 지시를 했습니다. 이걸 놓치면 괜히 귀찮은 일이 일어날 게 확실하니, 따르지 않을 수 없어요. 그렇지만 저와 아이리스 예레이가 지금 이 순간에 토라키 님과 함께 있는 것은 알려지지 않았으니, 그걸 찌릅니다. 지난번 빌딩에서도 저는 그녀와 마주치지 않았어요. 그러니까 아이리스 예레이와 저는 토라키 님을 미끼로 다른 장소에서 선샤인에 침입합니다."

"그래서, 시스터 올포트 일행이 위험해지지 않을까?"

"알 바 아닙니다, 라고 말하고 싶지만, 그녀들이 흡혈귀화하면 귀찮죠. 그 제인 올포트를 상대로 하토리 리사 따위가 어떤 수를 썼는지는 모르지만, 히키 가문에는 흡혈귀의 피해를 당한 인간을 위한 수혈용 혈액이 상비되어 있어요. 그녀들을 보호하자마자 히키 가문의 플로어에 수용하여, 대항전력으로 부활해줘야겠습니다."

"인간은 뽑힌 피를 다시 넣는다고 금방 부활하지 않아."

토라키는 무심코 태클을 걸었지만, 미하루는 딴청이었다.

"제인 올포트와 시스터 나카우라 정도는 부활해줘야죠. 히키 가문의 청구 금액이 하늘 높은 줄 모르고 치솟는다고 협박할 겁니다."

"협박의 문제가…… 아니, 됐다."

더 이상 태클을 거는 것도 무의미하다고 생각한 토라키는 말을 흐렸다.

"가장 커다란 목표는 적의 수괴로 보이는 하토리 리사의 제압, 또는 토벌."

토벌, 이라는 단어에 토라키와 아이리스의 표정이 엄격해졌다.

정체가 무엇이든, 리사의 모습은 12세의 소녀다.

흡혈귀인 이상 겉모습의 연령은 실제 연령과 상관없지만, 그래도 소녀의 몸에 나무 말뚝이나 은 탄환을 박고 싶지는 않았다.

"그 과정에서 필요한 일이, 빌딩에서 나가려는 수상한 자의 체크와, 암십자 기사들의 구출, 가능하다면 출구의 봉쇄입니다."

"세 명이서 할 수 있는 일이 아니잖아. 아니, 나는 적진에 쳐들어가니까 실질적으로 두 명이군."

"수상한 자의 체크는, 빌딩 밖에 살고 있는 팬텀을 동원합니다. 이미 리앙 쉬이링에게도 사가라에게도 선샤인 밖을 감시하라고 시켰어요."

"사가라라면, 다쳐서 쉬이링을 찾아갔었지······. 그리고 편의점 일은 괜찮은 걸까?"

미하루의 분위기가 상당히 찌릿찌릿하다. 선샤인 앞마당에서 팬텀이 방약무인한 짓을 하고 있으니 그것도 어쩔 수 없는 일일지도 모른다.

『현지 도착까지, 대략 10분입니다.』

그때 콕핏에서 안내방송이 들렸다.

"어? 벌써 도착이구나. 비행기라면 이렇게 빠른가."

미하루가 작게 고개를 끄덕이고, 새삼 두 사람을 보았다.

"토라키 님. 아이리스 예레이. 한 가지 제안이 있습니다. 이번에 적 진용이 불명입니다. 게다가 수많은 동족을 살해한 데이워커. 토라키 님의 안전이 보장되지 않아요."

"아니, 뭐 그렇게 말을 하면 그렇긴 한데."

"도착까지 시간이 조금밖에 없어요. 아이리스 예레이. 조금이라도 상관없어요. 토라키 님에게 피를 제공하세요."

아이리스는 숨을 삼키고, 토라키도 미간에 주름을 만들었다.

무슨 말인지는 알겠다. 토라키가 사람의 피를 마시는 걸 좋아하지 않는 것을 이해하고서 하는 말이란 것도.

"제 피는 팬텀의 핏줄이니까 어떤 영향이 있을지 몰라요. 지금 여기서 실험을 할 수도 없고, 그런 점에서 아이리스 예레이는 인간입니다. 사실은…… 사실은 제가, 제가…… 토라키 님의 손으로, 옷깃을 풀어주셨으면…… 크으으으!"

갑자기 비유적인 의미로 피눈물을 흘리기 시작하여, 두 사람은 당황하기 시작했다.

그러나 미하루의 제안은 지극히 이치에 맞는 것이기 때문에, 단순하게 내칠 수도 없었다.

아이리스는 조금 주저한 끝에…….

"……나는…… 유라가 괜찮다면, 괜찮, 아."

체념한 기색으로 눈을 깔면서 말하고 스웨터 안의 블라우스 단추를 풀어 목덜미와 어깨를 노출시키려고 하다가,

"아윽?!"

"아이리스 예레이! 무슨 속셈인가요!!"

정수리에 미하루의 수도를 맞고 말았다.

"미하루가 제안했잖아! 갑자기 뭐 하는 거야!"

"어쩜 이렇게 망측한가요!"

"뭐야?!"

시트를 뜯어낼 것처럼 갑자기 끓는점에 이른 미하루에게 아이리스가 놀라고, 토라키는 머리를 감싸 쥐었다.

"아니, 아이리스 너도 말투가 그게……."

"그, 그치만, 흡혈귀의 흡혈이라고 하면 목덜미잖아?!"

"제가 용납 못해요!! 저도 그런 대접은 받은 적이 없는데!"

"미하루 당신 하는 말이 엉망진창이야!!"

"아니, 두 사람 다 진정해. 피는 하네다에 도착한 다음이어도 되잖아. 히키 가문의 파일럿이라면 팬텀 사정은 이해할 거고……."

"유, 유라는 나보다 남자인 파일럿이 좋은 거야?!"

"그러니까 말을 좀! 아니, 그냥 무리해서 선택지를 좁힐 필요가 없는 거잖아……. 어, 어쨌든, 하네다에서 이케부쿠로까지 이동하는데 시간이 있잖아. 하네다에서 이케부쿠로 가는 도중에 어디선가 자라 요리점에 들러서……."

이제부터 수많은 인간의 목숨을 걸고 적지에 가려는데, 중간에 자라 요리점에서 한 잔 걸친다는 것은 너무나도 느긋하다.

"유감이지만, 이 비행기의 행선지는 하네다가 아니에요. 피를 빨 거라면 더 망측하지 않은 다른 방법을 생각해 주세요!"

"망측하지 않은 다른 방법이라니……."

아이리스는 흡혈 방법으로 머리에 피가 잔뜩 올라서 놓친 모양이지만, 토라키는 미하루가 흡혈 이상으로 묘한 말을 꺼낸 것을 깨달았다.

"하네다행이 아니라니, 그러면 나리타야? 나리타가 더 멀 잖아. 이 시간에는 막차도……."

도쿄에 가는 비행기의 목적지라면 하네다거나 나리타라는 고정관념을 품고 있는 토라키에게, 미하루는 더욱이 삐딱한 말을 꺼냈다.

"나리타도 아닙니다. 이 비행기의 행선지는 이즈 오시마입 니다."

"이즈 오시마?! 왜, 왜 그런 곳으로……."

서둘러 이케부쿠로에 가야 하는데 왜 이즈 오시마 공항으 로 가고 있는 걸까? 그때,

『아가씨. 목적지까지 3분 남았습니다.』

또 안내방송.

"어? 서, 설마 벌써 이즈 오시마?!"

"하지만 창밖은 평범하게 육지인데? 도시의 빛이 보여."

당황하는 토라키와 아이리스 옆에서, 미하루가 어디선가 검고 커다란 사각 백팩 같은 것을 두 개 꺼냈다.

"어."

"100석 이하의 소형기는 원칙적으로 하네다 공항에 착륙 못해요. 그리고 나리타는 지금 말씀하신 것처럼, 이케부쿠 로까지 너무 멀어요. 막차 시간에도 못 맞추고, 차로 도심에 돌아가려면 시간도 너무 걸립니다."

"아니, 야."

그것을 토라키와 아이리스에게 각각 건네고,

"그렇다고 조후의 비행장은 비행계획 문제로 목적지까지 못 가요."

자신은 같은 것을 메고서, 몸 앞에 하네스를 고정했다.

『1분 남았습니다.』

"아니, 아니아니 기다려봐 기다려. 미하루, 너 설마."

깨닫고 보니 토라키와 아이리스는 자리에서 일어나, 미하루와 같은 백팩을 메고 있었다.

"자, 잠깐. 미하루? 왜 입구 쪽으로 가? 그거, 날고 있을 때 만지면 위험한 거잖아구에엑! 자, 잠깐 기다려!"

미하루는 슬금슬금 거리를 벌리려는 아이리스를 붙잡아 끌고 갔다.

"조작은 간단해요. 이 레버를 당기면 됩니다. 자, 고글."

"잠깐 잠깐만 기다려기다려봐기다려설마!!"

"펼치는 것에 실패하면 아마 죽을 거라고 생각하니까, 토라키 님. 방금 전의 방법 말고, 아이리스 예레이에게서 피를 빨 방법을 생각해 주세요."

"야 미하루! 그거 기다려!!"

"갑니다!!"

그 순간, 미하루는 비행중인 비행기의 문을 확 열었다.

기내가 급격하게 감압하고,

"우오오오오오오오오?!"

"끼야아아아아아아아?!"

다음 순간, 세 명은 저항할 틈도 없이 기압차에 빨려나가, 밤하늘에 날려가 버렸다.

『아가씨, 여러분, 굿럭.』

"시끄러워어어어어어어!!!"

기체 밖으로 빨려 나가기 직전에 들린 파일럿의 목소리에 토라키는 전력으로 절규했다.

"끼야아아아아아아아아아아아아아아아아아아아아아아아아아아아아아아아?!"

"정신수양이 전혀 되질 않았잖아요! 손을 놓습니다!"

"기다려 기다려. 미하루 기다려. 손 놓지 마!! 이거 낙하산 이야?! 당기는 레버 이거면 돼?!"

"무슨 말인지 전혀 안 들려요! 너무 빨리 펼치면 기류에 흘러가서 터무니없는 곳으로 날아가 버리지만, 너무 늦으면 땅바닥에 충돌하니까 타이밍은 틀리지 않도록 하세요! 그러면!"

"기다려어어어어어?!"

토라키보다 한 순간 빨리 미하루와 함께 빨려 나간 아이리스는, 미하루가 손을 놔버리자 공중에서 자세를 제어하지 못하고 공기의 기류에 휘말려 회전해버리고 있었다.

스카이다이빙 영상을 보면, 단순히 양손과 양다리를 펼치면 안정되게 낙하할 수 있는 인상이 있지만, 그것은 정당한 순서를 밟아 뛰어내렸을 경우다.

항공기 사고처럼 공중으로 날아가, 주위가 밤이면 확실하게 『아래』를 찾는 것이 어렵다. 그런데다가 공중은 수중과 달리 공기의 거품이 단서가 되지도 않고, 자세 제어는 어렵기 짝이 없다.

더욱이 아이리스도 토라키도 추위에는 강해도 스카이다이빙에 적합하다고 도저히 말할 수 없는 복장이라서, 그런 장비가 세세한 기류를 낳아 괜히 몸이 희롱당하고 있었다.

"아이리스, 진정해!!"

"끼야앙!!"

토라키가 손발을 몸에 대고 똑바로 뻗어, 낙하속도를 가속시켜서 패닉에 빠진 아이리스를 끌어안자 아이리스가 기묘한 소리를 질렀다.

"진정해! 숨 쉴 수 있냐!"

"못 해!"

"좋아, 괜찮구나! 그렇게 겁먹지 마!"

"무리야! 고글 어긋날 것 같아! 어디로 가는 거야?! 미하루 어디 있어!"

"우리보다 조금 앞에 날고 있어."

"아직 펼치면 안 돼?! 땅이 어디야?! 전혀 안 보여!!"

"나는 보여! 아직 괜찮아! 그러니까 진정해!"

"이, 이렇게 떨어지고 있는데 어떡할 거야! 이케부쿠로에서 낙하산 같은 걸로 떨어지면 대소동이야! 작전이고 뭐고 없잖아! 나는 이 빛 속에서 선샤인을 골라 떨어질 자신 없어!!"

"아아, 그래! 나도 없어! 그런 건 알고 있다! 아아 젠장!!"

토라키는 온몸을 에는 바람의 흐름 속에서 먼저 나아가는 미하루를 원망스럽게 노려보았다.

"알았어! 하면 되는 거 아냐! 하면!!"

"어?! 아, 기다려, 유라! 놓지 마……!"

토라키는 끌어안고 있던 아이리스의 손을 쥔 채 조금 거리를 벌리고……

"……어."

밤하늘 속을 거꾸로 떨어지면서, 그 손등에 입을 댔다.

패닉에 빠져 있던 아이리스의 외침 소리가 그 한 순간에 사라지고,

"아…… 응?"

다음 순간, 손등에 한 순간만 아픔이 흐르고, 미약하게 손가락 끝이 차가워졌다.

그러나 그 이상으로 남성에게 손을 잡혀서 손등에 입맞춤을 당했다는 이 상황이, 아이리스의 온몸에 흐르는 피를 끓게 만들었다.

"처음 만났을 때 이후 처음이군."

토라키의 입술이 아이리스의 손등에서 떨어지자, 아이리스의 손등에 살짝 피가 나왔다가 금방 사라졌다. 그리고 동시에, 토라키의 온몸이 밤하늘에 녹아 아이리스를 감쌌다.

"유라…… 나……."

"서로. 이번뿐이다."

검고 따스한 안개 속에서, 토라키의 엄격한 목소리가 울렸다.

그것은, 아이리스의 호의에 어리광을 부려 피를 빠는 것에 익숙해져선 안 된다는 토라키의 자기경계였다.

쉽사리 피를 빨고, 쉽사리 힘을 얻으면, 도착하는 곳은 그저 『흡혈귀』이다. 그 정신성을 얻게 되어 버리면, 토라키는 인간으로 돌아가지 못하게 된다.

"……응."

아이리스는 작게 고개를 끄덕이고, 잡을 수도 없는 검은 안개 속에 있는 토라키의 손을 잡으려 했다.

아이리스 또한, 피를 주는 것에 익숙해지면 안 된다.

그것은 수도기사로서 있어서는 안 되는 일이며, 사랑한 사람이 인간으로 돌아가는 길을 끊는 궁극적인 양날의 검이다.

그러나, 그래도.

앞으로 언젠가 아이카와 싸우게 될 때, 그때 정도는.

그렇게 말하려고 한 아이리스의 손을…….

"어딜 발정 난 얼굴을 하는 건가요!!"

"힉?! 미, 미하루?!"

어느새 접근했는지, 미하루가 토라키의 검은 안개를 가르고 아이리스의 손을 붙잡고 있었다.

"일본인은 손등에 키스 같은 문화가 없으니까 착각하지 마세요! 어디까지나 방금 전 토라키 님의 그건, 당신의 피를 빨기 위한 수순이니까요!"

대체 어디서 보고 있었는지, 아이리스는 이 고공에서도 급격하게 볼이 뜨거워졌다.

"만약 내가 오기를 부려서 피를 안 빤다고 했으면 어쩌려고 했어."

안개 속에서 토라키가 묻자…….

"이렇게라도 안 하면 토라키 님은 분명 피를 빨지 않을 거라고 생각했어요! 빠르게 결단을 해주셔서 다행입니다. 그 백팩에 낙하산 안 들었으니까요."

"어."

"……미하루…… 너……."

미하루가 새침한 표정으로 터무니 없는 사실을 고했다. 아이리스는 안면이 창백해지고, 토라키도 기가 막혀 안개를 떨었다.

"자, 토라키 님. 이제 곧 선샤인의 옥상입니다. 아이리스 예레이에게 한 만큼, 저를 상냥하게 에스코트해주세요."

미하루는 유유히 토라키의 안개에 안겨, 눈앞에 다가온 이케부쿠로의 야경 속에서 한 점을 가리켰다.

"내가 너랑 사귀기 싫어하는 거, 이런 점 때문이야."

"언젠가 저 없이는 살아갈 수 없도록 해드릴게요. 히키 가문의 재력과 총력을 다해서."

"잠깐, 미하루!"

"어머, 동료도 상사도 데이워커 따위에게 전멸당한 데다가, 토라키 님에게 의지하기만 하며 일상생활도 제대로 못 하는 분이 뭔가요?"

"~~윽!!"

"부탁인데…… 이런 때까지 싸우지 좀 마라……."

자신에게 호의를 표하는 여성 두 사람의 손을 잡고서, 도회지의 밤하늘을 에스코트.

언뜻 보면 차라리 농담처럼 로맨틱한 광경이지만, 이 양손에 꽂은 물과 기름, 용호상박에 오월동주이며, 목적지는 흡혈귀의 아성으로 변한 선샤인 빌딩이었다.

"이런 게 아니라고, 몇 번을 생각했는지 모르겠다."

토라키는 양손에 꽂이 되면, 언제나 정말 제대로 된 일이 안 생긴다.

그리고 분명 그것은 미래에 영원토록 그럴 것이다. 미하루를 분한 기색으로 노려보는 아이리스와, 태연히 안개에 휩싸여 앉아 있는 미하루를 보고 생각했다.

※

밤의 선샤인을 올려다보아도, 도무지 평소와 다름이 없었다.

불빛이 들어온 층도 있고 그렇지 않은 층도 있으며, 오피스동도 부속된 호텔과 로터리도, 토라키가 아는 평소의 모습과 다름이 없었다.

"오빠아~!"

"……기다리고 있었습니다."

토라키가 호텔 로비에 서서, 이렇게 리사와 쥬리의 마중을 받는 광경도, 분명 남들이 보기에는 완전히 보통 광경으로 보일 것이다.

　로비를 자연스럽게 달려오는 리사를 보며 토라키는 무심코 경계를 했지만…….

　"잡았다~!"

　제자리에 서서 인사를 하는 쥬리와 우두커니 선 토라키 사이, 불과 세 걸음 거리에서 리사의 윤곽이 흐려지고 다음 순간에 토라키의 허리를 리사가 끌어안고 있었다.

　"윽."

　"그럼 안 돼~. 지금 도망치려고 했지?"

　끌어안고서 올려다보는 얼굴도 목소리도 나이에 걸맞은 어린아이였다.

　그러나 세 걸음의 거리를 로비의 호텔 직원 시야 밖에서 무슨 술법으로 순식간에 이동하여, 토라키의 경계를 돌파하여, 더욱이 토라키의 움직임을 막아버렸다.

　"하지만, 이걸로 믿을 수 있지? 내가 오빠에 대해 뭐든지 다 안다는 거."

　"……언제부터지?"

　시간은 이제 곧 심야 12시. 선샤인에서 해야 할 일을 생각하면 일출까지 결코 시간이 없고, 괜한 문답을 할 때가 아니었다.

　"에이~ 오빠 그렇게 서두르지 않아도 되잖아. 밤은 아직 길고, 서로 늦은 밤은 익숙하잖아? 자, 이쪽으로 와."

　리사는 토라키의 허리에서 손을 떼더니, 토라키의 손을 끌고 쥬리가 있는 로비 안쪽으로 끌고 갔다.

토라키는 그 움직임에 저항하고자 해봤지만, 생각 이상으로 강한 힘에 저항할 수 없었다.

명백하게 12세의 힘이 아니다.

"하, 하토리 양! 그렇게 달리지 말아요. 호텔의 다른 손님들한테 폐가……."

옆을 지나갈 때 쥬리의 그런 주의가 공허하게 울렸다.

"어디 가는 거야!"

"있지, 오빠. 나 굉장한 거 만들었어. 평소에 절대 못 보는 거야!"

"기, 기다려주세요!"

토라키의 가시 돋친 목소리와 리사의 즐거운 목소리, 쥬리의 당황한 목소리가 호텔의 어둠 속을 빠져나가, 이윽고 그것은 쇼핑몰로 이어지는 입구에 도착했다.

밤 12시가 되어 당연히 닫혀 있어야 할 입구를, 리사는 어렵지 않게 열었다.

들어간 곳은 쇼핑몰의 천장이 트인 홀이고, 영업시간에는 설치되어 있는 분수가 수많은 쇼핑객의 눈을 즐겁게 해준다.

그러나 그곳에 펼쳐진 것은, 흡혈귀인 토라키조차 교과서나 책에 실린 사진, 혹은 그런 테마를 그린 영화나 만화에서만 본 광경이었다.

"무……슨…… 짓을!"

조명이 꺼지고, 분수도 정지했다. 홀에 CM을 방송하는 대형 모니터도 새까맣게 침묵하고 있었다.

비상구를 가리키는 비상등과 일부 계속해서 켜두는 조명이 비추는 그 홀에는…….

"오, 올포트…… 나카우라……?"

복층 구조로 홀을 감싼 테라스에, 암십자의 수도복을 입은 여성들이 못박혀 있었다.

"뭐, 야, 이건……!"

현대일본에서 책형을 볼 기회는 결코 없다.

그러나 이렇게 현실에서 수많은 사람이 못박혀 있는 모습은 상상을 훨씬 넘어서게 역겨웠다. 또한 못박힌 인간의 존엄을 한없이 빼앗는 것을 인식하게 되며, 그리고 못박힌 인간을 아는 자에게 혐오감을 느끼게 하는 것이었다.

흡혈귀 전설의 원류가 된 실재 인물 중 한 명인 왈라키아 대공 블라드 3세는, 적인 오스만투르크 군인뿐 아니라, 죄를 범한 영민이나 부정을 저지른 귀족을 수도 없이 꼬챙이형에 처하여 꼬챙이공이라고 불리며 두려움을 샀다.

그 모습은 전승이나 판화, 회화 등 수많은 이미지로 오늘날까지 이야기되고 있지만, 저항하지 못하게 된 사람이 매달려 있다는 광경은, 트라우마의 출발점인 고향의 친가를 보고도 아무 감개도 못 느낀 토라키의 위장에 강한 불쾌감을 주었다.

"저거 봐! 세탁물 같아서 재미있지?!"

"무슨 짓을……!"

"재미있지 않아? 이상하네. 왜냐면 저 녀석들은 우리 적이 거든? 우리들 흡혈귀를, 벌레 이하라고 생각하는 녀석들이 거든? 그러면 이쪽도 뭘 해도 되지 않아? 아니야?"

"장난치냐! 그렇다고 이런 짓을 해서 뭐가 된다고?!"

"뭐 통쾌? 하지 않아? 쥬리는 그렇다고 했는데."

"어?!"

갑자기 자기 이름의 나오자, 쥬리는 당황했다.

"있지 쥬리. 말했었지. 이거 장식할 때, 통쾌하다고, 즐겁다고, 말했었지?"

"그, 네……."

"거짓말 아니지?"

"거, 거짓말…… 아니에요……."

"다행이다! 저기, 오빠. 역시 흡혈귀라면 다들 그런 거야!"

쥬리가 리사를 제대로 제어하지 못한 것은, 단순하게 흡혈귀로서 커리어나 능력의 차이 때문이었던 것일까?

명백하게, 리사와 쥬리의 입장이 역전되어 있었다.

"안심해. 우리는 시체의 피를 마시는 취미 없으니까. 다들 살아있어. 다만 뭐, 이제부터 하는 이야기에 따라서는 내일 신문 일면이 터무니없어질 지도 모르고~?"

"……대체 어떻게 했지."

"어? 뭐가?"

토라키는 끓어오르는 위장을 필사적으로 억누르면서, 리사에게 물었다.

"제인 올포트는 고요와 싸울 수 있는 기사단장이다. 나 같은 건 손도 못 써. 그걸 어떻게 무력화했지?"

"아? 그거 신경 쓰여? 쓰이지? 역시 그렇지? 오빠, 데이워커가 된 적이 없을 것 같으니까! 그러니까 모르는구나!"

토라키의 물음에, 리사는 마치 자신의 공적을 칭찬 받은 어린애처럼 반응했다.

"그 전에 물어보고 싶은데. 오빠, 설마하니, 오늘 **혼자서 여기에 오진 않았지?**"

"나 혼자 오라고 한 건 그쪽……."

"정말로 혼자 오길 바랐으면 직접 오빠한테 전화를 했겠지. 나는 아이리스 씨에게 전화했잖아? 그러니까 분명히, 누군가 데리고 왔지? 드라마 같은 것도 그렇잖아?『경찰에 전화하면 인질의 목숨은』이라고. 대개 경찰이랑 같이 듣잖아? 어딘가에 아이리스 씨가 숨어 있지? 어쩌면 지금 이 대화, 듣고 있을 수도 있지?"

"……그렇게 의심스러우면, 내 슬림폰을 이데히 씨한테 맡길까?"

"설마! 그렇게 다 알만한 일은 안 하겠지~. 분명히 지금, 아이리스 씨나, 어쩌면 마법사 언니, 그 밖에도 친구들이 토라키 씨를 감시하거나 듣고 있잖아~. 그러니까 반대로 물어보고 싶은데? 저기, 아이리스 씨도 듣고 있어~?"

리사는 함박웃음을 지은 채, 책형에 처한 성십자 교도의 기사들을 손으로 가리켰다.

"왜 그냥 인간인 수도기사가 그렇게 강한지, 의문스럽게 생각한 적 없어~?"

"……유라, 그건…….."

귀에 설치한 무선기로 리사의 목소리를 듣고 있던 아이리스가 숨을 삼켰다.

아이리스의 목소리는 슬림폰과 다른 디바이스로 토라키에게만 들리도록 되어 있었다.

그러나, 떨어진 장소에서 리사가 하는 말을 막을 방법 따위는 없었다.

"제인 올포트는 『태양의 배』에서 태어난 『나이트워커^{야행성}』야. 이 녀석들, 사실 낮에는 그렇게 강하지 않아."

태양의 배.

아이리스와 미하루의 대화 속에 나왔던, 암십자와 연관된 무언가의 이름이다.

미하루는 그 배의 이름에 강한 기피감을 보였지만, 나이트워커는 완전히 처음 들었다.

그리고 무엇보다, 수도기사가 어째서 인간과 동떨어진 강함을 가졌는가에 대한 의문.

팬텀도 아닌, 그냥 인간인데.

"혹시, 올림픽 선수나, 군인이나, 단련하면 그런 식이 될 수 있을까? 어떻게 생각해? 오빠. 아이리스 씨이!"

토라키와 아이리스를 연결하는 것은 슬림폰이 아니라, 토라키가 귀 뒤에 장착한 소형 무선 디바이스였다.

귀 안에 들어가는 디바이스는 토라키의 머리 모양으로는 눈에 띈다면서 시라카와가 준비한 것으로, 미하루가 낙하산이라고 하며 아이리스에게 메게 한 백팩에 들어 있었다.

일상생활에서 사람의 시선은 귓구멍이나 귓볼에는 가지만 귀 뒤에는 설령 바로 뒤에 서 있어도 일단 시선이 가지 않는다.

토라키의 머리모양이라면, 귀 뒤에 거는 형태의 디바이스가 형무소 수준의 신체검사라도 하지 않으면 발견되지 않는다고 짐작한 것인데.

"어때? 뭐라고 해?"

"……뭘 알고 있지?"

아이리스의 응답은 없다.

"애당초~ 모르는 건 오빠뿐이지 않을까?"

어슴푸레한 홀 안에서, 리사는 천진하게, 사악하게 웃었다.

"수도기사가 가진 힘의 원천은, 태양의 배에 붙잡혀 살해당한 수많은 팬텀에게서 빼앗은 거라는 거."

"유라!!"

아이리스가 무심코 외쳤다.

그것으로 어쩌면 어딘가에 숨어 있는 리사의 동료에게 들켰을지도 모른다는 걸 알아도.

"정말이냐……!"
토라키의 흥분한 목소리가, 홀에 울렸다.
"왜 지금까지 말 안 했지!!"
아이리스 자신의, 초상적인 몸놀림과 괴력.
고요의 자손인 미하루와 함께 스트리고이에 맞설 수 있는 힘.
아이리스와 미하루를 제압할 수 있는 나카우라.
그리고 재커리마저도 간단히 넘어서는, 타고난 흡혈귀 아미무라가 『괴물』이라 평하는 제인 올포트.
그런 그녀들이 『팬텀이 아니다』라는 것만으로 어째서 『그냥 인간』이라고 생각했을까?
"오빠가 팬텀이라서 그래."
『유라! 아냐! 그건……!』
토라키는 오른쪽 귀 뒤의 디바이스를 뜯어내서, 땅바닥에 내던졌다.
"헤에, 그런 거 쓰네. 그리고 오빠는 생각보다 화를 잘 내네."
초상의 존재이기에, 다른 초상에 관용적이며, 존재를 받아들인다.
그러면, 초상의 존재가 아닌 자는?
"팬텀은 다들 그걸 알고 있어. 그래서 나타시를 술법으로 봉인한 리앙 쉬어링 씨가 그걸 경찰에 말해도 된다고 말했을 때, 분명히 그녀도 그런 거라는 걸 알았지. 왜냐면, 술법은 같은 팬텀에게는 통하지만, 보통 사람은 안 믿으니까."

"나를 여기 부른 이유는 뭐야? 내가 혼자가 아니란 걸 알고, 리앙 씨에 대해서도 안다고 위협해서…… 나랑 암십자 사이의 고무줄 수준인 신뢰를 끊으면서까지, 뭐가 목적이야?"

"오빠도, 동료가 되면 좋겠어. 데이워커의 능력을 사용하면 흡혈귀는 얼마든지 강해질 수 있어. 그야말로."

그 순간, 매달려 있던 올포트의 몸이 움직였다.

"기사단장 따윈 상대가 안 돼."

"……나한테 동족의 심장을 먹으라고?"

리사의 웃음이 형태가 바뀌었다.

"동족? 아니지? 오빠, 원래 인간이잖아. 나도 그래."

토라키가 눈을 부릅떴다.

"뭐……."

"쥬리도 그래. 나타시도 그런 건 알아? 여기 있는 내 동료는 모~두, 본래 인간이야."

마치 그런 연출인 것처럼, 모든 계층에 빨간 빛이 번득였다.

열 명 이상의 흡혈귀다.

리사가 수괴인 이상, 모두가 데이워커라고 생각할 수밖에 없다. 또한 낮에 암십자를 제압할 정도의 힘이 있는 자들이라고 생각해야 한다.

"다시 말해서, 겉으로 보기와는 다른 나이라는 거군."

"그렇지. 혹시 사실은 오빠보다 연상일지도 모르지?"

생각해보면 부자연스러운 부분이 있었다.

밤의 학동 탈주. 리사에 대해 부자연스러울 만큼 강하게 못 나가는 쥬리. 그 쥬리를 걸핏하면 친근하게 부르는 순간.

연락처를 교환하고 싶다고 말했는데, 처음에 나온 것이 어째선지 메일 주소였다.

이제 곧 중학생이 되는 요즘 아이가, 『마법사 언니』 같은 앳된 호칭을, 이름을 안 다음에도 계속 썼다.

두 번이나 딸이 범죄 피해를 입었는데 어쩐지 남일 같았던 아버지.

"전부 연기였군. 옐로우 거베라에서 이야기한 것도, 전부 거짓말이었냐?"

"그러니까 그때, 『그런 걸로 해줘』라고 했잖아? 아무도 그게 정말이라고 안 했어."

"……『내일 신문의 1면』이라."

"아, 그렇지. 요즘 초등학생이 신문 1면은 그렇네."

그 말이 세대에 안 맞는다고 생각을 했으리라. 리사가 즐겁게 웃었다.

"젊게 봐도 서른 후반. 평범하게 생각하면 쉰 전후로군."

"꽤 괜찮은 추측이야. 그래서 어때? 오빠보다 연상?"

"쉰 먹은 여자가 그런 어조라는 것에 기겁할 정도의 연령이야. 나에 대해서는 누구한테 들었지?"

토라키가 본래 인간이라는 것을 안다면, 토라키의 정체를 아는 누군가와 접촉이 있었다는 것이다.

본래 인간과 타고난 흡혈귀를 외견으로 구분하는 방법은 없다. 나카우라나 올포트가 협박을 했다고 해서 토라키의 경력을 밝혔을 리가 없었다.

토라키는 리사에 대한 경계를 높였다. 정확하게는, 리사의 배경에 대해서.

"그거야, 당연히 오빠를 아는 사람이지. 그걸 들어서 뭘 하려고?"

"내가 본래 인간이라는 걸 아는 녀석은 한정적이다. 그리고, 이런 일을 하는 녀석과 연결되어 있는 녀석이잖아."

"그러면 그 중의 누군가야. 그보다 말이야……."

"동료가 되어 달라는 거지. 그러면 판단에 필요한 정보를 내놔. 나도 좋아서 『동족』이랑 싸우고 싶지는 않다."

"뭐야? 시간 끌기?"

"통신은 끊었다. 시간을 낭비할 수 없는 거야 서로 마찬가지. 히키 가문도 계속 얌전히 있지는 않을 거다."

토라키는 발치에서 부서진 디바이스를 가리켰다.

"본래 나도, 아이리스를 포함한 암십자에게는 민폐를 입은 쪽이야. 딱히 올포트와 나카우라가 고통을 받는다고 해도 내 생활을 휘저은 인과응보란 기분 정도밖에 안 들어. 그러나, 너희들의 방식이 마음에 안 든다는 정도는 이해하지?"

"그렇지 뭐."

"목적이 뭐야? 나는 나타시조차 혼자서는 못 이기는 잔챙

이 흡혈귀다. 너희들 데이워커의 제물이 되는 것 정도 말고
는 동료로 끌어들이려는 목적이 안 떠올라."

"말했잖아. 본래 인간에게는 안 그런다고. 우리들이 죽이
는 건 타고난 흡혈귀뿐이야. 그래서 말이야. 어쨌든 우리들
의 목적은……."

리사의 얼굴에서 웃음이 사라지고, 올포트를 돌아보았다.

"『태양의 배』에 잡혀 있는 흡혈귀의 해방."

앳된 티가 남은 목소리에서, 고대의 혁명가 같은 목표가
튀어나왔다.

"『태양의 배』는 암십자 기사단의 『이동 성역』이야. 흡혈귀
를 비롯해서, 밤에만 힘을 발휘할 수 있는 팬텀들을 붙잡아
정의의 이름 아래 비인도적인 실험을 하고 있는 악마의 배.
그 배가 이제 곧 일본에 올 거야. 나타시 덕분이네."

"너희들이랑 나타시는 대체 어떤 관계야?"

"그 녀석도 우리들과 같은 본래 인간인 흡혈귀야. 옐로우
거베라 출신은 아니지만, 가끔 일을 맡겼었지. 하지만 데이
워커가 되니까 이상한 욕구가 생긴 모양이라, 우리를 배신
했어. 어쩔 수 없이 처분하려고 했을 때, 오빠들이 끼어든
건데…… 뭐, 그래도 결과는 좋았네."

처음에 만났을 때도, 토라키와 상대했을 때도, 나타시는
외쳤었다. 자기는 아무것도 안 했다고. 그리고 힘이 필요하
다고.

"그 녀석은 우리가 키핑해둔 흡혈귀를 멋대로 사냥하기 시

작했어. 눈감아줄 수가 없게 돼서, 내가 처분하려고 했어. 하지만, 의외로 심장을 잔뜩 모았는지, 생각보다 저항이 강해서 무심코 소리가 높아지고, 그걸 들은 거지, 오빠들이."

나타시가 흡혈귀였다는 것은, 이제 와서 생각해보면 그때 아이리스도 나타시를 상대로 한 걸음도 물러서지 않는 태도를 보였다. 주정뱅이 남자나 번화가의 호객꾼에게도 겁먹을 아이리스가 소녀를 인질로 잡은 남자를 용감하게 상대하고 있던 시점에서, 깨달았어야 할지도 모른다.

"그 시점에서 오빠들이 어떤 사람인지는 아직 몰랐지만, 나도 나타시도 아직 암십자에게 붙잡힐 수는 없었으니까, 불량소녀와 범죄자 행세를 하는 수밖에 없었지. 뭐 나타시는 포기를 못한 모양이지만."

"나타시는, 뭘 하려고 했지?"

리사는 어린아이가 급식에 들어간 싫어하는 음식을 씹었을 때처럼 표정을 찌푸렸다.

"병든 가족을 만나러 가고 싶댔대. 그 녀석 가족이랑 사이가 틀어져서 가출한 다음에 오오사카 어디선가 흡혈귀가 됐다고 했던가…… 어땠었더라."

"……오키나와의 외딴 섬에 사는 어머님이, 머지않았다고 했어요."

쥬리가 리사의 기억을 보충하고, 그것을 들은 토라키는 현기증이 나기 시작했다.

오키나와의 외딴 섬이라는 것이 어디인지는 모르겠지만,

아마도 밤 사이 한나절로는 도저히 도달할 수 없는 장소일 것이다. 예전에 갈라섰던 가족의 안부 확인이라면, 한나절만에 가능할 리도 없었다.

나타시가 몇 살일 때 흡혈귀가 되었는지는 모른다. 바로 요전까지 옐로우 거베라에 신세를 지는 수밖에 없었다면, 분명히 나타시의 성질을 이해하고 도와주는 사람도 없었으리라.

그러나, 옐로우 거베라와 일을 하는 과정에서 그는 데이워커의 비밀을 알고, 잠깐이나마 햇빛 아래로 나섰다.

그리고 희망을 가지고 말았다.

산 채로 집에 돌아갈 수 있을지도 모른다고.

"나타시가 재가 되는 것을 감안하고 협력해주는 것도 가능했을 거다. 왜 그걸 처분한다는 얘기가 나왔지?"

리사가 진심으로 당혹하여 눈썹을 찌푸렸다.

"왜 우리가 그런 일을 해야 되는 건데? 그런 일을 하면, 고향에 정이 들어서 안 돌아올 거 아냐."

"……뭐라고?"

"흡혈귀도 무한히 사냥할 수 있는 게 아냐. 나타시한테 벌써 세 마리나 사냥하게 해줬는데, 그걸 들고서 도망치면 데이워커의 전력을 모으는데 시간이 걸려. 새로운 흡혈귀를 사냥하면 눈에 띄어서 귀찮은 일도 늘어. 그러면 우리들의 목표를 달성할 수 없어. 싸움이 끝나면 어딘지 가서, 남쪽 섬의 하얀 모래사장에서 녹아 죽어도 괜찮아. 하지만,

태양의 배가 올 때까지는, 일절 배신도, 이탈도 용납 못해."

그 강한 어조에, 토라키의 시야 끄트머리에서 쥬리마저도 흠칫 거리는 게 보였다.

"태양의 배에 붙잡힌 흡혈귀나 팬텀을 해방하면 그 녀석을 어쩔 셈이야? 설마 그 녀석들을 풀어주고 끝은 아니겠지?"

"당연하잖아."

리사가 송곳니를 드러냈다.

"『부모가 열 받는다』는 이야기, 했었지? 내가 피를 빨아먹고 인간으로 돌아가는 거야."

그 쇼크를 토라키는 어떻게 표현해야 좋을지 알 수 없었다.

자신과 같은 목적을 품고, 싸움을 시작한 흡혈귀들이 눈앞에 있었다.

그 싸움의 경과가 이거란 말인가?

"나를 이렇게 만든 흡혈귀가 태양의 배에 붙잡혀 있다는 분명한 정보를 입수했어. 『부모』를 빨아먹으면 인간으로 돌아갈 수 있다는 건, 알고 있지?"

토라키는 대답할 생각이 없었다.

"마지막 질문이다."

"또 뭔가 있어?"

이제 슬슬 짜증을 드러내기 시작한 리사의 시선에 압력을 느끼면서, 토라키는 물었다.

"그래서 인간으로 돌아간 다음, 너는 어쩔 셈이야?"

"인간으로 돌아간 다음?"

그렇게까지 의외의 질문이었을까? 그러나 리사는 진심으로 뜻밖이란 듯 눈을 깜박였다.

"그거야 돌아가보지 않으면 모르지. 용케 인간으로 돌아갔다 치고, 다른 지방의 암십자가 가만 내버려 둘지도 알 수 없고, 나는 몸이 꼬맹이니까, 인간으로 돌아가도 뭐. 엑스트라 하드 모드겠지."

토라키는 커다랗게 한숨을 쉬고, 목을 풀듯이 한 번 돌렸다.

"······잘 알았어."

"그래? 다행이야. 그러면 동료가 되어줄래? 어쩌면 오빠의 『부모』도 있을지 모르잖아?"

"유감이지만 내 『부모』는 자유롭게 세상을 돌아다니고 있어. 그러니까."

토라키의 몸이 순식간에 어둠 속에 녹아들어, 순간 대형 모니터에 매달려 있는 올포트 곁에 있던 흡혈귀의 목을 붙잡았다.

"너희들 동료가 될 생각도 필요도 없어. 이야기를 꽤 오래 했는데, 미안하군."

토라키는 그대로 흡혈귀를 분수 속에 처박았다.

"일단 이유를 물어봐도 돼?"

"여기서 너희들 방식에 찬동하면, 나는 가족과 동료를 똑바로 볼 수가 없어서, 일까?"

"헤에······ 쥬리! 애들아!!"

"아, 네!!"

리사는 그다지 놀란 기색도 없이, 테라스의 난간에 발을 올리더니 쥬리와 부하들에게 지시를 내렸다.

"어차피 그럴 거라고 생각했어!"

리사가 토라키와 마찬가지로 검은 안개가 되었다. 쥬리와 다른 흡혈귀는 홀을 둘러싼 테라스를 박차고 온갖 방향에서 토라키의 안개에 덤벼들었다.

"본래 인간을 죽이는 건 안타깝지만, 우리는 여기서 물러설 수가……!"

"동감이다."

"어?"

"무슨!"

대형 모니터 위에는 아직 토라키가 있는데, 리사의 안개 등 뒤에 새로운 안개가 솟았고 쥬리의 등 뒤에는 새로운 토라키가 나타났다.

"나도 동류와 싸우고 싶지 않았어. 애당초 나는 딱히, 누구든지 싸우고 싶지 않아."

"윽!"

"안 돼?!"

토라키는 안개 상태인 리사를 손으로 꽉 잡고, 또 한 명의 토라키가 쥬리를 정면으로 팅겨내 다른 각도에서 덤벼든 흡혈귀 남자에게 던졌다.

"어, 어떻게 내 안개를!"

"볼 줄 알기만 하면 간단히 알 수 있다고 했는데, 정말이었군."

과거에 메리 1세호에서 토라키의 안개는 아이카에게 『핵』을 간파 당해서 쉽사리 격추당해버렸다.

그러나 막상 자신이 다수의 분신으로 안개 술법을 써보자, 자신의 안개도 적의 안개도, 확실하게 『짙은』 부분이 보였다.

별 것 아니다. 안개의 농담을 간파하는 술법을 쓰는 스태미나와 냉정함만 있으면 되는 것이었으며, 그렇기에 안개 하나로는 아이카를 이길 수 없다는 걸 알 수 있었다.

"와라."

리사를 구속한 토라키를 향해서 세 명이 일제히 덤벼들지만, 그 자리에서 한 걸음도 안 움직이고 세 명을 향해 손을 들어 손가락에서 피의 자갈을 방사했다.

리앙 슈에셴에게 쏘았던 그것은 어린애가 붙잡은 돌멩이를 던지는 것처럼 조잡했었지만, 지금 온몸에 힘이 넘치고 있는 토라키가 쏘아낸 피의 자갈은 한 방울 한 방울이 탄환처럼 날카롭게 날아가 덤벼드는 적에게 박혔다.

"악!" "으악?!" "으으으?!"

세 명의 흡혈귀가 더욱이 분수에 물기둥을 만들고, 토라키는 그것을 오연하게 내려다보았다.

"이렇게까지 다른 거냐……."

자신의 압도적인 힘에, 토라키는 자조적으로 중얼거렸다.

침대 위에서 미하루의 접근을 피해 방의 구석으로 도망치는 것으로도 기절했었는데, 한 번에 다섯 명의 적을 상대로 분신을 다수 만들어 모두를 안개로 변화시키고서도 스태미나에 여유가 있었다.

모두, 인간의 피를 마셔 힘을 얻었기 때문이다.

아이리스의 피를 마셨기 때문이다.

고작 그것으로, 이 정도의 압도적인 힘을 얻을 수 있다.

"크…… 이게!!"

손 안에서 발버둥 치는 리사가 안개가 되어 도망치는 것을, 토라키는 놓아주었다.

"괘, 괜찮냐? 리사!!"

그때, 어디 숨어 있었는지 자리에 안 어울리는 떨리는 목소리가 어둠 속에서 들렸다.

리사의 아버지라고 했던 하토리 히로시였다.

새로운 적인가 하여 한 순간 경계했지만, 거친 숨을 내쉬면서 넘어질 듯이 리사에게 달려가는 그 모습은 도저히 팬텀으로 안 보였다.

"오빠는 떨어져 있어! 아무것도 못하는 인간 주제에!!"

히로시가 리사에게 달려가고자 했지만, 리사는 날카롭게 그것을 막았다.

"오빠라고……? 너희들, 남매였구나……."

여동생인 리사가 흡혈귀에게 습격을 받아 어둠의 주민이 된 것을, 오빠인 히로시는 어떤 마음으로 지켜보았을까?

하토리 남매를 보며 어쩔 수 없이 자신과 와라쿠의 모습이 연상되어, 한 순간 토라키는 경계가 느슨해졌다.

"얘기로 들은 것보다 몇 배나 더 강해……. 당신, 정말로 인간의 피를 안 마셔?!"

기침을 하면서 외치는 리사의 말로, 토라키는 드디어 리사의 배후에 있는 존재를 대충 알 수 있었다.

태양의 배나 그곳에 붙잡혀 있는 흡혈귀, 토라키의 정체나 올포트의 동향에 히키 가문의 스탠스를 파악하고 선샤인을 제압.

아무리 조직이 있어도, 길거리의 일개 팬텀이 입수할 수 있는 정보가 아니다.

"카라스마 씨군."

"……."

동요를 보인 것은 리사가 아니라 히로시였다.

"당신이……."

"응?"

"당신들이, 카, 카라스마 씨를…… 그래서 결국 리사가 이렇게……!"

"뭐라고?"

"이제 입 다물어, 오빠! 말해봐야 소용없잖아! 카라스마 씨는 마지막에 우리들에게 역전의 싹을 남겨줬어! 암십자의 주둔지를 칠 수 있는 정보를 줬어! 이제 와서 저런 잔챙이 흡혈귀한테 질 것 같아?!"

흥분한 리사가 다음 순간, 히로시의 손에 달려들었다.

"으윽?!"

"야?!"

"어차피 당신도 피를 빨았잖아! 피를 빨지 않는다고 허세를 부리면서, 결국은 목숨이 아까워서 인간의 피를 빤 당신한테, 우리들의 싸움을 뭐라고 할 자격 따위 없어!!"

오빠의 손목을 찢어버릴 것처럼 피를 단숨에 빨아낸 리사의 온몸이, 칠흑의 요기에 휩싸였다.

"끄……아…… 리, 리사……."

"어, 야! 네 오빠 안색이……!"

"시끄러!! 이 정도밖에 도움이 안 되잖아! 이럴 때를 위한 오빠야! 자 토라키 유라! 시원스런 표정으로 인간사회에 녹아들어서, 설렁설렁 세상을 살아가는 당신 따위한테 우리는 안 져! 쥬리! 애들아!!"

"윽?!"

토라키는 퍼뜩 발치와 주위를 둘러보고 경계했다.

리사의 힘만 뛰어오른 게 아니다. 리사가 피를 빤 순간, 분수에 처박힌 녀석들과 쥬리도 마치 능력이 동기된 것처럼 압력이 늘어나며 유유히 그 자리에서 일어섰다.

"우리도…… 이제 물러설 수 없어요. 하토리 씨를, 따라간다고 정한 날부터!!"

"뭐야?!"

명백하게 방금 전까지의 쥬리와 다른 움직임이었다.

그 빌딩에서 싸울 때 나타시가 보여준 짐승 같은 낮은 자세에서 칠흑의 탄환 같은 돌격.

토라키는 방어도 제대로 못하고 날아가서, 셔터가 내려간 점포의 벽에 격돌했다.

"일어서세요."

쥬리는 토라키의 멱살을 잡아 몸을 들어 올리더니, 바로 옆의 기둥을 향해 전력으로 휘둘렀다.

"큭."

토라키는 격돌 직전에 안개가 되어 직격을 회피했지만, 리사가 쏘아낸 피의 탄환이 안개의 핵을 꿰뚫어 휘두른 기세 그대로 테라스의 강화 유리를 깨고 홀에 떨어져 버렸다.

"어, 어떻게 된 거지……? 이데히 씨는, 피를 안 빨았을 텐데…… 크학?!"

쥬리 뿐이 아니었다. 분수 안을 가로세로로 지나는 연출용 파이프를 찢어내면서, 흡혈귀 네 명이 교대로 토라키에게 덤볐다.

힘도 속도도 정밀도도, 리사가 히로시의 피를 빨기 전하고는 차원이 다르다.

회피가 고작이라 도저히 공세에 나설 수 없었다.

"심장, 받아가겠습니다."

등 뒤에 돌아온 쥬리의 일격을, 토라키는 회피하지 못했다.

비유가 아니라, 심장이 붙잡혔다.

그 감각을 느낀 다음 순간, 굉음이 홀을 찢어내며 쥬리의 손목을 부수었다.

"아아아악?!"

손목이 절단된 쥬리의 절규가 홀을 흔들고, 토라키는 쓰러질 것 같은 자세를 바로잡았다.

　토라키의 등에서 쥬리의 손목이 툭 떨어져 재가 되었다.

　"그만 소리쳐. 당신은 심장이 둘 이상 있잖아."

　토라키가 절명하기 직전, 아이리스의 데우스크리스가 쥬리의 손목을 쏘아낸 것이다.

　"……아이리스……."

　"유라. 부탁해. 싸움이 끝나면 당신이 알고 싶은 것을 모두 얘기할게. 그러니까……."

　"진정해. 태양의 배에 대한 거나 나이트워커 같은 이야기는, 화 안 났어."

　"……어?"

　아이리스의 목소리가 떨리는 것을 깨달은 토라키는 고통을 참으며 말했다.

　"암십자가 나한테 필요 없는 정보를 말 안 하는 거야 늘 있는 일이고, 나는…… 내 소중한 동생은, 경찰 관료 시절에 나한테도 가족한테도 비밀을 마구 품고 있었어. 이유가 있겠지. 그 정도는 알 수 있어. 디바이스 부순 건 연기야. 그 정도는 눈치채라. 나는 너를 믿고 있어."

　떨리던 아이리스의 입술이, 금방 진정됐다.

　"저 녀석들이 말하는 비인도적인 실험이 어떻고 하는 이야기가 정말이라면, 거기에 화를 내는 건 또 다른 거고. 지금은, 저 녀석들을 막아야지."

"……그래!"

아이리스는 데우스크리스를 오른손에 쥐고 방심하지 않고 겨누며, 리베라시온을 쥔 왼손으로 눈가를 닦았다.

"우, 우와, 우와아! 우아아아아아아아아아?!"

쥬리는 손목이 파단된 것에 패닉을 일으켰는지, 비명을 지르면서 그 자리에 엎어져버렸다.

"쥬리이!!"

그 모습을 보고 리사가 질책을 하지만, 쥬리의 패닉은 진정되지 않았다.

스르륵 무너지는 손목을 끌어안고, 바닥에서 몸부림치고 있었다.

"……하, 하토리 씨, 아, 아파, 아파요! 이, 이런 건, 저는 이런 건……!"

"손 하나 둘 없어진 정도로 징징대지 마! 젊은 녀석은 이렇다니까!"

리사는 쓰러진 히로시의 팔을 억지로 끌어올려, 손목을 깨물었다.

"으, 으으으으……."

그러자 마치 쥬리 본인이 피를 빤 것처럼, 서서히 손목이 재생되기 시작했다.

"이건…… 어떻게 된 거야? 리사의 흡혈에, 연동하고 있어……?"

"어떤 원리인지는 모르지만 아무래도 그런가 봐. 이대로는 하토리 히로시의 목숨이 위험하다. 벌써 상당히 피를 빨렸을 거야. 저 녀석에게는 묻고 싶은 일이 잔뜩 있다."

"그래, 그렇네. 유라, 당신은, 피는?"

"그때뿐이라고 했잖아."

토라키는 입에 머금은 자기 피를 토해내고, 등에 난 구멍을 조금 신경 쓰면서 웃었다.

"어떤 사정을 품고 있어도, 저런 식이 되는 건 사양하겠어."

두 사람의 눈앞에서 동료도 오빠도 동족의 목숨도 도구처럼 다루는, 본래 인간이었던 흡혈귀의 말로가 있었다.

"하지만, 아직 죽지 않았어. 아직 멈출 수 있다."

"그러니까 당신을 좋아하게 된 거야. ……리사를, 막아내자!"

그러나 리사는 이제 어린 육체를 변모시켜, 스트리고이하고는 또 다른 이형의 괴물로 변모하고 있었다.

검은 번개를 두른 짐승.

"이 녀석들은 내가 처치하겠어! 너희들! 암십자 놈들을 데리고 숨어!!"

"뭐!!"

그 순간, 쥬리를 제외한 흡혈귀들의 움직임이 변했다.

토라키와 아이리스를 향해 덤비는 게 아니라, 올포트 일행의 구속을 풀고 어깨에 메더니 도망치는 태세에 들어간 것이다.

"젠장!"

토라키는 그것을 쫓으려 했지만.

"두고 볼 리 없잖아!!"

짐승의 포효와 함께, 리사가 홀의 바닥을 부수고 토라키의 어깨에 매달렸다.

"유라!!"

위치 관계상, 리사는 아이리스 옆을 지났을 것이다. 그러나 안 보였다.

리사는 토라키를 깨물고서 방금 전 쥬리를 웃도는 속도로 토라키의 몸을 휘둘러, 분수의 대형 모니터에 처박았다.

토라키는 안개가 될 틈도 없이 대형 모니터에 부딪혀 화려하게 불똥이 튀었다.

"리사!!"

아이리스는 망설임 없이 리사를 향해 데우스크리스를 쏘았다. 은 탄환은 리사의 오른쪽 다리를 스쳐 무릎 아래를 재로 바꾸긴 했지만, 리사의 움직임을 멈출 수는 없었다.

"깔보지 마라, 수도기사!"

첫 돌격과 변함없는 속도로 아이리스의 발치에 착지한 리사는, 그녀의 몸을 향해 양팔로 몸을 지탱하며 남은 다리로 발차기를 했다.

아이리스는 데우스크리스와 리베라시온으로 그것을 받아내고자 했지만, 성별된 은의 총신과 은의 망치를 충격이 꿰뚫어 아이리스는 날아가 버렸다.

"잔챙이야! 이 정도면 낮의 올포트가 훨씬 강했어! 용케 그러고서 수도기사라고 할 수 있네!"

리사는 그렇게 내뱉고서, 새삼 지시를 날렸다.

"다들! 그 녀석들은 인질이야! 그리고 다친 녀석들은 숨어서 피를 입수해! 암십자와 교섭은 끝나지 않았어! 태양의 배에서 만나자!!"

"윽! 기, 기다려…… 윽."

"아, 안 돼……! 이대로는……! 미하루…… 미하루는 아직이야?!"

토라키와 따로 행동하고 있던 아이리스는, 토라키와 리사의 대화를 리서치하고 전투가 발생했을 경우 적절한 순간에 개입하기 위한 유격수의 역할을 맡고 있었다.

미하루는 당연히 행동을 자중하고 있는 히키 가문을 지휘해서 전체의 진압을 하는 역할일 텐데, 이렇게 일이 커져도 미하루가 나타나지 않았다.

이대로는 암십자로 그치지 않는다. 거리에 숨은 평화롭게 살아가고 있을 흡혈귀가, 인간들이 희생된다.

"미하루…… 윽!!"

어울리지 않게, 직업적으로도 사적으로도, 라이벌, 아니 숙적이라고 불러야 할 여자의 이름을 아이리스가 불렀을 때.

"……?"

바닥에 부딪힌 아이리스와 대치한 리사의 움직임이 멈췄다.

리사뿐이 아니다. 수도기사들을 데리고 도망치려던 흡혈귀들의 움직임도.

피아노 소리다. 어디선가 피아노 소리와, 여성의 노래 소리가 들렸다.

"뭐, 무슨 일……?"

너무나도 자리에 안 맞는 소리에 리사가 당황했지만, 금방 어떤 것을 깨달았다.

"……하토리…… 씨…… 이제 아프지, 않아, 요. 어쩐지, 나른해서……."

손목을 잃고 패닉에 빠졌던 쥬리의 비명이 안 들린다. 그러긴커녕, 어쩐지 안도하여, 꿈꾸는 표정이 되어, 망양한 눈으로 허공을 보고 있었다.

리사도 짧은 순간 그 소리에 귀를 기울여 버렸지만, 금방 고개를 격하게 흔들어 의식을 똑바로 차렸다.

그리고 움직임이 멎어버린 흡혈귀들을 질타하려고 찢어지듯 소리를 질렀다.

"뭐 하는 거야! 어서 도망쳐!! 어차피 싸움으로 어딘가의 음향이 고장나서……."

"뭐 하는 거야! 다들 어서 항복해! 이런 짓을 해도 도망칠 수 없어!"

그러나, 동시에 리사와 완전히 같은 목소리가 그 자리에 울렸다.

"아, 아냐! 어서 도망……."

"아, 아냐! 어서 항복해!"

"……보세요, 하토리 씨. 또 한 명, 하토리 씨가……."

"뭐야?!"

리사는, 쥬리가 망양하게 가리킨 곳에 또 한 명의 자신이 서 있는 것을 깨달았다.

그것은, 토라키와 아이리스를 쓰러뜨린 검은 짐승의 자신이 아니었다.

어디에나 있을 법한 12세의 소녀, 하토리 리사였다.

"뭐, 야…… 이게…… 큭!!"

"……아가씨, 그라믄 몬쓴다."

나타난 리사의 목소리가 동요하는 리사의 목소리에 겹쳤다.

"그간 힘들었다 카는 건 동정한다. 케도, 역시 세상에는 하면 안 되는 일이 있는기라. 같은 흡혈귀라도 토라키 때랑은 억수로 다르다. 기분이 안 좋다……."

리사의 목소리, 그러나 아이리스의 귀에 익숙지 못한 일본·어의 독특한 인토네이션.

"아이리스는 눈을 부릅뜨고 외쳤다.

"설마…… 나구모……? 나구모야?!"

"……아이리스 씨요, 토라키도 보기 멋지구만."

피아노와 노래 소리는 아직도 이어지고 있다. 토라키는 그 피아노와 노래 소리가 익숙했다.

지난 몇 주일, 여러 번 곁에서 들은 피아노와 노래 소리였다.

그 곡에 실어서, 새로운 리사는 조용히 말했다.

"토라키, 귀 막으라."

그러나 부서진 대형 모니터에서 기어 나와 분수에 떨어진 토라키는 그 말을 놓쳐 버렸다.

그래서,

"크아아아?!"

피아노와 노래가 끊어진 순간에 온몸을 구타할 정도의 충격이 온몸을 꿰뚫어, 토라키는 몸부림치며 분수 안에서 넘어졌다.

"윽!" "히약!" "아아악?!"

리사도 쥬리도 흡혈귀들도, 그리고 하토리 리사의 모습을 취하고 나타난 교토의 놋페라보 무지나 나구모도 귀를 막고 신음했다.

직격한 그것은 『소리』같은 어중간한 것이 아니었다.

팬텀들이 고통의 비명을 지르는 가운데, 아이리스만 아무일도 없었던 것처럼 그 소리를 듣고 고개를 들었다.

"성종 피스콰이어?! 대체 누가⋯⋯!"

선샤인에 비밀리에 설치된, 고대에 팬텀을 물리친 성스러운 종. 오늘날에는 팬텀의 위치를 알아내기 위한 음향 탐지기인 성종 피스콰이어를 울릴 수 있는 것은, 수도기사 말고는 없을 것이다.

그러나 분명히 성스러운 종이 울리고, 그 여운이 사라지기 전에.

"이거야 원. 음악가의 귀를 이런 식으로 만들다니. 올포트에게 보수를 듬뿍 받아야겠어."

홀에 열 명의 재커리가 출현했다.

"재크!"

"파파!"

"아이리스. 유라. 종으로 발견한 이 빌딩 안에 있는 팬텀은 모두 내가 마크를 붙였다. 적어도 이 빌딩에 들어와 있던 녀석들은 모두 놓치지 않아. 밖에서 대기하고 있는 녀석이 있었다면 또 모르지만."

"하하…… 농담이지……."

재커리의 차원이 다른 분신술에 토라키는 쓴웃음을 참을 수 없었다.

인간의 피를 마신 토라키와 아이리스를 일방적으로 유린하는 힘을 가진 리사를 완전히 카피해 버리는 나구모의 힘에도.

"마, 말도 안 돼……. 어, 어째서…… 수도기사는, 전부 붙잡았을 텐데……."

진짜 리사는 전세가 불리한 것을 느꼈는지, 갑자기 약한 목소리를 내면서 허둥지둥 주위를 둘러보고 그 자리에 주저앉아 버렸다.

검은 번개가 사라지고, 그곳에는 핼쑥해진 12세의 소녀가 있었다.

"극히 단순하게, 딱 한 명 습격에서 도망친 녀석이 있었어. 뭐 놓친 것도 어쩔 수 없지. 그 녀석이 히키 패밀리에게 너희들의 숫자와 전술을 전부 얘기해줬다. 다만 뭐 그 녀석은 수도기사니까, 미하루 히키의 연락처를 몰랐어. 덕분에 여러모로 빙 돌아가게 됐지."

"도망쳤다고…… 그럴 리 없어…… 여자들은 전부……."

토라키와 아이리스는, 비틀거리며 일어서서 무심코 서로 마주보았다.

그렇군. 리사 일행은 암십자의 구성원이 모두 여성이라고 생각했다. 어쩌면 카라스마에게, 도쿄 주둔지의 기사는 모두 여성이라는 말을 들었을 지도 모른다.

그러나 성종을 울리고 리사 일행의 진용을 재커리 일행에게 전달한 수도기사는, 시스터라고 불리면서도 남성이다. 또한 도쿄 주둔지가 아니라, 히키 가문 차기 당주조차 존재를 몰랐던 카나자와 주둔지의 정기사였다.

"시스터 유우리……!"

"그 녀석, 아저씨가 된 다음에도 시스터라고 불리는 거야?"

쓴웃음 짓는 토라키의 머리를 재커리가 두드렸다.

"아! 뭔데!"

"네가 혼자서 쳐들어갔다고 들었을 때, 이 정도를 어떻게 못하면 아이카랑 싸우는 건 꿈속에서도 꿈같은 일이라고 생각했는데, 정말로 그랬군. 잘난 듯이 구해준 상대의 장래를 걱정할 때야? 게다가, 아이리스까지 다쳤잖아."

"아니야, 파파! 이건……!"

"시끄럽다. 미하루 히키도 너도 이렇게 약한 남자가 어디가 좋니? 이래선 아무리 시간이 지나도 딸은 못 준……."

"우리가 사랑하는 건, 유라의 약함이야!!"

"……우리……라."

아이리스가 미하루까지 언급한 것에, 리사의 모습을 한 채 나구모가 조용히 중얼거렸지만 아이리스는 무시했다.

"유라는 분명히 약해. 아마 그냥 전투력이라면, 나한테도 못 이길 거야. 미하루랑 맺어지면, 평생 잡혀 살 거고."

"……."

모두 진실이라 토라키는 반론을 못했지만, 말을 그렇게까지 안 해도 되지 않나 생각했을 때.

"하지만, 그건 유라가 인간으로 있으려 하기 때문이야. 피에 굶주려서 소중한 사람을 슬프게 만들지 않기 위해서, 약한 채, 강해지려 하고 있어. 그래서, 나는 그걸 계속 도울 거야."

"그래서 뭐가 변하는데……."

아이리스의 말을 가로막은 것은 리사였다.

"약한 채 뭘 할 수 있는데! 어떤 수를 써서라도 강해지지 않으면, 싸울 수 없어! 이길 수 없어! 소중한 것을 지킬 수 없어! 태양 아래로 돌아갈 수 없어! 그런 궤변으로, 누군가에게 기대기만 하고! 스스로는 아무것도 안 하는 그 녀석과 싸워서, 어째서 우리가 지는 거야!!"

"……리사."

"틀림없이 이상해! 이 비겁자! 배신자! 흡혈귀 주제에 암십자 편을 들고, 정말로 소중한 것이 뭔지도 모르는 주제에! 우리들을 방해하고서……!!"

"정말로 소중한 것은, 뭐죠?"

그때 유우리와, 수많은 히키 가문 사람들을 거느린 미하루가 조용히 나타났다.

"……우리들, 본래 인간인 흡혈귀가 살아갈 권리야!"

미하루는 냉혹한 미소를 짓고, 등에 진 칼을 뽑아 리사의 목에 들이밀었다.

"자기 사정에 맞춰서 잘도 돌아가는 혀를 가졌군요. 나구모. 이 여자는, 정말로 흡혈귀의 살아갈 권리를 이상으로 내세울 자격이 있나요?"

미하루의 질문에, 나구모는 명확하게 고개를 옆으로 저었다.

"당신, 리사라꼬 했제? 당신, 나타시란 남자, 우쨌나?"

"……큭."

리사는 나구모에게서 고개를 돌리고, 토라키는 눈을 부릅떴다.

"그, 검은 짐승의 술법…… 설마……!!"

"목적을 위해서라면 수단을 안 고른다. 남을 위해서라고 말을 하믄서 자신을 위해서고. 당신, 흡혈귀 동료만 그런 게 아니제. 언제부터 『오빠』를 흡혈귀보다 『약한』 심부름꾼 취급했나?"

리사는 입을 굳게 다물고, 나구모에게서도, 미하루에게서도, 토라키에게서도 눈을 돌렸다.

그러나 미하루는 가차 없었다.

"혁명을 기존의 체제 전복과 동의라고 생각하는 자는, 혁명가가 아니죠. 그냥 테러리스트입니다. 아무리 이상이 고매해도, 그게 약한 자의 구제가 아니라 강한 자에 대한 공격이 제1목표가 되는 한."

"그래서 토라키 유라의 삶이 나보다 옳다고 하는 거야?"

"언제 누가 당신과 토라키 님의 삶에 우열을 비교했나요? 화제를 돌리는 것도 적당히 하세요."

미하루는 코웃음 치고 칼을 내렸다.

이미 리사에게서, 저항할 기력도 기백도 느껴지지 않았다.

"당신은 당신의 목적을 위해 당신의 수단으로 싸우고, 토라키 님과 우리는 토라키 님의 목적을 위해 토라키 님의 수단으로 당신과 싸워서, 결과적으로 당신이 졌어요. 그저 그뿐입니다. 구속하세요."

미하루의 명령으로 히키 가문의 직원이 움직여, 리사 일행을 구속했다.

"아이리스 예레이. 햐쿠만고쿠 유우리. 시스터 올포트와 시스터 나카우라가 인사불성인 이상, 이 자리의 암십자 대표는 당신들입니다. 이 빚은, 아주 커요."

칼을 집어넣은 미하루는 리사에게 말로 이겼는데도 불만스럽게 표정을 찡그리고, 과거에 없었을 만큼 미움을 담은 눈으로 아이리스를 노려보았다.

"토라키 님이 약하기에, 사랑했다. 분명히 그럴지도 몰라요. 현실적으로 저희들이 돕는 걸로, 토라키 님은 언제나 승자 쪽에 있습니다. 하지만…… 저는, 오늘, 무서웠어요."

"미하루……."

"혼자서 하토리 리사 곁으로 가는 토라키 님에게 당신 피를 마시게 한 것은, 그러지 않으면 토라키 님이 살해당할지도 모른다고 생각했기 때문입니다. 아이리스 예레이…… 당신은 안 무섭나? 늘상 말이다. 우덜이 토라키 님을 지킬 수는 없는 기라…… 하아."

미하루는 한 번 눈을 깔고, 다시 한번 토라키를 보았다.

"토라키 님. 사람의 긍지를 계속 가지는 그 정신은 고귀합니다만, 힘없는 정의에 의미가 없는 것 또한 현실입니다. 지금, 흡혈귀인 이상『피』에서 도망치는 것을, 저는 추천하지 않아요. 만약 오늘 하토리 리사에게 살해당했다면…… 와라쿠 장관이 어떻게 생각했을지, 잘 생각해 주세요."

그 말만 하고서, 미하루는 토라키의 대답을 안 듣고 홀을 나섰다.

히키 가문 사람들이 리사 일당을 연행하고, 못박혀 있던 나카우라 일행을 해방하는 모습을 보면서, 토라키의 머릿속에서는 리사와, 아이리스와, 그리고 미하루의 말이 빙글빙글 맴돌았다. 기껏 사태가 수습됐는데도, 전혀 마음이 진정되질 않았다.

밤 12시, 자동문이 열리고 익숙한 얼굴이 지친 표정으로 훌쩍 들어왔다.

"아, 토라키 씨 수고~. 카페라떼M 부탁해."

"아카리?! 야야, 이런 시간에 웬일이야?"

프론트 마트 이케부쿠로 동5쵸메점을 경영하는 무라오카의 딸인 무라오카 아카리가, 나른하게 손을 흔들면서 계산대 앞에 다가왔다.

고교생이 돌아다녀도 되는 시간이 아니지만, 아카리는 개의치 않고 토라키에게 슬림폰을 내밀었다.

"그게, 알림을 보는 게 완전 늦었거든. 오늘 도착한다고 생각하니까 가만있을 수가 없었어."

주문한 카페라떼를 토라키가 준비하고 있는데, 아카리가 슬림폰의 화면을 보여줬다.

"택배 배달 수령이구나. 밤늦게 돌아다니면 위험해. 내일 오면 되잖아."

"그때는 토라키 씨가 구해줄 거잖아. 요전에도 초등학생 구해줬다며?"

"아니, 그런 문제가 아니고……."

"와 버린 건 어쩔 수 없잖아! 얼르은~!"

"그래 알았어 알았다고. 먼저 카페라떼. 짐은…… 아~ 이

건가?"

토라키는 카운터에 카페라떼를 두고, 카운터 뒤에 쌓여 있던 오늘 날짜의 편의점 수령 택배 속에서 안에 완충제가 들어 있는 포장을 발견했다.

"일단 전표 확인해."

"응. 맞아. 이거야. 고마워."

수령 처리를 하고 포장을 건네자, 아카리는 그 자리에서 포장을 열기 시작했다.

"짜~안! 이거 봐! ZACH의 초대랑 2대 색소폰이 딱 한 번 함께 레코딩한, 라이브 한정 CD! 인터넷 옥션에서 찾았어! 엄청 우연히! 거기다 고작해야 1500엔. 사는 수밖에 없지!"

"헤에. 하지만 왜 편의점 수령이야? 중요한 물건 아냐?"

"어? 인터넷 옥션에서 자택 수령을 할 리가 없잖아."

이유는 전혀 가르쳐주지 않았지만, 극히 당연하게 말해서 토라키도 그런가 하는 말밖에 못했다.

"우와아, 재커리는 이때부터 그윽하네~."

언제 발행된 CD인지는 모르지만, 지난 8년 이내의 일일 테니까 흡혈귀인 재커리의 외견이 그렇게 변했을 리가 없었다.

종이 재킷에 재커리와 애나를 포함한 지금의 ZACH에 더해, 본 적이 **있는** 남성이 한 명 찍혀 있었다.

토라키는 얼마 전에, 이 선대 『Z』과 만날 기회가 있었다.

"요즘 재크가 날더러 음악을 하라고 시끄럽게 군단 말이지. 기회가 있으면 들려줘."

"재커리 본인한테 그런 말을 듣는 사람한테 CD를 빌려주는 의미 있어?"

그렇게 말하면 그럴지도 모른다.

"그~러게~. 재커리의 사인을 받아주면, 빌려줄게."

"뭐 그 정도라면야……."

"야호! 약속이야! 그럼 이거, 지금 건네둘게!"

"어?! 지금?!"

"응. 왜냐면 사인이 있느냐 없느냐로 들리는 소리가 달라."

그런 일은 없다고 생각하지만, 아카리는 토라키에게 CD를 떠넘기고…….

"아빠랑 엄마도 기대하고 있으니까, 일찍 부탁해. 그러면 수고!"

카페라떼를 손에 들고, 서둘러 나가 버렸다.

"아, 조심해서 돌아가라! 농담이지……. 난처하네."

중요한 거라고 한 것을 일하는 도중에 맡게 되면, 그것만으로도 보관이 걱정된다.

"여고생이 의지해주니까 싫은 기분은 안 들면서~."

"우왓?!"

언제부터 거기 있었는지, 귀 바로 옆에서 쉬이링이 속삭인 탓에 토라키는 CD를 떨어뜨릴뻔했다.

"위, 위험하잖아!"

"아니, 토라키 씨가 심야에 젊은 애한테 연줄로 의지를 받아 싫은 기분은 안 든다는 표정이라서요. 무심코."

"악의적인 해석에도 한계가 있어봐라."

"하지만 정말이잖아요. 아, 휴식 끝났어요. 토라키 씨 오늘은 이제 이 시간에 퇴근이죠? 어서오세요~."

"이봐아."

손님이 들어왔으니 계산대 안에서 더 이상 대화를 할 수도 없다. 토라키는 어쩔 수 없이 아카리가 개봉한 포장을 주워 직원실로 물러났다.

일단 종이 재킷에 상처가 안 나도록 포장에 다시 넣어서, 다음에 언제 재커리랑 만나는지 달력을 보고 문득 깨달았다.

"분명히, 다음 주까지 있는다고 했지."

토라키는 슬림폰을 꺼내, 전화를 걸었다.

"아, 여보세요? 햐쿠만고쿠. 지금 괜찮냐? 내일 너 시간 있어? 그래. 밤에. 당연하잖아. 미안하지만 또 배에 실례하고 싶은데? 좀 만나러 갈까 해서…… 미안하네. 그럼 부탁한다. 만나는 장소는 모토마치 중화가의 역 앞에서."

생각보다 쉽사리 받아들여서 토라키는 가슴을 쓸어 내렸다. 그 뒤로 일주일. 어떤지 신경 쓰이기도 하니까, 마침 잘 됐다.

"기왕 기회가 있으니까. 양쪽 사인을 다 받으면 아카리도 기뻐하겠지. 재크랑 애나 씨한테는 다음에 부탁한다 치고, 그리고 햐쿠만고쿠가 잘 처리해주면 딱 좋네."

토라키는 포장용으로 상비되어 있는 테이프로 CD 포장을 다시 하고서, 소중하게 옆구리에 끌어안은 채 타임카드를 찍고 직원실을 나섰다.

돌아갈 준비를 마친 어깨에, 검은 악기 케이스를 메고 있었다.

"희한하네요. 토라키 씨가 커다란 짐을 가지고 있는 거. 그거 뭔데요?"

"이제부터 재크랑 수련이야. 그거에 쓰는 거지."

"이 시간부터요? 공공센터는 안 되잖아요?"

"이케부쿠로에 24시간 영업하는 대여 스튜디오가 있어. 요즘 거기서 하는 일이 많아. 늦으면 시끄러우니까 그만 간다."

"어? 스튜디오. 어, 혹시 그거 악기 케이스인가요?"

쉬이링은 토라키의 수련을 전투 훈련이라고 생각했기 때문에, 스튜디오라는 단어가 도무지 연결되지 않았다.

그러나 토라키는 개의치 않고 손을 흔들더니, 추위 속에서 몸을 움츠리며 달려가 버렸다.

"설마, 토라키 씨까지 재즈를 시작하는 건 아니겠죠?"

쉬이링은 그것을 배웅하고 탄식했다.

"언제나 남 일부터. 조금 더 자신을 위해서 살면 좋을 텐데."

토라키가 물러간 자동문을 배웅한 쉬이링의 귀에, 주술 부적의 귀걸이가 흔들리고 있었다.

"하지만, 그래도 동료가 늘어난 것 같고, 목표에 다가간 모양이니까, 세상 일은 알 수가 없네."

쉬이링은 주술 부적의 귀걸이를 떼고 주머니에 넣었다.

"흡혈귀가 되는 거, 포기하는 게 좋으려나아."

　요코하마 항에 계류되어 있는 그 배는, 언뜻 용도를 알 수 없는 배였다.

　실루엣만 보면 화물이 가득한 컨테이너선이지만, 전체가 하얗게 물들어 있는 탓에 계류되어 있는 배들 중에서 한층 이채를 뽐고 있었다.

　선샤인의 홀에서 리사와 싸우고 사흘 뒤, 토라키는 무슨 인과인지 또 요코하마 항을 찾아왔다.

　"이동 성역, 태양의 배. 암십자가 자랑하는 팬텀 수용시설. 제1호선이야."

　아이리스가 미는 휠체어에 탄 올포트가, 그 위용을 올려다보며 말했다.

　"1호?"

　"이 배 한 척으로 전세계의 암십자가 붙잡은 팬텀을 수용할 수 있을 리 없잖아. 같은 규모의 배가 열 척 더, 전세계를 항해하고 있다. 가지."

　올포트와 아이리스를 선두로, 토라키, 미하루, 재커리, 그리고 애나가 부두의 선착장으로 향했다.

　가만 보니 부두는 물론이고, 배 여기저기에 보초 같은 수도기사들의 모습이 보였다.

　"이 경비라면, 아무리 그래도 도쿄 주둔지 같은 일은 일어나지 않겠군."

재커리가 가볍게 찌르지만, 올포트는 그것을 간단히 흘렸다.

"아아. 이번 일로 본국에서 나에 대한 징계가 내려오겠지. 그쪽이 입구야."

일본인이 아닌 수도기사가 올포트와 뭔가를 이야기하고, 토라키 일행을 보면서 의문스런 표정을 지었다.

그도 그럴 것이다. 올포트와 아이리스 말고는 모두 팬텀이니까.

그러나 최종적으로는 올포트가 뭔가 한 마디 보태서, 수도기사는 길을 열었다.

"자, 간다. 앞으로는 여기서, 리사 하토리 일당이 생활하게 된다."

리사의 습격을 받은 올포트와 도쿄 주둔지는 긴급 사태를 맞이해 센다이와 나고야의 주둔지에서 지원을 받게 되고, 히키 가문이 구속한 리사 일행을 인계 받았다.

다행히, 라고 해야 할지. 리사 일당이 붙잡았다는 아미무라는 『보관』되어 있었다.

포박되어 있던 흡혈귀는 아미무라뿐이 아니었다. 완전히 의기가 꺾여버린 쥬리의 진술로, 그들은 그 다음에 태양의 배를 습격하기 위한 『스톡』이었다는 것이 판명됐다.

태양의 배 운항 계획을 일개 흡혈귀가 알고 있는 것 때문에, 센다이와 나고야의 암십자는 상당히 리사 일당을 경계하고 있었다.

그러나 어쨌든지 배경 조사는 도쿄 주둔지에서 다 처리 못

한다고 판단을 내리고, 결과적으로 리사 외 몇 명의 흡혈귀는 태양의 배에 『수용』되는 것이 결정됐다.

리사 말로는 팬텀에 대해 인체실험을 해서, 올포트 같은 수도기사가 쓰는 특수능력을 빼앗고 있다고 했는데……

"재커리 힐. 애나 시레느. 이 배에는 네놈들이 잘 아는 남자도 타고 있다."

"어?"

토라키와 아이리스가 돌아보자, 재커리와 애나가 태연하게 고개를 끄덕였다.

"당연히 알고 있지. 그래서 왔다."

"8년만이네. 안에 악기는 있을까?"

재커리와 애나가 아는 누군가.

새하얀 외견에 비해, 내부는 무슨 고급 리조트 같은 내장이었다.

적당한 공조 시설이 돌고 있는 복도를 걷자, 수도기사가 보초를 서는 게이트 너머에, 남성 한 명이 유리 너머로 이쪽에 손을 흔들고 있었다.

"안녕? 오랜만이군. 애나. 그리고 힐."

"오랜만. 건강해 보이네."

애나가 남성에게 달려가 서로 허그하자, 재커리가 토라키와 아이리스에게 말했다.

"저 녀석은 자카리아 존슨. ZACH의 선대 색소폰이고, 놈도 흡혈귀야."

재커리와 애나의 재즈밴드 선대 색소폰.

생각해 보면 두 명의 동료인 찰리와 휴버트가 팬텀을 알고 있었으니, 선대도 팬텀이라 해도 신기할 것이 전혀 없었다.

"자카리아 존슨. 사흘 전에 들어온 흡혈귀 소녀의 상태는 어떻지?"

"아아, 올포트. 리사 말이군. 아무리 그래도 아직 마음을 열어주진 않아요. 다만, 재기는 빠를 것 같군. 딱 한 번, 악기를 만진 흔적이 있었으니."

"리사가 ZACH의 선대에게 악기를?"

아이리스가 놀라서 올포트와 자카리아, 그리고 재커리를 보자, 재커리가 갑자기 토라키와 어깨동무를 하고 말했다.

"언제나 말을 했잖아. 흡혈귀로 살아갈 거면 취미를 가지라고."

리사가 구금되어 있는 방은, 겉으로는 비즈니스 호텔의 방과 다를 바 없는 모습이었다.

토라키는 올포트와 함께, 방의 창 너머로 리사와 면회하고 있었다.

"실제로 살기는 편해. 밥은 좀 미묘하지만."

리사는 고개를 숙인 채 또박또박 말했다.

"참견쟁이가 색소폰을 두고 갔거든. 한가하기에 만져봤는데, 어디를 어떻게 하면 되는 건지 전혀 모르겠어."

"실은 나도 하고 있어. 어렵지."

"악기 따위 초등학생 때 학교에서 했던 리코더 이후 처음이야. 가능하면 피아노를 해보고 싶었지. 우리 집은 가난해서 그런 걸 못했거든."

"색소폰도 어지간한 피아노보다 훨씬 비싸다던데."

"응. 그렇지. 사치스런 말을 할 수 없는 건 알아. 이 환경, 들었던 거랑 상당히 다르고. 매일 몇 시간이나 건강 진단이나 검진 같은 걸 받으니까 귀찮지만."

리사의 옷도, 형무복 같은 획일적인 것이 아니라 토라키 일행 앞에서도 입었던 적이 있는 그녀의 사유품이었다.

"그것이 그냥 귀찮다고 끝날지, 네놈이 타카시 카라스마에게 들은 것처럼 비인도적 실험의 대상이 될지는, 네놈들의 태도에 따라 다르다. 그건 잘 알고 있겠지?"

"그래요그래. 잘~ 압니다. 휠체어에서 노려봐도 박력이 없어. 나이트워커 씨."

못을 박은 올포트에게, 아는지 모르는지, 리사는 눈길도 주지 않았다.

"그렇지. 쥬리는 어쩌고 있어?"

"이제 팔은 나았어. 지금은 히키 가문의 감독 아래 옐로우 거베라에 복귀했다."

"그래."

리사는 처음으로 미소를 보였다.

"오빠 말이야. 내가 사실대로 말 안 해서, 옐로우 거베라의 전부가 거짓말이라고 생각해?"

"……아니."

옐로우 거베라를 방문했던 그 날 본 아이들이나 지도원들의 모습까지 토라키 일행을 속이기 위한 것이었다고 생각하기는 어렵다.

요시아키도 수상하단 정보를 주지 않았고, 옐로우 거베라의 운영 자체는 간판 그대로 하고 있다고 생각해야 하리라.

"이데히 씨가 옐로우 거베라에 돌아갔을 때, 지도원들도 아이들도 환영해줘서, 울더라. 하지만 네 힘이 되지 못해서 미안하다고도 했어."

이데히 쥬리는 리사 일당 중에서도 가장 젊은 흡혈귀였으며, 흡혈귀화한지 5년째. 연령도 외견과 거의 변함없는 30세.

리사가 데이워커의 전력을 갖추는 도중에 만난 흡혈귀로, 가족이 피를 나눠줘서 조용히 생활하고 있었는데, 옐로우 거베라에서 다시 사회에 나올 수 있었다.

흡혈귀로서 살아가는 방법을 가르쳐준 리사에게 심취해 있었지만, 데이워커화는 리사가 사냥한 흡혈귀의 심장을 썼기 때문에 쥬리 자신은 누구 한 명 죽이지 않았다.

이런 정보를 암십자와 히키 가문이 인정한 것은 리사가 쥬리의 면죄를 바라며 자백한 것에 더해, 나구모의 『카피』로 그 증언을 뒷받침한 것이 컸다.

"이데히 쥬리의 신병은, 히키 가문이 맡게 됐습니다. 또한 카라스마가 사라진 뒤 끊어졌던 지원은 히키 가문이 이어서

하겠습니다. 그 야간 학동의 이후 운영에 대해서는 걱정할 것 없어요."

"알겠습니다. 고맙습니다."

미하루의 말에 대해서는 리사가 확실하게 고개를 든 다음에 고개를 숙었다.

"하아…… 옐로우 거베라가 괜찮다면, 이제는 됐어."

쥬리 말고 다른 흡혈귀나 리사는 파악하고 있는 것 외에 수많은 흡혈귀를 살해한 것 말고도, 암십자에 적대하는 테러를 주도했기에 방면되지 않았다.

본래는 히키 가문에서도 암십자에서도 그 자리에서 토벌해도 이상하지 않은 상태였지만, 올포트와 나카우라가 『데이워커의 연구를 위해서』라는 명목을 내세워 태양의 배에 수용하는 것이 결정됐다.

허를 찔려 습격 받은 두 사람 말로는, 살아 있는 데이워커 흡혈귀는 단순하게 데이터가 적기 때문에 이제부터 긴 시간을 들여 연구 대상이 된다고 한다.

"……리사."

"……고마워. 아직 이름으로 불러주네, 오빠."

리사가 작게 웃었을 때 창 너머에 있는 문이 열리고, 수도기사와는 다른, 의료용 스크럽 셔츠와 팬츠 같은 제복을 입은 남성이 들어왔다.

"리사. 검사 시간이라고 한다. 그만 가자."

"아아, 오빠. 알았어."

리사가 돌아보고 일어서더니. 토라키 일행에게 손을 흔들었다.

"그럼 또 봐, 오빠."

리사가 홀가분해진 표정으로 문 너머에 사라지고, 리사의 오빠인 하토리 히로시도 유리 너머로 토라키 일행에게 인사를 하고 물러갔다.

"야, 올포트. ……리사 일행이 이 배에서 내리는 날이 오는 거냐?"

"어렵겠지. 놈은 동족을 너무 죽였다. 지로 나타시 살해나, 그 심장을 일당이 나눠서 먹은 결과, 그냥 데이워커가 아니라 『피의 연동』마저도 보이고 있어. 연구대상으로서, 오랜 기간 관찰하게 될 거다."

"그것도 전부, 그녀가 흡혈귀만 되지 않았다면 없었던 일이야. 이 배에 리사의 『부모』가 있다고……."

"그것도 분명하지 않아. 그녀가 그렇게 믿고 있는 것뿐이지. 조사도 연구도 이제부터다. 뭐…… 『부모』의 피를 빨면 인간으로 돌아갈 수 있다는 이야기가 정말이라면, 그 순간까지 그녀는 여기서, 암십자의 자료로서 살아갈 수 있게 되겠지."

리사가 규탄하는, 비인도적인 실험 시설이 아니었다. 그러나 한편으로 형편 좋게 표본으로 취급되는 것은 분명한지, 미하루가 기피하는 것 또한 이해할 수 있었다.

"그래도 그녀는 운이 좋다. 가족이 함께 배에 있고, 어쩌면 인간으로 돌아갈 수 있을지도 모르니까."

"행운, 인가?"

흡혈귀가 되어 수십 년이나 어린아이 모습 그대로였고, 기어이 신병의 자유도 잃었다.

설령 여기서 오빠와 평온한 생활을 얻는다고 해도, 그것은 과연 행운일까?

"행운이야. 한없이 행운이다. 더 이상 죄를 짓지만 않으면, 사랑하는 가족과 함께 살아갈 수 있다. 그것보다 더한 행운이 있을까?"

"저 오빠는 인간이야. 리사보다 먼저 죽지."

"남기는 자와 남은 자가 있는 것은 인간도 다를 바 없다. 그걸 극복하는 것도, 극복하지 못하고 포기하는 것도, 또한 인생이지."

올포트는 휠체어를 회전시켜, 면회 스페이스를 나가고자 했다.

"그렇군. 내 인생에서 지금 처음으로, 팬텀의 의견에 찬성하고 싶은 게 생겼다."

"어?"

"오래 살아갈 거라면 취미를 가져야 한다. 만약 리사 하토리가 앞으로, 오빠를 잃는다고 해도, 마음을 담아서 전념할 수 있는 것이 있다면, 그녀는 그것을 극복할 수 있다. 딱히 그게 음악일 필요는 없겠다만."

"야, 올포트. 재크의 그 말은 이어지는 말이 있어. 『싸움은 일은 되어도 취미는 못 된다』라는 거.”

“그게 어때서?”

“나이트워커, 라는 건 뭐야?”

“…….”

“리사는 카라스마 씨에게, 수도기사들이 보이는 초상적인 힘의 원천이 이 배에 있다고 들었어. 아까 말한 조사나 연구의 결과가 그거라면, 당신은『나이트워커』말고 뭐가 있지?”

“……일개 흡혈귀가, 암십자 기사단장의 인생을 평가할 셈인가?”

“너 같은 거 알게 뭐야. 아이리스가 앞으로 어떤 길을 골라도 괜찮도록, 선배가 각오했을 때 이야기를 들려주고 싶을 뿐이야.”

돌아본 올포트는 한 순간 눈을 동그랗게 뜨고, 그 뒤에 작게 웃음을 뿜었다.

“뭔데!”

“또 예레이의 기사가 그렇게 되는 건가 싶어 역정이 났을 뿐이다.”

“뭐?”

“미하루 히키에게 등 뒤에서 찔리지 않도록 부디 조심해. 그리고, 나이트워커에 관해서는 암십자의 최고기밀에 속하는 거다. 이번에 네가 한 일을 비추어 봐도, 가르쳐줄 수는 없어.”

올포트가 먼저 면회실을 나서고, 홀로 남은 토라키는 유리 너머에 있는 리사의 색소폰을 보았다.

"취미, 라……."

※

"……에에?"

재커리가 지정한 스튜디오에 들어가자마자 토라키는 의문스런 소리를 냈다.

평소처럼 재커리가 색소폰을 끌어안고, 애나가 피아노 옆에 있었다.

그건 좋은데, 어째선지 미하루가 샤미센#3을 끌어안은 채기다리고 있었다.

"안녕? 유라. 좋은 밤이네."

"네에."

애나의 인사에도 건성으로 대답할 만큼, 색소폰과 피아노 사이에 끼인 샤미센은 이채를 뽐고 있었다.

"어어어, 미하루. 무슨 일이야?"

참으로 얼빠진 질문이지만, 달리 물어볼 도리가 없었다.

"무슨 일, 이 아닙니다. 토라키 님."

"뭐가?"

"저, 태양의 배에서 듣고 놀랐어요. 저는 분명 토라키 님이 재커리 힐에게 전투훈련을 받고 있을 거라 생각했는데,

---

#3 샤미센 일본의 전통 현악기. 고양이 가죽으로 만든다는 이야기가 유명하다.

이런 일을 하고 계셨다니. 음악이라면 저도 일가견이 있습니다."

디리링. 미하루가 멋들어진 손놀림으로 바치#4를 움직여 날카로운 소리를 울렸다.

"아니 딱히 나는 재크한테 음악을 배우는 게 아니고, 이것도 흡혈귀의 힘을 끌어올리기 위한 수련이야. 내 색소폰, 재크한테 빌린 은제 색소폰이라 그걸로 스태미나를…… 어."

토라키는 필사적으로 설명했지만, 어째선지 미하루는 불만스런 표정으로 눈을 적셨다.

"너무하세요, 토라키 님. 어째서 저한테 그런 거짓말을……."

"어? 아, 아니 거짓말 아니거든?! 어, 야 재크, 애나 씨, 그렇지?!"

"그렇다면 어째서!"

그 순간, 토라키의 등 뒤에서 스튜디오의 문이 열렸다.

"다들 미안해요. 늦어서……어."

"아이리스 예레이는, 여기로 부르신 건가요!"

"미, 미하루?! 왜 있는 거야?!"

토라키 뒤에서 들어온 것은, 중간부터 달려왔는지 숨이 가쁜 아이리스였다.

전혀 그런 사실은 없지만, 미하루의 기백에 밀린 토라키는 연인에게 바람이 들킨 남자처럼 당황해 버렸다.

"아, 아니, 딱히 깊은 의미는 없어. 내가 이런 걸 하고 있

#4 바치 샤미센의 현을 퉁기는데 쓰는 기구. 기타의 피크와 같은 용도.

는데 애나 씨가 협력해주고 있다고 말했더니, 이번에는 꼭 아이리스도 참가하고 싶다고 해서, 그래서……."

"깊은 의미는 없다니, 그래? 유라. 내 피아노를 들어줄 약속을 지켜주는 건 줄 알았는데……."

그러자 이번에는 아이리스가 어쩐지 상처 받은 표정을 지어서, 토라키는 또 당황해 버렸다.

"아, 아니, 아니야! 그런 의미심장한 게 아니고! 그럴 생각은 분명히 있는데, 그러니까 애나 씨한테도 부탁해서 이렇게 왔잖아?!"

"그러면 왜 미하루가 있는데?!"

"내가 묻고 싶다!!"

"태양의 배에서 재커리 힐에게 들었습니다."

"파파!!"

"나는 물어보기에 대답한 것뿐이다."

일의 원인인 재커리는 딱히 미안한 기색도 없었다.

"아이리스 예레이. 자백하세요. 애나 시레느에게 피아노를 배워서 뭘 할 셈인가요?"

"뭐, 뭐라니 뭘."

"애나 시레느는 노래와 음악으로 재앙을 일으키는 사이렌 일족이라고 들었습니다. 설마, 피아노를 핑계로 토라키 님을 유혹하려는 생각을 한 건 아니겠죠!"

"무, 무뭐머?! 그, 그런 생각을 할 리가 없잖아! 나, 나는 그저, 유라랑 같이 애나에게 피아노를 배우러 온 것뿐이야!!"

선샤인의 싸움에서, 삼삼오오 도망치려고 한 리사 일당의 발을 묶은 피아노와 노래는 애나의 소행이었다.

현대에는 바다의 마물이나 인어로 전해지는 사이렌이지만, 그 원전은 과거에 토라키가 말한 것처럼 새의 마물.

애나는 4백년의 나이를 헤아리는 사이렌의 일족이었다. 음악은 물론 새의 성질을 온전하게 살린 전투술로, 공공센터의 수련에서는 재커리 이상으로 토라키를 희롱했다.

그리고 지금, 미하루의 이야기에 애나는 크게 손가락을 퉁겨 소리를 냈다.

"아아. 그건 좋은 아이디어네. 리틀 아이리스, 리틀 미하루. 모처럼 왔으니 사모하는 사람을 포로로 삼기 위해 좋은 곡을 가르쳐줄까?"

"돼, 됐어요!"

아이리스는 얼굴이 새빨개져서 고개를 옆으로 저었지만.

"부디 부탁드립니다."

아이리스에게 엉뚱한 의혹을 건 미하루는 진지하게 가르침을 청하는 자세였다.

"미하루는 뭘 하고 싶은 건데! 애나한테 그런 말을 하다니, 프라이드가 없는 거야!"

"토라키 님과 맺어지기 위해서라면 수단을 가리지 않아요. 그게 저의 프라이드입니다."

"나는 수련을 하러 왔는데……."

애나를 둘러싸고 영문 모를 말다툼을 시작하는 아이리스

와 미하루를 보고, 토라키는 엄청나게 지쳤지만, 그 토라키의 엉덩이를 재커리가 두들겼다.

"이것도 수련이야."

"어디가!"

"자기를 소중히 생각해주는 여자를 상대해주는 법도, 인생을 풍요롭게 해주는 수련이야. 인생을 풍요롭게 하는 것은, 얼마든지 있어도 난처할 것 없지."

"이 두 사람이 싸우기 시작하면 난처한 일밖에 없는데!"

"그걸 잘 제어하는 것도 네 능력이라는 거지. 뭐, 지금의 너는 무리군."

"초단위로 내치지 마!"

"저는 토라키 님이 토라키 님인 한, 언제 어떤 때라도 받아들일 준비가 되어 있으니까 말씀해 주세요!"

"미하루! 아직 얘기 안 끝났어!"

"입 다무세요, 도둑고양이!"

"당신 같은 교활한 뱀에게 유라는 안 넘겨!"

고양이와 뱀의 등 뒤에, 지금 또 다시 호랑이와 용의 에너지가 솟았다.

"자아, 여기는 음악의 장이야. 이 자리의 우열은 음악으로 정하자. 유라. 재크. 준비됐어?"

애나의 신호에 맞추어, 아이리스는 미하루를 노려보면서 피아노 앞에 앉고, 미하루는 송곳니를 드러내면서 샤미센을 조율했다.

"이건 네가 나설 막이 없군."

그리고 1시간, 토라키의 음악 레벨로는 대항할 수 없는 랩 배틀이 아닌 음악 배틀이 펼쳐졌다. 그리고,

"유라!"

"토라키 님!"

"리틀 아이리스와 리틀 미하루의 음색. 유라는 어느 쪽이 취향이야?"

앞도 뒤도 지옥인 선택을 강요받았다.

※

오전 4시 반.

메이지로마저 오가는 차가 뜸해지는 시간을, 토라키와 아이리스는 나란히 걷고 있었다.

"그건 그렇고 유라, 굉장하잖아. 이 짧은 기간에 한 곡 불 수 있게 되다니."

"딱히 대단한 건 아냐. 재크랑 애나 씨와 미하루가 반주를 띄워준 것뿐이지."

파헬벨의 카논으로 고작 8음밖에 연주 못하는 토라키에 맞추어, 재커리와 애나, 그리고 미하루가 곡을 맞추자, 마치 자신이 초절기교를 얻은 것 같은 착각에 빠지는 음색으로 들렸다.

"평소의 나랑 똑같았어. 아직 남의 도움이 없으면 아무것

도 못하는 거나 마찬가지인 상태야."

"정말로 아무것도 못한다면, 파파도 어쩌지 못하는걸. ……그리고 분하지만, 내 피아노보다 미하루의 샤미센이 기술적으로 뛰어났어. 유라가 아직 멀었다면 나도 아직 멀었어."

"내가 미하루의 샤미센이 더 좋다고 하니까 화냈으면서."

"그거랑 이건 별개야! 알잖아!"

둘 다 좋다. 그걸로 납득하지 못했다. 그러나 아이리스의 피아노에는 애나라는 비교대상이 있었다. 씁쓸한 결단으로 미하루의 샤미센을 지지했더니, 미하루는 한도 없이 승리를 뽐냈다. 아이리스는 분함인지 분노인지 질투인지 모를 표정으로 스튜디오 종료 시간까지 계속 토라키를 노려보았다.

"하지만 들어봐. 나 조금 큰 맘 먹고 산 거 있어. 이거 봐."

아이리스의 슬림폰 화면에는, 토라키도 들어본 적 있는 악기 메이커의 전자 키보드가 표시되어 있었다.

"이거라면 낮에 연습하고, 유라가 일어날 시간 정도라면 맨션에서 소리를 내도 혼나지 않을 거고, 가지고 다닐 수 있으니까 파파나 애나 씨가 없을 때도, 유라의 수련을 도울 수 있어!"

"괜찮겠어? 꽤 비싸 보이는데."

"조금이라도 유라에게 돌려줄 수 있는 건 돌려줘야지. 애당초 나 혼자서는 미하루를 당해낼 수 없는 일들뿐이니까."

신기하게도 그런 점은 인정하는 모양이다.

"그러면, 뭐 시간이 있을 때는 의지할게."

"맡겨둬!"

아이리스는 기뻐하며 고개를 끄덕이고 슬림폰을 넣더니, 지금 생각난 것처럼 토라키를 올려다보았다.

"그러고 보니 시스터 유우리에게 들었어. 또 태양의 배에, 리사를 만나러 가?"

"이제 곧 일본을 떠난다며. 그리고 뭐 아카리한테 부탁 받은 게 있어서, 기왕 가는 김에 자카리아한테 옛날이야기를 들어두고 싶어."

"파파의 선대 색소폰이 태양의 배에 있다니, 들은 적도 없었어. 만약 가능하면, 그런 사정도 들어줄 수 있어?"

"재크가 말을 안 하니까 그다지 기대는 하지 마. 나도 재크의 옛날 일 같은 거 듣고 싶기는 한데."

이윽고 조우시가야 역 쪽으로 꺾은 길에 이르러, 두 사람은 조우시가야의 거리에 발을 들였다.

"있잖아, 유라. 『나이트워커』에 관한 거 말인데."

"올포트가 기밀이라고 했잖아. 무리해서 말 안 해도 돼……."

"아니. 당신은 알았으면 좋겠어. 나하고도 관계가 있는 일이니까. 하지만, 나도 딱히 그렇게 자세히 아는 건 아니야."

듬직함이 부족한 서론이지만, 아이리스는 이야기를 시작했다.

"이야기 자체는 간단해. 흡혈귀처럼 육체의 구조를 치명적으로 변질시키는 성질이 아니라면, 팬텀의 『핵』이 되는 부위를 이식해서 태어나는 것이 『나이트워커』야. 대개의 팬텀은 밤에 더 힘이 늘어나니까, 낮에는 힘이 제한되잖아. 그래서 나이트워커의 힘도, 밤이 더 강해. 시스터 올포트는, 다수의 팬텀의 능력을 가진 현역 최강의 기사이며, 나이트워커야."

팬텀의 부위를 이식한다.

리사나 태양의 배에 대해서 들어보면, 일의 시비는 제쳐두고 그 사실에 그렇게까지 놀라지도 않았으며, 충분히 상상할 수 있는 것이었다.

"하지만, 모두 나이트워커가 될 수 있는 게 아냐. 인간의 장기 이식과 마찬가지로 적합하지 않으면 능력을 얻을 수 없고, 적합하지 않은 이식은 치명적인 장애를 일으켜. 그러니까 오히려, 시스터 올포트 같은 사람은 암십자 안에서도 극히 드물어."

"그렇군."

그런 기사가 당연하게 있으면, 그야말로 팬텀은 수백 년 전에 근절되었을 것이다.

그러나 거기까지 생각하고서 문득, 토라키는 아이리스를 보았다.

그 옆모습은 가라앉아 있었다.

"나도, 시스터 나카우라도, 시스터 유우리도, 나이트워커가 아냐. 적성검사를 받고서 걸러졌어. 하지만…… 나, 파파나 미하루 정도는 아니지만 강하잖아? 어째서일까? 생각해 본 적은, 있어. 그리고 우리 엄마는…… 유니스 예레이는 나이트워커가 아니었는데도, 현역 최강의 나이트워커인 시스터 올포트와 호각의 힘을 가지고 있었어. 어째서일까? 지금도 생각해. 나랑 쉬이링이, 강시의 도술을 쓸 수 있는 이유도."

쉬이링은 아이리스처럼 초인적인 체술은 못 가졌지만, 그 래도 강시의 도술을 행사할 수 있다.

초인적인 체술과 체력을 가진 아이리스는 그 쉬이링에게 술법을 배워, 금방 그것을 행사했다.

"『인간』이라는 건, 대체 뭘까? 생각하는 일이 늘었어. 당신을, 좋아하게 된 뒤부터."

"아이리스……."

"그야, 인간이 흡혈귀가 될 수 있는걸. 그리고 인간과 흡혈귀는, 겉보기에는 전혀 차이를 알 수가 없어. 나는…… 우리들 수도기사들은…… 어쩌면……."

"인간사회에서 살아가면 인간이야. 그거면 되잖아."

토라키는 움츠린 아이리스의 등을 두드렸다.

고개를 들자, 그곳은 어느샌가 두 사람이 사는 블루로즈 샤토 조우시가야 앞이었다.

"카라스마 씨도 리사도, 아이카도, 인간사회 안에서 인간답게 행세하면서 살고 있어. 그 녀석들이 인간 행세를 하고 있으니까, 우리가 인간이라고 해도 누가 불평을 하겠어?"

"……응."

"그렇다고 딱히 팬텀이 나쁜 게 아냐. 미하루나 나구모, 아미무라나 사가라나 시라카와 씨, 그리고 교토에서 만나 이야기를 들은 녀석들도 뭐 어떻게든 이 세계에서 제대로 생활하고 있어. 리앙 씨는 인간인데 팬텀 세계에서 살아가고 있었다는 나하고는 대조적인 입장에 있지만, 아이덴티티가 난처해 보이지도 않고. 정답은 나랑 아이리스라도 크게 다르고, 절대적인 정답 따위는 찾는 것 자체가 틀린 거야, 분명히."

"그런, 걸까?"

"그런 걸로 해둬. 밤중에 여러모로 귀찮은 생각을 너무 한다. 이 시간까지 끌고 다닌 내가 할 말은 아니지만, 얼른 자고 낮에는 어디 밖에 밥이라도 먹으러 다녀와."

맨션 입구에서 공용 복도에 들어가, 토라키와 아이리스는 제각각 104호실, 103호실 앞에 섰다.

"하지만…… 역시 아직 나는, 밖에서 혼자 밥을 먹는 거, 어려워. 남성 점원이, 무서워서."

"그런 말을 하다 보면 정말로, 앞으로 생활을 못하게 된다."

"어쩔 수 없잖아. 이 성질은 그렇게 간단히 낫는 게 아니니까…… 아, 그렇지."

"응?"

"이제 곧 와라쿠 씨의 병문안, 가도 될 무렵 아냐?"

"그래, 그렇네."

아키타에서 시라카와와 함께 도쿄에 돌아온 와라쿠는, 리사와 싸우고 이틀 뒤에 입원하여 사흘 전에 최초의 수술에 임했다.

요시아키의 연락으로는, 아직 뭐라 단정할 수는 없지만 그래도 수술은 앞으로의 전망이 보이는 결과였다고 한다.

"낮에 병문안 선물 사둘게. 이케부쿠로 역의 지하라면, 여성 점원의 가게를 고르면 괜찮으니까."

"미안하네. 부탁할게."

"맡겨둬."

아이리스는 크게 고개를 끄덕이고, 문득 토라키 옆으로 다가섰다.

"응? 또 뭐……."

그리고 삭 발돋움을 해서, 토라키의 볼에 키스를 했다.

"잘 자, 유라. 내일 또 봐."

그리고 볼을 물들이면서 태양처럼 밝은 미소로, 발 빠르게 자기 집에 들어가 버렸다.

토라키는 키스를 받은 볼에 손을 대고, 당혹한 기색으로 웃음을 지었다.

"인사하기 전에 돌아가지 마."

쌍방향의 인사야말로, 인간 사회의 기본이다.

"……내일 또 보자. 잘 자라, 아이리스."

문 너머로 말하고, 토라키도 자기 집에 들어갔다.

오전 5시까지 조금 남았다.

동쪽 하늘이 벌써 하얗게 물들기 시작하고, 새로운 아침이 인간의 세계에 찾아오는 그 시간, 흡혈귀와, 흡혈귀를 둘러싼 자들과, 흡혈귀를 사랑하는 자들의 생활은 잠으로 돌아갔다.

— 끝 —

■작가는 언제나 후기의 화제를 찾고 있다
—— AND YOU ——

아침의 거실에서 커피를 마시고 있는데, 올해 (2022년) 초 등학교에 들어간 아들이…….

"아빠 이제부터 자는 거야? 안녕히 주무세요."

라고 말하게 됐습니다.

와가하라의 아버지는 근면성실한 샐러리맨이었고, 아침 일찍 눈을 떠 출근하고, 밤늦게 귀가하여 잠드는 남자였습 니다.

아버지가 된 와가하라는 아들이 초등학교 가는 시간에 자 고, 아이가 돌아오고 조금 있으면 깨어나는 부모가 되어버 렸습니다.

"Be living vampire life"【밤낮이 뒤집힌 생활을 보낸다】 인 부모는 아들의 눈에 어떻게 보일지 불안합니다만, 그래 도 야행성 생활을 그만둘 수가 없습니다.

오랜만입니다. 와가하라 사토시입니다.

어른이 되면 사람은 흔히 『시험 문제를 풀 수 없다』라거나 『수업에서 지명 당해도 대답을 못 한다』 같은 종류의 악몽을 꾸는 일이 있습니다.

그렇지만 와가하라의 경우, 현재 야행성 생활에 대한 불안이 꿈에도 영향을 끼치는 건지, 『아침에 못 일어나서, 특정한 요일의 오전 수업에 너무 결석하여 필요 출석일수가 부족해진다』라는 기이하게 구체적인 악몽을 정기적으로 꾸는 것이 고민입니다.

꿈속의 와가하라는 대개 수요일 오전의 수학과 영어 수업을 땡땡이치는 모양입니다.

고교도 대학도 일단 유급 없이 졸업을 했을 텐데. 그래도 아들의 초등학교 시간표를 보면 자신은 용케 초등학교를 졸업했다고 생각하니, 아마 이 악몽에는 평생 고민하게 되지 않을까요…….

본서에서는, 주인공 토라키가 드디어 긴 악몽에서 빠져나가기 위해 움직이기 시작합니다.

현실에서는 야간형 생활의 인간도 정말로 필요할 때는 낮에 활동할 수가 있고, 아주 약간 계기와 용기가 있으면 인간은 지금의 환경을 바꿀 수 있을 지도 모른다, 라는 겁니다.

다만 이런 말을 하고서도, 이런 이야기를 쓰고 있는 저는 분명 다음 이야기에서도 야간형 생활에 대해서 이것저것 종알종알 이야기를 하겠죠.

가능하면 그런 예언이 성취되지 않고, 아이가 존경할 수 있는 아침형 생활이 되기를 바라며, 또 다음 이야기에서 만나요.

그러면!!

■역자 후기

불초역자 인사 올립니다.

역자는 게임을 참 좋아합니다. 솔직히 싫어하는 사람이 그렇게 많지는 않을 겁니다.

역자의 게임 스타일은 차분하고 느긋한 편입니다. 막히는 부분이 있으면 천천히 재시도를 해보면서 이게 과연 역자가 못하는 것인가? 아니면 개발자가 의도한 요령이 따로 있는 것인가? 아니면 잘 먹히는 전략이 있는 것인가? 뭔가 쉽게 할 방법이 없는 것인가를 찾아요. 그래서 찾은 방법을 실행해서 잘 먹히면 참 즐겁죠.

그래서 시간제한 따위가 없는 퍼즐 게임 같은 건 꽤 잘 하는 편입니다. 대신 시간에 쫓겨야 하는 게임을 잘 못해요. 완벽 지향 주의자이기 때문에 시간에 쫓겨서 실수를 하게 되면 그걸 또 못 참고서 무심코 짜증을 내게 됩니다.

그리고 완벽 지향이기 때문에 또 파밍을 좋아합니다. 맵을 샅샅이 뒤져서 먹을 수 있는 아이템을 다 먹으면 그렇게 뿌듯할 수가 없어요.

전에 어느 게임이 맵에 있는 아이템을 다 먹으면 그 구역을 파랗게 표시해주는 사양이었기 때문에 개인적으로 블루

맵 신드롬이라는 용어도 멋대로 붙이고 있습니다. 맵을 모두 파란색으로 물들였을 때의 달성감은 그야말로 쾌감이라고 할 수 있어요.

뭐 그렇다고 스피드런을 부정하는 건 아닙니다. 오히려 스피드런 방송 같은 건 꾸준히 보고 있어요. 역자 자신이 잘 못하는 분야이기 때문에 자주 보면서 감탄하고 있어요.

그러니까 나한테 타임어택을 강요하지 말란 말이다.

젠장 왜 특전 습득 조건이 타임어택이냐고. 어? 내가. 어? 그렇게 빨리 달리는 거 싫어한단 말이다. 파밍 안 하고 그냥 지나치는 것도 싫고! 보는 건 즐겁지만 내가 하는 건 싫다고. 크윽. 그럼 안 하면 되지 않냐고? 아 특전이 있잖아 특전이! 파밍병자들은 특전 걸려 있으면 그것도 다 모아야 된다고. 키아아아아아아아아악!

그러니까 역자가 무심코 야밤에 짜증내며 소리친 것 때문에 옆 집에서 한 마디 들은 것은 그러니까 이놈의 게임이 문제인 겁니다. 후우. 여태 이런 일이 없었다고. 아무리 짜증나도 타임어택만 아니면 괜찮았어!

……어쨌든 반성은 하고 있습니다. 진짜 처음 있는 일이었어요. 하지만 역자의 잘못은 아닙니다. 게임에서 타임어택을 강요한 게 문제입니다. 정말이라고요!

그럼 다음에 또 뵙겠습니다!

드라큘라 야근! 5

초판 1쇄 발행 2023년 5월 10일

지은이_ Satoshi Wagahara
일러스트_ Aco Arisaka
옮긴이_ 박경용

발행인_ 신현호
편집장_ 김승신
편집진행_ 권세라 · 최혁수 · 김경민 · 최정민
편집디자인_ 양우연
관리 · 영업_ 김민원

펴낸곳_ (주)디앤씨미디어
등록_ 2002년 4월 25일 제20-260호
주소_ 서울시 구로구 디지털로 26길 111 JnK디지털타워 503호
전화_ 02-333-2513(대표)
팩시밀리_ 02-333-2514
이메일_ lnovellove@naver.com
L노벨 공식 카페_ http://cafe.naver.com/lnovel11

DRACULA YAKIN！ Vol.5
©Satoshi Wagahara 2022
Edited by 전격 문고
First published in Japan in 2022 by KADOKAWA CORPORATION, Tokyo.
Korean translation rights arranged with KADOKAWA CORPORATION,
Tokyo through Korea Copyright Center Inc.

ISBN 979-11-278-6853-6 04830
ISBN 979-11-278-6283-1 (세트)

값 8,500원

©Shinji Cobkubo 2021   Illustration: AkagishiK, mocha
KADOKAWA CORPORATION

녹을 먹는 비스코 1~7권

코부쿠보 신지 지음 ▪ 아카기시K 일러스트 ▪ mocha 세계관 일러스트 ▪ 이경인 옮김

모든 것을 녹슬게 만들며 인류를 죽음의 위협에 빠뜨리는 《녹바람》 속을 달리는
질풍무뢰의 『버섯지기』 아카보시 비스코.
그는 스승을 구하기 위해
영약이라 전해지는 버섯, 《녹식》을 찾아 여행하고 있다.
미모의 소년 의사, 미로를 파트너 삼아 파란만장한 모험에 나서는 비스코.
가는 길에 펼쳐지는 사이타마 철(鐵)사막,
문명을 멸망시킨 방어 병기 유적으로 지은 도시,
대왕문어가 둥지를 튼 지하철 폐선로……,
가혹한 여정 속에서 차례차례 덮쳐오는 위협을
미로의 번뜩이는 지혜와 비스코의 필중의 버섯 화살이 꿰뚫는다!
그러나 그 앞에는 사악한 현지사의 간계가 도사리고 있는데……?!

최강의 버섯지기가 자아내는 노도의 모험담!

라이트노벨의 새로운 빛! L노벨의 신간은 매월 10일에 발매됩니다. http://cafe.naver.com/lnovel11

L NOVEL

카모시다 하지메 지음
미조구치 케이지 일러스트
이승원 옮김

©Hajime Kamoshida 2022
ILLUSTRATION:Keji Mizoguchi
KADOKAWA CORPORATION

청춘 돼지는 바니걸 선배의 꿈을 꾸지 않는다 1~12권

카모시다 하지메 지음 | 미조구치 케이지 일러스트 | 이승원 옮김

아즈사가와 사쿠타는 도서관에서 야생의 바니걸과 만났다.

바니걸의 정체는 사쿠타가 다니는 고등학교의 선배이자,
활동 중지중인 인기 탤런트 사쿠라지마 마이였다.
며칠 전부터 그녀의 모습이 『주위 사람들에게 보이지 않는 현상』이 발생했고,
이것은 인터넷상에서 화제가 되고 있는
불가사의 현상 『사춘기 증후군』과 관계가 있는 걸까.
원인을 찾는다는 이유로 마이와 가까워진 사쿠타는 이 수수께끼를 풀려고 하지만,
사태는 생각지도 못한 방향으로 나아가는데―?

하늘과 바다로 둘러싸인 마을에서, 나와 그녀의 사랑에 얽힌 이야기가 시작된다.

하늘과 바다로 둘러싸인 마을에서 시작되는
평범한 우리의 불가사의한 청춘 러브 코미디!

라이트노벨의 새로운 빛! L노벨의 신간은 매월 10일에 발매됩니다. http://cafe.naver.com/lnovel11